DU MÊME AUTEUR

Aux Éditions Gallimard

MÊME LE SILENCE A UNE FIN, 2010 («Folio», n° 5359).

LA LIGNE BLEUE

INGRID BETANCOURT

LA LIGNE BLEUE

roman

GALLIMARD

1

LA JEUNE FEMME EN NOIR

Automne boréal, 2006

Elle regarde loin devant.

Elle voit la ligne mauve entre la mer et le ciel bleu et lisse.

Elle voit le vent parcourir l'eau. Elle le voit venir. Puis elle doute.

Mais le vent rase l'allée d'herbes qui tremblent. Il rampe sinueux, remonte le talus, et caresse à rebrousse-poil la haie qui s'achève en croix devant la plage. Puis il reste coi, accroupi comme un fauve, guettant la rue. Il reprend son élan en plongeant sur l'asphalte, saute sur les plates-bandes d'hortensias manucurés et reprend de la force.

Elle observe sa progression, curieuse. Le voilà maintenant qui s'approche en longeant les maisons en bois peint, tout près. Il se glisse en remontant le tronc du vieil érable qui domine sa fenêtre. Il l'enserre tel un serpent, et fait vibrer toutes les branches transformées en de longs doigts nerveux.

Il toque alors à sa fenêtre. Il se colle à sa vitre. Il siffle et l'appelle dans un crépitement de rameaux battant les carreaux.

Julia est heureuse. Elle pousse impatiente la sécurité du châssis et force pour soulever le battant. Elle se penche au-dehors et se laisse envahir, remplissant tout son être de ce vent voyageur, humant son air piquant à pleins poumons. Elle ferme les yeux. Elle le reconnaît avec son parfum de sel et de bitume. Cet air du Connecticut ressemble étrangement à celui du Buenos Aires de son enfance. Peut-être est-il moins corsé, moins dense, plus raffiné. Ou peut-être pas. Elle sait d'expérience que la mémoire encapsule l'essence des choses d'une façon capricieuse. Le présent semble souvent plus fade que les souvenirs.

Julia n'en est pas moins ravie.

Elle sourit. Elle aime cette mesure qui l'entoure : les arbustes soignés des jardins d'en face, l'alignement consciencieux d'ormes bordant l'avenue perpendiculaire à la plage, la haie et la pelouse qui encadrent le sable fin tel un rempart s'étirant parallèle aux vagues, et l'horizon comme un trait tiré de bout en bout.

Cet ordre lui correspond. Elle a fini de tout ranger dans sa vie. Elle est à sa place, dans la destinée qu'elle a choisie, avec l'homme qu'elle aime depuis toujours. Julia se sent comblée.

Elle contemple l'azur au-dessus de son érable. Le bonheur est bleu. Horizon bleu, eau bleue.

Une toile de Mark Rothko, se dit-elle en formant un cadre avec ses doigts.

Elle aimerait suspendre ce tableau devant elle pour se souvenir que le bonheur est là, à portée de main.

Curieux. Cette idée d'un bonheur bleu, elle croit l'avoir déjà eue auparavant.

Soudain, le vent se met à siffler et s'engouffre par la fenêtre. Les brindilles de l'érable s'accrochent aux vêtements de Julia et la griffent. Le ciel vient de virer au sombre. Julia tressaille. L'odeur se fait moite. Une seconde plus tard un éclair tranche son tableau de haut en bas. Julia en est aveuglée. Elle a mal, comme si un rasoir lui avait cisaillé la rétine.

Un crépitement aigu brise le silence. L'arbre de l'autre côté de la chaussée vient d'être coupé en deux. Le cœur explosé, calciné, l'arbre n'a pas pris flamme. Une des branches sectionnées pend dangereusement aux fils électriques qui bordent l'avenue.

Julia rentre vite la tête, ferme le battant, et se retourne, tremblante. Elle scrute la pièce, prête à affronter ce qui pourrait venir. Mais tout est en ordre. Chaque chose est dans le silence de sa place assignée. Ses yeux continuent pourtant de chercher, traînant dans les angles des murs, décryptant les ombres.

Une panique irraisonnée la saisit. Julia ramasse le linge sale empilé dans un panier, et dévale les escaliers jusqu'à la buanderie installée en sous-sol. Elle y arrive hors d'haleine. Une telle frayeur pour rien ! Elle hausse les épaules.

C'est alors qu'elle sent monter les tremblements. Ils arrivent toujours de la même façon, comme un fourmillement aux talons, qui se précise en remontant vers les mollets, prenant de l'intensité au niveau des genoux.

À partir de ce moment, Julia sait qu'elle n'aura que quelques minutes avant de perdre connaissance. Elle gravit les escaliers de la buanderie à quatre pattes, traverse la cuisine et rampe jusqu'au salon. Elle veut atteindre l'encoignure entre les deux murs pour s'y caler avant qu'il ne soit trop tard. Julia se loge dans l'angle, assise bien droite, les jambes tendues en avant pour garder l'équilibre. Elle a un bref instant pour se féliciter d'avoir réagi à temps, juste au moment où son monde bascule. Son troisième œil vient de se mettre en action.

Elle se sent partir : sa vue se voile, les yeux grands ouverts dans une condensation épaisse et blanche, pendant que son esprit se déplace ailleurs. Julia flotte dans le néant, en dehors du temps et de l'espace. Elle n'a plus le contrôle de son corps. Elle l'a abandonné entre les deux murs de son salon comme un gant vide. Elle connaît bien ce voyage, même si elle ne peut jamais en prévoir ni la durée ni la destination.

Julia n'a plus peur. Elle sait qu'elle ne va pas mourir, elle sait qu'elle n'étouffera pas dans cette substance blanche dans laquelle elle navigue. Elle a le don, elle en a été instruite, elle fait partie de la lignée. Toute l'énergie de son être est canalisée vers cette connexion qui est sur le point d'aboutir. Son troisième œil va se greffer sur la vue de quelqu'un d'autre, un autre dont elle ignore tout.

Brusquement, Julia se retrouve dans la pénombre d'une pièce. En face, par l'entrebâillement d'une porte, elle voit une jeune femme de dos, fortement éclairée sous la lumière blanche des néons. Cette jeune femme est toute de noir vêtue, robe moulante lui arrivant aux chevilles. Elle se maquille avec soin. Ses cheveux noirs sont tirés en un chignon impeccable, rond et luisant comme une pierre. Sa nuque souple se penche en avant pour rapprocher son visage de la glace couvrant le mur.

Les yeux au travers desquels Julia la regarde suivent la silhouette fine de la jeune femme dans un parcours sinueux allant de la nuque jusqu'aux talons, s'attardant quelque peu sur la cambrure du dos. La jeune femme se sachant observée se retourne. Elle a des yeux orientaux, les lèvres rouges et charnues, découvrant en un sourire distant des dents parfaites.

La «source» de Julia est assise sur le rebord d'un lit. C'est un homme. Elle entrevoit des genoux robustes, et devine un corps nu. Sa vision périphérique enregistre également des rideaux tirés, des draps défaits, une commode derrière la porte entrebâillée. Il y a aussi une chaise avec des habits jetés négligemment dessus.

L'homme se lève et se rapproche de la jeune femme. Julia découvre une salle de bains étroite et impersonnelle. Des serviettes jetées par terre, encore humides, portent un logo que Julia reconnaît. C'est un hôtel d'une grande chaîne américaine.

La jeune femme allonge la main dans un geste qui se voudrait tendre et déclenche une étreinte passionnée dont elle se dégage rapidement en riant. Elle pivote, jette un dernier coup d'œil dans le miroir, attrape son sac à main posé près du lavabo et sort d'un pas rapide en équilibre sur ses hauts talons. La porte claque derrière elle.

Les yeux scrutent la pénombre un long moment, puis dévient vers la gauche, remontant le lit pour s'attarder sur un portable qui vibre obstinément comme une mouche sur le dos. Pas de réaction. L'homme s'allonge, ferme les yeux. Julia reste prisonnière du noir longtemps, désespérément, ne pouvant partager ni les pensées ni les rêves de celui avec qui elle est jumelée.

Jusqu'au moment où la déconnexion se produit. Julia se sent alors propulsée vers la surface. Elle se libère du noir et traverse l'émanation laiteuse. La lumière ramène des contours qui annoncent une récupération progressive de sa vue. Elle focalise lentement : ses mains sont toujours posées sur ses genoux, son corps est toujours calé à l'encoignure. Seule sa tête a bougé, elle penche lourdement en avant. Sa nuque est meurtrie, comme toujours après un de ses voyages.

Elle frotte fort son cou. Elle entreprend ensuite la série d'étirements qu'elle tient de sa grand-mère : elle pivote lentement la tête en cercles complets dans un sens puis dans l'autre jusqu'à ce que le raidissement cède. Cela crisse à l'intérieur, comme du papier froissé. Le voyage a été long. Elle ramène ses genoux dans la position du lotus et étire son dos, le cou en avant comme une tortue. Julia respire lentement, elle se recentre. Elle reprend le contrôle de son corps, reproduisant les mouvements qui, depuis son enfance, accompagnent sa méditation du retour.

Les bruits de la rue lui reviennent peu à peu. Depuis sa fenêtre elle remarque une équipe d'hommes en uniforme affairés à dégager les restes de l'arbre mort. Il n'y a plus aucun signe de l'orage, le ciel est dégagé. Alors seulement elle pense à regarder sa montre. Il est midi. Elle n'a toujours pas pris de petit déjeuner et elle n'a même pas commencé son travail… Heureusement,

14

Theo a pris l'habitude de rentrer plus tard du bureau. Cela lui laisse quelques heures de plus pour finir ses traductions et les faire parvenir au client dans les délais.

Disciplinée, elle prend un grand bol de yaourt, d'amandes et de fruits secs, et s'installe tout en mangeant devant ses pages. Le texte est beau. Elle n'a aucun mal à trouver les mots justes pour recréer la pensée d'une langue à l'autre. Ce qui lui semble plus dur, par contre, c'est de calquer l'harmonie des sons, le rythme, la cadence. Reproduire cette musicalité, d'une langue à l'autre, est une disposition qui tient avant tout de l'art. Voilà ce qui constitue pour elle le plus grand défi. Elle s'y plonge avec passion.

Julia entend le déclic de la porte d'entrée et sursaute. Il est dix-neuf heures trente, déjà. Elle referme son ordinateur à la hâte, remet en place les plis de sa robe rouge, et jette un coup d'œil dans le miroir du palier, soulagée de se retrouver belle avant de descendre. Aucune trace de son voyage, aucune explication à donner.

Dans la cuisine, Theo trie le courrier. Il a déjà posé ses clés et vidé ses poches sur le plan de travail. Il s'interrompt en voyant venir Julia. Il lui sourit et la prend en jouant par la taille pour la faire tournoyer dans ses bras. Puis, il l'embrasse sur le front comme pour signifier que la récréation est terminée.

— J'ai faim, ma chérie, je suis épuisé.

Les yeux de Julia s'assombrissent. Elle retient un mouvement, déçue. Son regard s'attarde sur sa chemise, ses mains, puis, perdue dans ses pensées, elle ouvre lentement le réfrigérateur.

— Demain c'est vendredi, dit-elle sur un ton anodin, tu peux prendre ton jour de congé...

— ... Je ne te l'avais pas dit? Ils nous ont changé de régime : je ne peux plus cumuler d'heures pour me libérer les vendredis...

— Mais tu continues à te lever très tôt... Même de plus en plus tôt... Attends, si je calcule bien...

— On ne calcule plus comme cela, mon amour. Et puis, je suis en train de faire des heures supplémentaires parce qu'il y a une promotion en vue.

Julia le regarde sans comprendre.

Theo passe doucement devant elle, pousse la porte du réfrigérateur, et lui dit en réprimant une pointe d'irritation :

— Tu n'as toujours pas appris à fermer les portes, ma Julia...

Il quitte la cuisine, monte les escaliers. Julia le suit machinalement. Elle voudrait lui raconter l'arbre et la foudre. Mais avant qu'elle ne le rattrape, il s'enferme à double tour dans la salle de bains.

2

LE PREMIER VOYAGE

Été austral, 1962

Elle devait avoir cinq ans la première fois. Elle vivait à Colonia del Sacramento, en Uruguay, dans une vieille maison à l'arrière du port, surplombant l'estuaire. Elle jouait dans une cour poussiéreuse, à l'écart de ses aînés qui s'amusaient à sauter du haut d'un muret sur le jardin d'à côté, rien que pour rendre fou le vieux chien du voisin.

Elle se savait pauvre. Non pas qu'il lui manquât quoi que ce soit, mais parce que sa mère s'en plaignait. Pour Julia le mot « pauvre » était vide de sens. Elle l'identifiait étrangement à cette liberté qui lui permettait de vivre à l'écart du monde des adultes. Mais elle comprenait aussi que c'était la raison pour laquelle son père les avait quittés. Et il lui manquait. Sa mère lui montrait du doigt le Río de la Plata, et lui expliquait qu'il était parti chercher du travail, là-bas en Argentine, de l'autre côté de l'eau.

« Le fleuve d'argent, d'argent... », se répétait Julia comme une incantation magique. Que pouvait-il bien y avoir de plus de l'autre côté ? Elle passait des heures à regarder, debout derrière la balustrade, le port de Colonia et l'étendue d'eau grise aux reflets d'argent qui constituait son horizon. Elle ne comprenait pas.

— Maman, pourquoi est-ce que papa est parti ?

— Mais, pour nous ramener de l'argent, voyons !

Julia regardait fascinée l'eau scintillante de métal qui s'étendait à ses pieds. Elle se retournait têtue et rétorquait :

— Mais maman ! Avec le fleuve d'argent, on n'a pas besoin de plus d'argent !

Sa mère levait les yeux au ciel et lui répondait agacée :

— *¡Nena! ¡El Río de la Plata, no es ni un río, ni es de plata*[1] *!*

Les remontrances de sa mère faisaient la joie des jumeaux. Presque de deux ans ses aînés, ils la prenaient trop souvent pour tête de Turc. Ils se moquaient d'elle sans pitié et la poussaient, lui faisant des croche-pieds pour la faire tomber. C'était sa grande sœur, Anna, qui courait à son secours, faisait fuir les jumeaux à coups de taloches, et la serrait dans ses bras. Elle lui chuchotait à l'oreille :

— Papa va bientôt revenir, ne t'inquiète pas, Julia.

Il n'y avait qu'Anna pour l'apaiser, car elle aussi vivait dans l'attente. Du coup, par compensation, à cause aussi de la distance que lui imposait une mère trop sévère, Julia avait fini par déverser sur sa sœur aînée tout l'amour qu'elle gardait en réserve pour son père. Quant aux

---

1. « Ma fille ! Le fleuve d'argent n'est ni un fleuve, ni en argent ! » *(Toutes les notes sont de l'auteur.)*

jumeaux, elle aurait parfois voulu partager leurs jeux. Mais elle avait trop peur d'eux et de leur audace. De plus, ils avaient appris à nager seuls et passaient leur vie dans l'eau, là où Julia ne pouvait pas les suivre.

Cet après-midi-là, Julia se trouvait dans l'arrière-cour, assise sur le perron à l'entrée de la cuisine. Elle jouait à tracer des figures avec son doigt sur la terre battue, et à remplir de petits cailloux un vieux bidon d'huile. D'habitude à la même heure, les enfants avaient déjà déjeuné. Anna avait pour tâche de réchauffer ce que sa mère préparait à l'aube avant de partir au travail. Mais ce jour-là, sa mère avait donné l'ordre de l'attendre. Elle devait rapporter des provisions du village.

Le soleil tapait fort. Vêtue d'une robe trop courte en coton qu'elle tenait de sa sœur, Julia s'ennuyait, inconfortablement assise sur les marches de pierres rugueuses. Elle avait commencé par éprouver une sensation de malaise, presque comme de la fièvre, mais elle restait comme toujours muette, de peur d'être grondée. Elle avait ensuite ressenti des fourmillements le long des jambes ; pensant qu'il s'agissait de petites bêtes, elle s'était mise à se frotter, fâchée, pour s'en débarrasser.

Les tremblements l'avaient gagnée très vite, remontant son corps et raidissant ses membres un à un, jusqu'à l'immobiliser complètement. Affolée, elle avait appelé sa sœur Anna de toutes ses forces, mais les cris hystériques des jumeaux et les aboiements du vieux chien avaient couvert sa voix de petite fille.

Elle avait perdu la vue d'un seul coup, et crut être tombée dans ce Fleuve d'Argent qui la hantait. Elle étouffait, prise dans une substance épaisse et blanche, sans odeur et sans goût. Déconnectée de son corps, tétanisée et aveugle, elle flottait dans le néant. Elle se souviendrait sa vie durant de cet instant. Vidée d'elle-même, elle venait de comprendre le sens du mot mourir.

Elle ne recommença à respirer que lorsque ses yeux transpercèrent la nappe laiteuse qui l'avait engloutie. Elle put voir à nouveau le contour défini des choses et des êtres.

Julia eut alors la certitude que ce qu'elle voyait ne lui appartenait pas. Les images se déplaçaient en panoramique, comme si elle marchait, alors qu'elle se savait totalement paralysée, incapable même de maîtriser la direction de son regard. Elle aurait pu croire que c'était un rêve, et qu'elle s'était assoupie. Sauf que c'était différent, comme si elle avait été coupée en deux, voyant au travers d'yeux qui n'étaient pas les siens, accédant à un monde dans lequel elle venait d'être projetée en intruse.

Julia ne comprenait pas dans son cerveau d'enfant pourquoi il faisait déjà nuit. Elle devinait une pleine lune cachée dans une révolution de nuages au-dessus de sa tête. Julia voyait la proue d'une embarcation qui tanguait sous une houle acariâtre, comme si elle se tenait à l'arrière. Un vent violent soulevait des vagues qui venaient balayer le pont. Elle en avait oublié sa peur, fascinée par la magie d'un spectacle duquel elle se sentait inexplicablement à l'abri.

Anna entra soudain dans son champ de vision. Elle se dirigeait vers la proue, accrochée à la rambarde dans un effort qui tendait tous ses muscles. Elle cherchait à s'approcher des jumeaux qui eux se tenaient dangereusement accroupis sur le pont dans une mare de vomissures, trop près du bord. Julia ne voyait pas sa mère, mais du coin de son champ de vision elle devinait son père debout, juste à sa gauche, à côté de la barre.

Une énorme vague déferla à ce moment-là sur le pont. Un rideau d'écume recouvrit la proue. La seconde d'après, Anna avait disparu. Le champ de vision de Julia pivota de cent quatre-vingts degrés. Elle aurait voulu chercher Anna des yeux, mais elle eut devant elle le visage déformé de son père qui hurlait. Elle reconnut au premier plan les mains blanches et veineuses de sa mère qui s'agrippait à lui. Elle était sa mère. Elle comprit avec épouvante qu'elle voyait au travers de ses yeux.

Les secondes suivantes resteraient gravées au ralenti dans la mémoire de Julia. Le visage de son père s'était creusé comme celui d'un mort. Elle vit les mains de sa mère le frapper, le griffer, cherchant à lui arracher le contrôle du bateau pour faire demi-tour. Lui regardait hébété un point à l'arrière, un point qui s'éloignait inexorablement, qui se perdait dans l'agitation furieuse des flots. Incapable de bouger, il voyait s'engloutir sa vie. Julia aurait voulu se jeter sur lui, elle aussi, l'obliger à sauter à l'eau. Pourquoi ne faisait-il rien?

Tout à coup, son champ de vision changea à nouveau. Pendant une fraction de seconde, elle se vit elle-même comme dans un miroir. Elle était accrochée aux jupes de sa mère, tétanisée, le regard affolé, hurlant tout autant que son père.

Le choc fut si violent qu'elle se déconnecta. Elle bascula dans le vide, prise de convulsions, et dégringola, aspirée par un tourbillon. Elle voulait crier, appeler au secours, se libérer de ce corps qui n'était pas le sien. Elle pénétra subitement dans la viscosité blanche, remontant pour chercher de l'air, près d'imploser.

Elle atterrit d'un coup sec et ouvrit grand la bouche pour aspirer tout l'air qu'il lui était possible de contenir. L'oxygène regonfla douloureusement ses poumons. Elle reconnut l'odeur de sel et de goyave de sa sœur Anna avant de la voir. Ses yeux, soumis à la lumière zénithale de décembre, s'étaient asséchés durant la transe, et elle n'arrivait plus à voir. Anna l'appelait et la secouait désespérément, comme une poupée de chiffon.

Julia explosa d'un cri inhumain, dans une cataracte de larmes, fruit de la peur, de la rage et de l'impuissance. Elle ne possédait pas les mots pour exprimer ses émotions. Accrochée au cou d'Anna, Julia hurlait sans pouvoir s'expliquer.

Elle se retrouva, sans savoir comment, sur son lit, couverte de sang. Anna lui expliqua qu'elle était tombée la tête en avant sur les marches de la cuisine et s'était ouvert le front. Elle vit alors les jumeaux : bras ballants, même regard hébété, mêmes joues creuses. Elle bondit sur eux, se libérant rageusement de l'étreinte de sa sœur, pour aller les griffer et les mordre de ses petites dents, de ses petits poings, en bégayant dans un jet de postillons que c'était de leur faute, qu'Anna était morte et qu'ils n'avaient rien fait.

Sa mère, alertée par les cris, entra en trombe dans la chambre. Il fallut toute sa force pour séparer Julia de ses frères. Pendant des heures, elle tenta de calmer sa fille, offrant caresses, gourmandises, et récompenses. Mais même les supplications d'Anna ne réussissaient pas à venir à bout de la lubie qui agitait Julia. Accrochée au cou de sa grande sœur, elle continuait à hurler qu'Anna était morte et que personne n'avait rien fait.

Les jours qui suivirent n'améliorèrent pas son état. Elle refusait tout contact avec les jumeaux et réclamait le droit de s'en aller seule jusqu'à la mer. Elle s'était mis dans l'idée d'apprendre à nager. Sa mère la regardait de loin, prise d'un sentiment qu'elle n'avait éprouvé pour aucun de ses enfants, et qui ressemblait plus à de la résignation qu'à de la tendresse.

Elle la laissait faire, envoyant Anna en mission de surveillance. Celle-ci avait une répulsion instinctive de l'eau saumâtre dans laquelle nageaient les jumeaux. Seuls l'amour pour sa petite sœur et l'espoir de la tirer de sa folie lui permirent de la vaincre. Elle accepta d'accompagner sa cadette dans les eaux énigmatiques du Fleuve d'Argent, mais il était impossible de l'en sortir. Des jours durant, Anna dut soutenir Julia à la surface pendant qu'elle s'exerçait à faire des mouvements de brasse à l'imitation des jumeaux. Julia finit par apprendre, et devint bientôt aussi audacieuse que ses frères. À force d'obstination, elle réussit aussi à faire nager Anna, qui accepta plus par dévouement que par disposition.

Le jour de Noël arriva, et un bonheur pouvant parfois en annoncer un autre, son père lui aussi revint d'Argentine. De plus, il était chargé de victuailles. Il s'était fait une petite situation à Buenos Aires et avait trouvé une maison pour héberger toute la famille. Sa mère était au comble d'une joie qu'elle communiqua autour d'elle. Sauf à Julia, qui se maintenait farouchement à l'écart.

Une nuit, elle entendit ses parents discuter pendant des heures, accoudés à la table de la cuisine, alors que ses aînés dormaient déjà. Il était donc vraiment question de quitter l'Uruguay, et même si Julia ne comprenait pas bien ce que cela signifiait, le ton des voix suffisait à accélérer les battements de son cœur. Julia ne voulait pas partir de Colonia. Elle aimait son petit monde à elle, les rues pavées qui montaient en serpentant comme pour chercher le ciel, et sa maison bancroche, inclinée sur la pente, avec son toit rose en tuiles irrégulières. C'était le domaine réservé des chats du quartier que Julia nourrissait en cachette. Elle se sentait maîtresse de cet espace à sa mesure et sans dangers, de ses journées réglées selon son bon vouloir, dans lesquelles seule Anna avait droit de cité, et de sa solitude d'enfant que tout le monde respectait à l'exception de sa mère.

Pendant quelque temps, plus personne ne parla du déménagement et Julia crut que l'idée était abandonnée. Ses angoisses se dissipèrent peu à peu. Peut-être après tout avait-elle rêvé. Comme le reste de la famille, son père se mit en devoir de la réapprivoiser.

Un jour, alors que Julia l'accompagnait au marché, elle lui dit d'un air de femme, main dans la main et droit dans les yeux :

— Enfin seuls !

Son père éclata d'un rire magnifique.

Il la souleva dans les airs pour la faire tournoyer. Julia crut qu'elle allait s'envoler dans le bleu du ciel qui l'aspirait et lui coupait délicieusement le souffle, heureuse des bras puissants qui la retenaient.

Le départ les prit tous par surprise. Un homme coiffé d'une casquette de marin annonça un matin d'un air renfrogné que l'embarcation était prête et qu'il faudrait appareiller le soir même. Le remue-ménage qui s'ensuivit fut biblique. Tout fut démonté, ramassé, plié, enroulé, entassé, ficelé et empilé à l'entrée de la maison. Personne ne pouvait croire que toute une vie puisse être réduite à si peu de choses.

Julia, elle, avait récupéré tout ce que les autres jetaient. Munie d'une ficelle, elle enfilait les bidons vides qu'elle trouvait dans la maison et dans le jardin, et traînait son chapelet de récipients cabossés comme le plus précieux des trésors. Au milieu de la pagaille familiale, son excentricité fut accueillie avec soulagement. Tous craignaient qu'elle ne refasse une crise nerveuse en plein départ.

La procession vers l'embarcadère commença à la tombée de la nuit. Le capitaine les y attendait. Julia reconnut immédiatement l'embarcation. L'angoisse éprouvée durant sa vision lui revint, et elle se mit à crier d'épouvante. Le capitaine prit la réaction de l'enfant pour un caprice et réagit avec impatience, les sourcils noirs en pagaille et les yeux globuleux. Il alla même jusqu'à menacer Julia d'une correction, considérant que les parents manquaient d'autorité.

Julia ne se calma pas. Sans lâcher sa traîne de bidons, elle alla se réfugier entre les jambes de son père, qui donnait l'ordre aux enfants de prendre place avec lui à l'arrière du bateau. Le capitaine pendant ce temps chargeait l'embarcation et équilibrait les cales sous l'œil attentif de la mère.

C'était une nuit de pleine lune, le ciel était dégagé

et sans étoiles. Au loin, de gros nuages noirs s'amoncelaient, mais la traversée ne devait pas être longue, deux heures tout au plus. Cependant le vent se leva dès la sortie du port et la houle grandissante eut pour effet de ralentir l'embarcation.

Comme dans sa transe, tout arriva très vite. Les jumeaux pris de mal de mer furent envoyés par le capitaine à la proue. Anna voulut les aider et s'avança en s'agrippant au garde-corps. L'embarcation tangua dangereusement et le capitaine lâcha le gouvernail pour resserrer les cales à l'avant. Son père le remplaça momentanément aux commandes.

C'est à cet instant précis que l'immense vague surgit, roulant dans un bruit de tonnerre pour s'écraser sur le pont. Le capitaine avait eu juste le temps de se sangler et d'empoigner les jumeaux pour les tirer contre lui. Anna, elle, était passée par-dessus bord. La vague noya dans son fracas les hurlements de Julia agrippée à ses bidons. Le père, laissé seul aux commandes, criait sans savoir comment manœuvrer, débordé de surcroît par une crise d'hystérie de sa femme, pendant qu'Anna disparaissait dans le creux de la houle. L'embarcation avait pris l'eau et le capitaine s'exténuait à la vider pour éviter le pire, tout en s'époumonant à donner des consignes sans réussir à se faire comprendre du père de Julia.

Les jumeaux n'eurent qu'une seconde d'hésitation. Ils échangèrent un regard d'intelligence, s'élancèrent sur Julia pour lui rafler son chapelet de bidons et sautèrent par-dessus bord. Julia eu le temps de voir la tête d'Anna flottant comme un bouchon entre deux crêtes, avant de perdre connaissance.

3

MAMA FINA

Été austral, 1962

À partir de son « premier voyage », Julia se rappelle tous les moments de sa vie. Elle sait qu'elle n'avait pas encore six ans car on les lui avait fêtés un peu plus tard dans la maison de sa grand-mère. En y réfléchissant, elle se dit qu'elle est probablement devenue adulte à ce moment-là.

Sa grand-mère y a été pour beaucoup. C'est le premier visage qu'elle a vu en rouvrant les yeux après les événements du bateau. Elle ne la connaissait pas, cette grand-mère de Buenos Aires dont son père parlait si souvent. Elle se rappelle s'être sentie tout de suite en sécurité auprès d'elle.

Anna et les jumeaux sont vivants, lui avait-elle dit. Après avoir contemplé ce nouveau visage, Julia s'était rendormie dans la seconde, cette fois d'un sommeil d'enfant. Elle fit sa convalescence dans une chambre lumineuse qui donnait sur un patio intérieur au centre duquel une petite fontaine taillée en pierre ne se fatiguait pas de roucouler. Elle entendait venant du dehors, comme en écho, la voix de sa mère et les cris des jumeaux. Mais c'était sa grand-mère qui était toujours là, tout le temps, tout près d'elle.

Mama Fina était une femme aux yeux gris d'eau claire, dans la douceur desquels on pouvait se perdre. Sa voix par contraste était grave, même rauque, presque masculine. Elle restait assise patiemment à côté de Julia pendant des heures. De temps en temps elle s'approchait pour lui caresser le visage. Julia sentait alors ses mains à la peau rêche comme une langue de chat.

Julia la trouvait belle, avec sa chevelure tressée lourdement sur l'épaule et sa grande bouche charnue de Napolitaine. Son père ne tenait d'elle que ses yeux transparents, tout le reste ayant sauté une génération. Devenue adulte, lorsque Julia se regarderait dans une glace, elle verrait avec satisfaction le visage rajeuni de Mama Fina. Elle était son portrait, à l'exception des grands yeux noirs qu'elle avait hérités de sa propre mère.

En pleine convalescence, Julia ne parlait pas. Au fil des jours, la fascination qu'exerçait sur elle Mama Fina grandissait. Ses mots l'envoûtaient. Ils la faisaient voyager dans un autre pays et dans un autre temps. Mama Fina lui racontait son départ d'Italie alors qu'elle était à peine plus âgée que Julia, le paquebot, la famille, la mer étoilée sous la voûte céleste, les courses interdites sur le pont de première classe et les jeux de cache-cache dans la salle des machines. Et l'arrivée en Argentine. Les nouvelles odeurs, la nouvelle langue qu'elle réussissait à comprendre sans pouvoir la parler. Mama Fina lui expliquait ses déboires avec tous ces mots dont elle avait besoin et qui lui échappaient et lui jouaient des tours. Des mots identiques qui voulaient dire une chose en italien et une autre en espagnol. On lui disait de faire attention au *burro*, elle cherchait le beurre alors qu'on lui parlait de l'âne. Et Julia riait. Elle riait pour la première fois d'un véritable rire d'enfant. Enfin elle comprenait sa méprise avec le Fleuve d'Argent.

Les histoires de Mama Fina la pénétraient comme un baume. Elle lui avait expliqué ce qui s'était vraiment passé la nuit de la tempête. Grâce à ses bidons, les jumeaux avaient réussi à sauver Anna, et Julia sentait que c'était d'elle, curieusement, que Mama Fina était le plus fière.

Mama Fina lui racontait l'histoire mieux que si elle l'avait vue de ses propres yeux : les jumeaux avaient sauté à la mer, pour faire mentir la prophétie de Julia qui les rendait responsables de la mort de leur grande sœur. La houle les empêchait de voir où se trouvait Anna, mais celle-ci avait réussi à se maintenir à flot, certaine qu'ils viendraient la chercher car elle aussi avait compris que Julia les avait préparés. Agrippés aux bidons, les jumeaux l'avaient aperçue plusieurs fois la tête hors de l'eau, pour la voir disparaître l'instant d'après, toujours plus loin. Ils étouffaient à moitié dans leur effort acharné, jusqu'au moment où ils la virent comme une apparition, suspendue tout en haut de la crête juste au-dessus d'eux. En hurlant, ils prirent la houle à contre-courant et réussirent à attraper Anna dans sa descente. Elle s'agrippa aux flotteurs et seulement alors manqua de s'évanouir. Mais les garçons n'avaient aucune intention de la lâcher. À la dérive, en pleine nuit au milieu d'une mer déchaînée, les trois enfants tenaient bon.

Le capitaine réussit finalement à entamer une manœuvre de retour, lorsque le vent lui donna un répit. En calculant d'instinct une possible dérive, il cherchait à retrouver leur trace. La mère eut tout à coup l'impression d'entendre des cris. Le capitaine éteignit le moteur. Elle ne s'était pas trompée.

Lorsqu'elle reprit sa place au milieu des siens, tous remarquèrent que Julia n'était plus tout à fait la même. Il y avait dans son regard quelque chose de précoce, presque douloureux, comme une cicatrice.

Un jour, alors que la famille était réunie au complet pour déjeuner, le père de Julia fit une annonce : leur maison était enfin prête et ils pourraient y emménager dans les jours à venir. Il expliqua qu'elle se trouvait dans un joli quartier de la banlieue ouest de Buenos Aires, avec des parcs, des balcons fleuris et beaucoup d'enfants. Les jumeaux se mirent à courir excités autour de la table, tandis qu'Anna jubilait. Julia, elle, ne leva pas le nez de son assiette. Sa mère, qui avait remarqué son silence, voulut lui faire plaisir en indiquant qu'il y avait quatre chambres. Comme il était hors de question de séparer les jumeaux, elle aurait une chambre pour elle toute seule. Rien n'y fit.

Mama Fina se leva pour débarrasser la table et disparut dans la cuisine. Un silence gêné s'installa. Anna regarda sa petite sœur sans comprendre. Le père voulut expliquer que le bruyant quartier de La Boca où se trouvait la maison de Mama Fina, avec le vieux port et sa vie nocturne, n'était pas vraiment fait pour les enfants. Julia soutint pendant un long moment le regard de sa sœur aînée, comme pour se donner du courage. Puis, d'une voix nette et sans appel, elle déclara :

— Moi, je reste ici.

Ce fut sa première décision adulte.

Anna fit cause commune avec sa petite sœur. D'une certaine façon, elle comprenait mieux que quiconque combien Julia avait besoin de son propre espace. Elle sentait intuitivement aussi que c'était chez Mama Fina qu'elle pourrait s'épanouir.

La famille déménagea; pour inaugurer leur nouvelle vie à deux, Mama Fina inscrivit Julia à l'école de la paroisse et l'emmena pour la première fois au cinéma voir un film de Cantinflas. Le théâtre lui parut immense, avec ses colonnes blanches qui ornaient l'entrée et son lourd rideau en velours rouge bordé de franges d'or. Sur les affiches du film un drôle de petit homme à la moustache ridicule et aux pantalons trop larges semblait l'inviter à entrer. Mama Fina l'avait habillée pour l'occasion d'une robe marinière et d'un manteau blanc qu'elle avait peur de salir. Elle portait également un chapeau rond garni d'un ruban bleu foncé dont les pointes lui chatouillaient la nuque. Une nuée d'enfants, tout aussi apprêtés qu'elle, courait dans le hall ou s'amusait à sauter du grand escalier, en attendant que les parents finissent d'acheter les friandises.

Un homme à petit chapeau plat et uniforme rouge orné d'une rangée interminable de boutons dorés passa en actionnant une clochette. La nuée d'enfants s'évapora et Mama Fina entraîna Julia dans l'immense salle climatisée et sombre. Elle lui mit dans la main un petit sac en papier rempli de pop-corn, dont Julia ne voulut pas car elle avait surtout soif. Le faisceau lumineux d'une lampe de poche leur indiqua deux places au centre de la salle.

Elles s'y glissèrent en s'excusant. L'écran monumental s'alluma et écrasa Julia de sa présence. Elle se mi à suivre, hypnotisée, les mouvements du petit homme à la moustache ridicule, sans comprendre pourquoi les autres enfants riaient, alors qu'elle avait envie de pleurer.

— Tu as aimé ? lui demanda Mama Fina en sortant de la salle.

Après avoir réfléchi, Julia se tourna vers elle d'un air grave .

— C'était vrai, Mama Fina ?

— Non, c'est un film.

— Mais quand moi je vois des films… cela devient vrai après.

— Il faudra que nous parlions sérieusement de tout cela !

Un soir, alors que Julia avait fini ses devoirs, Mama Fina la prit par la main :

— Viens, il faut que je te parle.

Elle l'emmena par les rues étroites de La Boca suivant un parcours familier qui menait à l'église. Elles s'assirent sur le muret à l'entrée. Julia n'osa pas ouvrir la bouche, intimidée par la solennité de l'instant. Après de longues minutes de méditation, Mama Fina se tourna vers elle, la regarda droit dans les yeux et commença, en pesant ses mots :

— Ceci est un moment très important dans ta vie comme dans la mienne.

« Je vais te confier un grand secret, le même que m'a confié il y a soixante ans la mère de mon papa, avant notre départ d'Italie. J'avais exactement ton âge puisque dans quelques jours tu auras six ans.

« Tu m'as raconté qu'avant l'accident du bateau, alors que tu jouais assise sur le perron, tu es tombée dans "l'eau d'argent". Tu as eu très peur car tu ne pouvais plus respirer, et ensuite tu as vu des choses dans ta tête qui t'ont fait encore plus peur. Tu étais très en colère car personne ne voulait te comprendre.

« Ce qui t'est arrivé, ma grand-mère l'appelait le "troisième œil". C'est un don. Comme un grand cadeau. Seules quelques petites filles de notre famille le reçoivent... Moi je l'ai reçu, toi aussi, mais personne d'autre. Nous ne savons pas qui nous donne ce cadeau, nous savons seulement que c'est toujours un peu difficile de l'avoir.

« Si toi tu veux que quelqu'un d'autre reçoive ton don, par exemple, il faut d'abord que tu deviennes une maman, et que tu aies un garçon. Parfois les mamans ont des petites filles, parfois elles ont des petits garçons. Mais là, pour passer le cadeau, il faut avoir un garçon.

« Donc tu vois, Julia, ce n'est pas si facile, parce que l'on ne choisit pas, tu comprends ?

— Alors les mamans ne disent pas ce qu'elles veulent lorsqu'elles ont le bébé dans le ventre ?

— Non, ni les papas ni les mamans. C'est une surprise.

Julia se mit à balancer ses jambes, en frappant le muret de ses talons.

— Et mon troisième œil, je le donne à mon fils ? Comme toi tu as donné tes yeux à mon papa ?

— Oui, mais le don saute une génération, c'est-à-dire que ton papa a le don mais il ne peut pas l'utiliser.

Le papa doit à son tour avoir des petites filles, et l'une de ses petites filles reçoit le don et peut l'utiliser.

— Comme moi. C'est ton don que tu as donné à papa et qui maintenant est à moi.

— Exactement.

— Et pourquoi papa me l'a donné à moi?

— Tu sais, c'est un grand secret. Ton papa ne sait pas que le troisième œil existe.

— Pourquoi?

— Parce que c'est un secret.

— Mais pourquoi c'est moi qui ai le troisième œil et pas Anna?

— Parce qu'en général ce n'est pas l'aînée qui hérite le don.

— Pourquoi?

— Parce que personne ne doit pouvoir prévoir qui l'aura, comme cela c'est un vrai secret.

— Personne ne sait que j'ai le troisième œil?

— Personne, sauf moi. Parce que je l'ai aussi, et je sais le reconnaître. Toi non plus, Julia, tu ne savais pas, même si tu avais le don. Maintenant tu es grande, je peux te l'expliquer et tu peux garder le secret.

Julia buvait ses paroles, envoûtée. Elle n'était plus triste, elle n'était plus en colère. Mama Fina venait de mettre des mots sur ce qu'elle n'arrivait pas à s'expliquer. Elle se sentit sortir du chaos.

Sa grand-mère fit une pause, sonda l'expression de Julia, et continua en la fixant de ses yeux translucides :

— Est-ce que tu comprends ce qu'est le troisième œil?

— C'est un cadeau que personne ne sait.

— Oui, mais c'est surtout un don. Quelque chose

qui fait que l'on est doué pour quelque chose. Tout le monde reçoit des dons. Certaines personnes chantent mieux, d'autres dessinent mieux, d'autres parlent mieux, d'autres écoutent mieux. Parfois c'est un tout petit don, comme le talent de ranger une armoire. Parfois c'est très grand, comme celui de comprendre les étoiles. Ce don peut être gaspillé... ou bien au contraire utilisé pour faire plaisir aux autres... Si jamais je venais à mourir sans avoir eu le temps de tout t'apprendre, retiens avant tout ceci : notre don nous a été donné pour aider les autres.

Arrêtant subitement son discours, Mama Fina prit une voix de maîtresse pour ordonner :

— Julia, répète avec moi.

Julia prit une gorgée d'air et récita avec application :

— Notre don nous a été donné pour aider les autres.

Mama Fina sourit, elle lui tapota la joue et reprit :

— Notre don est différent. Il est secret, parce qu'il est unique. Les autres personnes ne comprennent pas et elles peuvent avoir peur. Notre troisième œil fonctionne comme lorsque l'on regarde par le trou d'une serrure : nous pouvons voir des choses, mais personne ne sait que nous les voyons. C'est comme lorsque nous sommes allées au cinéma voir Cantinflas, tu te souviens ? Nous sommes assises sur notre siège, nous suivons l'histoire, mais nous ne sommes pas dans l'histoire.

— C'est pour cela que les enfants riaient, parce qu'ils n'étaient pas dedans, n'est-ce pas, Mama Fina ?

— Ce qui est difficile pour nous, c'est de savoir qui est la personne qui nous prête ses yeux... Rappelle-toi, quand tu as vu Anna tomber du bateau, tu as deviné que c'était ta maman...

— Oui, parce que je grrrrrriffais papa avec les mains de maman, dit Julia dans un effort pour mimer le geste, le visage plissé.

— Tu ne griffais pas ton papa. Tu utilisais les yeux de ta maman pour voir, et tu as reconnu les mains qui allaient avec les yeux. C'étaient celles de ta maman.

Julia n'eut pas l'air de comprendre. Sa grand-mère fit une pause et souffla d'un ton compatissant :

— Oui, ma chérie, voilà quelque chose qu'il nous est dur d'imaginer. Ta mère, sans le savoir, t'a demandé de l'aide, et tu as vu par ses yeux ce qui allait arriver.

— Maman ne me demande jamais de l'aider, bouda Julia.

— Pourtant, dans le bateau, elle l'a fait.

— Mais maman ne m'a pas appelée dans le bateau ! disputa Julia.

— Ta maman ne sait pas qu'elle t'a appelée, parce que c'est quelque chose qui sort du cœur, pas de la tête. Elle n'a pas pensé : «je vais demander à Julia de m'aider», mais quand elle était sur le bateau…

— Elle criait et elle griffait papa, l'interrompit Julia grimaçant à nouveau, ses petits doigts en avant.

— Oui, parce qu'elle avait très peur, et sans y penser, sa peur t'a appelée, comme lorsque le téléphone sonne, et toi tu as répondu.

— C'est mon troisième œil qui a répondu ?

— Exactement. Avec notre troisième œil, toi et moi, nous pouvons répondre aux émotions des autres, c'est comme cela que ça marche. Et le plus souvent, ce que nous voyons n'est pas encore arrivé. Ça se passera demain, ou après-demain, ou encore plus tard.

— Le téléphone sonne en arrière?

— En quelque sorte. La personne qui nous appelle, notre source, vit ce qu'elle voit dans le futur.

— Pourquoi?

— C'est comme cela. Au moment où notre troisième œil répond, nous partons dans un voyage dans le temps. Notre don à nous nous permet d'aller en avant ou en arrière, alors que tout le monde est attrapé dans le présent.

— C'est pour cela que c'est un cadeau?

— Oui.

— Et pourquoi c'est bien de voyager dans le temps?

— Parce que nous pouvons aider les autres, comme toi tu as aidé Anna.

— Mais ce sont les jumeaux qui...

— On en a déjà parlé, Julia. C'est toi qui as voulu qu'Anna apprenne à nager, c'est toi qui as apporté les bidons sur le bateau. Si tu n'avais pas fait cela, ma chérie, je ne pourrais pas te révéler notre secret, et ton troisième œil se fanerait de lui-même.

— J'aurais perdu mon cadeau?

— Oui.

— Je n'ai pas envie de le perdre, Mama Fina.

4

LE DÉCRYPTAGE

Automne boréal, 2006

Elle se tient sur les dernières marches de l'escalier, interdite. Mais, après tout, quoi de plus naturel que d'être seul dans une salle de bains. Et pourtant. Il n'a jamais eu besoin de s'enfermer auparavant.

Elle reste là, un instant, puis revient sur ses pas à reculons, lentement, dans le besoin d'éclaircir ses pensées, de reprendre elle aussi de la distance. À être si proches, l'amour étouffe. La présence de l'autre devient lourde. Alors, on apprend à vivre sans se voir, comme on ne voit plus le guéridon de l'entrée.

Julia redescend et s'assied dans le salon. Elle a déjà mis la table et tourné une salade. Absente, assise sur le sofa dans l'obscurité, elle regarde fixement l'allée d'ombres que forment les ormes et les érables à travers la fenêtre.

C'est un rituel après chaque voyage. Elle se doit d'être assise, d'être seule. Lorsqu'elle était plus jeune, elle cherchait l'heure des chats et l'intimité du silence. Elle avait besoin de revoir son voyage dans un monde éteint, pour ne pas craindre d'être surprise. Elle a maintenant assez d'entraînement pour ne plus devoir attendre minuit. Les yeux grands ouverts, elle ne voit plus le monde. Seule la séquence d'images déjà gravée dans son cerveau défile devant ses yeux. Les images lui reviennent, non pas comme les souvenirs flous que nous restitue la mémoire, mais avec une clarté et une précision que seul l'organe de la vue peut rendre. Il s'agit bien d'une banque d'images compressées entre les yeux et le cerveau. Ses pupilles sont contractées alors qu'elle est dans le noir, car elle fixe une source de lumière interne. Le film de son dernier voyage passe en continu. La chambre d'hôtel, la jeune Asiatique, l'homme. Elle répète la même séquence, une, deux, cent fois.

Julia a été formée, dans la rigueur, à recueillir les informations et à les trier. Rien ne peut être écarté d'emblée. Julia sait d'expérience que les détails les plus anodins, ceux que l'on a tendance à négliger parce qu'ils sont trop évidents, sont souvent les plus utiles.

Elle a besoin d'établir de qui viennent les images que son troisième œil a captées. Elle doit comprendre la connexion : pourquoi est-elle liée à cette personne, et à cet instant précis. Parfois sa source fait partie de son entourage. Mais très souvent, il lui arrive de ne pas pouvoir l'identifier parce qu'elle ne l'a pas encore rencontrée. Elle est certaine après un voyage qu'un jour ou l'autre cette personne traversera le méridien de sa vie. C'est une règle. Mais Julia doit comprendre quel est son rôle, pourquoi elle est appelée à intervenir.

Ce soir, elle se sent un peu perdue. Le plus étonnant dans ce qu'elle observe, c'est qu'il n'y a justement rien d'étonnant. Voilà pourquoi elle a réussi à s'asseoir à son bureau et à finir d'un trait sa traduction. Elle en a presque oublié la jeune femme aux yeux bridés, son sourire froid, et l'homme qui l'accompagne. Rien de perturbant, rien d'urgent dans tout cela.

D'ailleurs, elle n'est pas épuisée, contrairement aux retours habituels. Car il s'agit en général de moments durs, traumatisants, faisant antichambre à la mort : accidents, grandes souffrances, crimes passionnels, assassinats. Elle intercepte l'instant charnière d'êtres qui, pour une raison ou pour une autre, sont entre la vie et la mort, confrontés à un choix crucial.

Elle revient au point de départ, au début de la séquence, dans cette pièce baignée de pénombre. Elle est avec sa source dans la chambre d'hôtel. Elle entend la voix de Mama Fina, ses mots qui l'aiguillent toujours. Il faut chercher les détails qui permettent l'identification de la source. Car cette personne désire transmettre, elle appelle à l'aide depuis son inconscient, elle laisse des traces pour être reconnue.

Elle a vu ses genoux, une chemise. Elle est sûre qu'il s'agit d'un homme. Elle se trompe rarement : les hommes suivent le monde d'une façon particulière, leur vision est sélective, les données dont ils approvisionnent leur cerveau répondent à des critères différents de ceux des femmes... Ils s'intéressent plutôt à ce qui bouge, à ce qui change, à ce qui se touche. Les femmes, elles, s'attardent plus sur ce qui reste, sur les détails, sur l'impalpable. Julia voudrait scruter la pièce. Elle revoit des habits plus jetés que posés sur une chaise... Est-ce un homme pressé ? Impatient ? Jeune peut-être ?... L'endroit depuis lequel il regarde est hors du champ de réflexion du miroir de la salle de bains. Elle ne réussit pas à voir son visage.

S'agit-il d'un couple marié ? Peut-être pas : le départ précipité de la jeune femme, son dernier geste... Il y a là un manque d'intimité et pas assez d'indifférence pour qu'il s'agisse d'un couple établi. Il pourrait être question d'une rencontre furtive, d'une liaison de passage. Julia revoit le visage de la jeune femme, elle s'y attarde, cherchant à déchiffrer son sourire. Pourrait-il s'agir d'une escort ? Difficile à dire. Les rapports occasionnels et anonymes semblent être devenus pour certains une sorte de violon d'Ingres. Mais peut-être pas. Il y a chez cette jeune femme une retenue, une distance. Elle se préserve, comme si elle avait besoin de rester hors d'atteinte.

Les escaliers grincent, Theo descend, elle doit reprendre contenance. Ses prunelles se sont déjà dilatées lorsqu'elle se retourne pour lui sourire. Il l'embrasse avec une tendresse irréprochable en lui disant qu'il s'occupe du dîner. Julia prend son temps, elle voudrait continuer à réfléchir. Mais l'odeur venant de la cuisine l'attire.

Theo est occupé à se faire une omelette de blancs d'œufs, qu'il achète depuis peu en briques cartonnées, au supermarché discount. On lui a dit que c'était une source incomparable de protéines. Obsédé par l'idée de se refaire un corps d'athlète, les blancs d'œufs sont devenus sa passion. Julia est incapable de partager son enthousiasme. L'idée de cette substance visqueuse lui donne la nausée. Mais elle ne dit rien.

Ils s'assoient face à face. Elle picore de la salade, Theo dévore son plat.

— Ça va ? lance Julia dans l'intention de meubler le vide.

41

— Fatigué, répond Theo en se levant sans la regarder.

Julia soupire. Peut-être est-ce inévitable.

Sa mémoire lui remonte une pêche de vieux souvenirs. Sa première sortie avec lui, il devait avoir tout juste dix-neuf ans, elle n'en avait pas plus de quinze. Elle habitait toujours chez sa grand-mère, lui avec ses parents.

Assis dans une cafétéria de San Telmo, non loin de l'école de Julia, il avait osé lui prendre la main. Sa hardiesse avait été froidement reçue. Non pas que Julia trouvât cela inconvenant, loin de là. Mais certains codes lui paraissaient vides de sens. En guise d'explication, Julia lui avait pointé du nez un couple, déjà dans la trentaine, assis face à face, à deux tables de la leur. Ils savouraient une énorme coupe de glace qui dégoulinait sur les côtés, décorée d'un petit parapluie chinois en papier fuchsia. Appliqués à ne rien laisser perdre, sans échanger un seul mot, ils se tenaient d'une main en essayant de manier la cuillère de l'autre.

Theo avait haussé les épaules, sans comprendre. Julia trouvait cela triste, de ne pas se parler, de ne pas se regarder. Ils avaient empilé leurs mains l'une sur l'autre comme deux poissons morts. Deux mains rangées sur un coin de la table, voilà ce qu'ils avaient fait de leur amour. Julia, elle, n'avait pas envie d'un amour rangé. Elle détestait les roses rouges, et les parapluies chinois en papier. Elle ne voulait pas se retrouver à manger des glaces en compagnie d'un homme à qui elle n'aurait plus rien à dire. Theo avait éclaté de rire, et Julia l'avait trouvé presque séduisant. Il lui avait répondu à sa façon. Le lendemain, alors qu'elle sortait en courant de la maison, toujours en retard pour aller à l'école, elle avait failli s'étaler de tout son long sur un tapis de roses rouges.

Julia soupire. Theo a fini son dîner et vient de plonger dans ses jeux électroniques. Avec trente et un ans de plus et une vie qui n'a respecté aucune convention, ils se retrouvent tout de même comme ce couple de la cafétéria de San Telmo, à manger les yeux rivés sur leurs assiettes, incapables de se dire un mot.

Ils ont enduré trop de souffrances, franchi trop d'obstacles. Julia ne peut s'y résoudre. Ils n'ont pas le droit de s'installer dans l'ennui alors qu'ils viennent juste d'atteindre leur but.

Elle monte quatre à quatre les escaliers jusqu'à la chambre, ouvre le placard, enfile sa robe noire des soirs de fête, fouille dans ses boîtes de chaussures et pêche les hauts talons noirs qui le rendent fou. Elle enroule ses cheveux derrière la tête et se maquille, collée au miroir, traçant une ligne noire au-dessus de ses cils. Elle se regarde. Oui, elle est belle.

Julia se retourne. Theo est là, immobile, sur le pas de la porte.

— Mais... qu'est-ce qui te prend ? lui dit-il.

— Allez, on sort, on va s'amuser.

Elle le tire par la main et se colle contre lui.

Il s'apprête à lui répondre qu'il est fatigué, mais il la scrute un instant, puis, charmeur, il lui chuchote à l'oreille :

— Tu veux vraiment sortir ?

Le ton est presque parfait. Pour Julia cela sonne faux.

Il vient de remettre son masque.

5

LE MASQUE

Été austral, 1972

Ils s'étaient connus à la fête anniversaire des dix-huit ans d'Anna. La famille avait quitté la banlieue et venait d'emménager dans une maison à deux étages dans le quartier de Liniers. Anna était ravie, non seulement parce que la maison était plus grande, mais surtout parce qu'elle se rapprochait de Julia. Elle n'avait jamais accepté que la distance s'installe entre elles. C'était Anna qui passait deux fois par semaine à La Boca chez Mama Fina en sortant de l'école pour voir Julia, et c'était elle aussi qui l'initiait aux émotions de l'amour. Alors les filles s'enfermaient dans la grande salle de bains pour de longs conciliabules qui pouvaient durer jusqu'à l'aube. Julia savait tout de suite lorsque Anna était amoureuse, car elle le niait en faisant battre ses cils comme les ailes d'un papillon. Julia trouvait les états d'âme de sa sœur risibles, et elle se disait qu'elle ne serait jamais amoureuse de cette façon-là. Mais elle suivait avec une pointe d'envie les stratagèmes que sa sœur mettait en place pour séduire le jeune homme sur lequel elle avait jeté son dévolu.

Lorsque Anna restait dormir à la maison, le téléphone de Mama Fina ne cessait de sonner. Julia avait pour rôle de répondre en faisant semblant de ne pas savoir si sa sœur se trouvait à la maison, pour donner le temps à Anna de décider si elle voulait prendre le téléphone ou si elle préférait demander d'être rappelée plus tard. Si Pablo, le prétendant favori d'Anna, appelait, Julia devait faire un immense effort pour ne pas hurler de rire. Anna se jetait par terre et se mettait à pédaler frénétiquement dans le vide, incapable de contrôler son émotion, pendant que Julia, pliée en deux, bouchait le combiné de son mieux. Elle se calmait en soufflant à petits jets, retrouvait son rythme de respiration normal et prenait le téléphone, avec l'air le plus naturel du monde, pour s'excuser auprès du garçon de l'avoir fait attendre. Dès qu'Anna raccrochait, Julia se retrouvait à courir autour de la fontaine du patio avec sa sœur, criant comme une Sioux, aussi excitée par l'invitation qu'Anna.

Julia vint donc aider aux préparatifs de la fête, avec le sentiment d'avoir une mission importante à accomplir. Elle avait été prévenue que Pablo venait de confirmer sa présence. Elle prit en charge la décoration des lieux en confectionnant des guirlandes bariolées à partir des pages brillantes des magazines dont sa mère faisait collection. Elle gonfla des ballons multicolores et les suspendit en grappes aux coins des pièces et au-dessus des portes. Elle installa des ampoules de couleurs sur les lampes et chandeliers du rez-de-chaussée, et transforma le salon en dancing après avoir aligné tous les meubles le long des murs. Elle aida finalement sa mère à tourner l'immense marmite de spaghettis à la napolitaine, et à installer la pile d'assiettes sur la table en buffet.

Les invités arrivèrent tous d'un coup et Julia se sentit étrangère. Les garçons entraient dans la cuisine sans façons, embrassaient sa mère en la saluant par son prénom, et ressortaient avec le verre qu'elle leur tendait. Julia, debout près de sa mère, avait l'impression d'être transparente.

Lorsque Anna, rayonnante dans une robe imprimée vert turquoise, mit en marche le nouveau tourne-disque et que Pablo déballa sa collection de trente-trois tours avec les derniers succès d'Almendra, Sui Generis, et Led Zeppelin, Julia se retrancha dans le jardinet à l'avant de la maison. Elle avait trop envie de danser, trop peur de ne pas y être conviée, et encore plus peur de l'être et de ne pas savoir s'y prendre.

À travers la porte grande ouverte, Julia observait les jumeaux qui faisaient tourner toutes les filles et Anna qui changeait de cavalier à chaque nouveau morceau sous l'œil amusé de Pablo. Aucun des garçons ne faisait attention à elle. Julia en avait presque honte, et s'en voulait de s'être habillée comme une enfant, d'une robe longue en coton bleu aux motifs hindous avec une broderie en nid-d'abeilles qui lui aplatissait les seins.

Un jeune homme, les cheveux en bataille et l'air blasé, s'approcha un verre à la main pour s'asseoir à côté d'elle. Il s'y prit si maladroitement que Julia crut un instant qu'il lui renverserait la boisson dessus. Il se tourna finalement vers elle, et la gratifia d'un grand sourire. Julia allait partir horrifiée à l'idée que son geste pût être motivé par de la commisération. Mais elle le trouva tellement peu séduisant, avec sa peau vérolée et ses énormes lèvres, qu'ayant la sensation que les rôles s'étaient inversés, elle s'autorisa à être aimable.

Il lui tendit le verre :

— C'est un peu meilleur que ce que ta mère nous offre.

Julia leva un sourcil, mi-vexée, mi-amusée.

— C'est du Coca-Cola… mais avec du rhum ! continua-t-il.

— Pas mon truc ! rétorqua Julia.

— Tu as tort, non seulement c'est bon, mais cela te rendrait plus gentille. C'est du rhum de Cuba, je te signale. Si tu veux danser avec moi, il faudra que tu en boives comme toute jeune révolutionnaire qui se respecte !

— Je n'ai aucune envie de danser avec toi.

Et comme pour justifier son manque d'humour, elle ajouta :

— Je ne sais même pas qui tu es.

Il se leva d'un bond, fit une révérence, et après un baisemain cérémonieux :

— Je m'appelle Theodoro d'Uccello, Theo pour les intimes, et dorénavant toujours à votre service.

Julia ne put s'empêcher de pouffer. Theo venait de gagner la première manche. Il entraîna Julia dans le salon, et ils se mirent à danser en riant aux éclats, sans se soucier des autres couples qu'ils bousculaient. La mère de Julia n'apprécia pas du tout la conduite de sa fille. Elle finit par faire appel à son mari, pour qu'il y mette de l'ordre. Le père de Julia fit une entrée remarquée dans le salon sous le regard inquiet des jeunes qui s'écartaient sur son passage. D'un pas lent, la mine sévère, il se dirigea droit sur celui qui captivait sa fille cadette.

— Il va falloir que je mette mon masque, chuchota Theo en clignant de l'œil, avant d'être abordé par le maître de maison.

Julia l'observa, guettant le moindre faux pas. Mais Theo la surprit. Il était devenu sans transition un adulte, l'égal de son père. Il s'excusa de ses enfantillages et mena ensuite la conversation là où il le voulait, faisant preuve de grande intelligence. Il parlait politique et discutait des derniers événements de la vie nationale avec assurance. Il déclara ouvertement qu'il était péroniste, et qu'il s'attendait à un retour victorieux du Général, car les militaires finiraient par céder à la pression populaire. Theo ne pouvait pas faire plus plaisir au père de Julia, qui lui non plus ne cachait pas ses sympathies pour le vieux leader.

Tout le monde savait que Perón faisait sa première visite en Argentine depuis son départ en exil. De là à croire qu'il y aurait des élections pour lui permettre un retour définitif à la tête du gouvernement, comme le soutenait Theo, peu osaient l'envisager, même parmi ses plus fidèles supporters. Et à vrai dire, Julia s'en moquait.

Elle revint s'asseoir dehors contre la grille du jardinet. Elle venait de réaliser qu'elle avait accumulé une grande fatigue d'être avec les autres. Elle avait besoin de s'éloigner. Elle observa la rue vide et mal éclairée. Bien que les trottoirs ne fussent pas larges, on avait eu le souci de laisser une place pour y planter des arbres. Ils devaient maintenant se battre contre l'invasion de poteaux électriques et de lampadaires dont la moitié étaient hors service. Les grandes maisons délavées, les fenêtres longi-lignes ornées d'élégants balcons en fer forgé et les toits crénelés témoignaient d'un passé plus glorieux. Il y avait là quelque chose de fragile qu'elle aimait.

La fête toucha à sa fin et les jeunes prirent congé les uns après les autres. La maison tomba dans le silence et Theo, un des derniers à partir, garda son masque jusqu'au bout. Il salua Julia poliment et s'en alla. Il pouvait être si convenable ! Elle le suivit du regard, jusqu'à ce qu'il eut tourné au coin de la rue.

Elle remue la tête en se coiffant, comme pour chasser ses souvenirs, et remet de l'ordre dans ses cheveux avec ses doigts. Il ressort son masque pour cacher quelque chose, en dernier recours, quand il se sent pris au piège. Julia fait mine de ne pas s'en être aperçue. Elle ne veut pas l'alerter. Oui, elle veut sortir. Maintenant, elle y tient. Elle insiste, comme par caprice. Mais elle est secouée.

Ils prennent la voiture, évitent de se croiser du regard et fouillent les rues en quête d'animation. Julia se veut joyeuse et désinvolte. Mais ils traversent une ville fantôme : tous les bars sont fermés. Ils traînent près de la gare, s'aventurent jusqu'à la marina, autour du centre commercial. Rien. Ils en sont presque secrètement soulagés. Sur le chemin du retour, juste derrière l'héliport, ils sont soudainement aveuglés par des enseignes de néons en bordure de route. C'est un bar de motards. Et il est rempli de monde. Au travers des vitres embuées, ils distinguent une piste de danse et un billard. Une musique de crooner crève la nuit au travers de la porte battante qu'un couple maintient entrouverte.

Ils garent la voiture et hésitent. Des filles noires chantent devant un karaoké géant. Julia s'anime et tire Theo à l'intérieur. Leurs voix cristallines contrastent avec des corps lourds qu'elles agitent sur un rythme d'enfer, alors que les hommes affalés au bar les ignorent. Theo, lui non plus, ne leur prête aucune attention. Pas plus qu'il n'en prête à Julia. Il est absent.

Parti chercher des bières au bar, Theo évite tout contact et revient, perdu dans ses pensées. Julia se hasarde à nouveau :

— Ça nous ferait du bien de partir un week-end à moto...

Le regard de Theo lui revient l'espace d'un instant.

— ... Nous pourrions faire une balade dans le Berkshire.

L'endroit est ravissant dans cette fin d'été et Julia sait que Theo se plaît à conduire sur les routes de montagne. Le Labor Day approche, ce serait le moment idéal pour profiter d'un week-end prolongé.

Theo pose son verre. Il met une seconde de trop à répondre.

— Oui, nous pouvons prendre deux jours et partir vendredi, concède-t-il. Mais il faut que je sois de retour pour assurer une permanence lundi matin.

Julia ne veut plus poser de questions. Une permanence le Labor Day, belle trouvaille. Comme l'excuse que Theo a inventée pendant l'été pour ne pas partir en Nouvelle-Zélande rendre visite à leur fils. Theo prétendait contre toute évidence que le voyage avait été programmé sans le consulter et qu'il lui était impossible d'abandonner son poste. Julia est partie tout de même, outrée de sa

50

mauvaise foi, et parce que Ulysse avait organisé ses congés en fonction des dates prévues. De plus, elle tenait à rencontrer la fiancée de son fils.

Son voyage n'a pas arrangé les choses. Depuis son retour, Theo est irritable, et il s'est mis à la poursuivre de remarques blessantes. Si le réservoir de sa voiture est vide, c'est parce que Julia ne veut pas contribuer aux charges du foyer. S'il ne retrouve pas les télécommandes de leur nouvelle télé, c'est parce que Julia n'est pas organisée. Si Julia entre à l'improviste dans leur chambre, c'est parce qu'elle le surveille. Il a fini par installer son bureau dans la buanderie pour que Julia ne le dérange pas.

Mais il y a plus. Julia fait malgré elle le décompte de ses nouvelles excentricités : une passion soudaine pour le heavy metal, un goût nouveau pour les jeux électroniques, et sa dernière lubie, les blancs d'œufs. Julia lie tout ceci, sans savoir pourquoi, à l'histoire d'une conférence pour les employés du bureau à laquelle Theo s'est rendu il n'y a pas si longtemps. Theo en est revenu tout excité. Il lui a parlé d'un collègue, un jeune Coréen, avec lequel il a sympathisé. Il lui a ensuite expliqué qu'il reviendrait parfois du bureau un peu plus tard car il comptait se rendre au gymnase avec son nouvel ami.

C'est curieux, songe Julia, ça reste coincé comme une arête de poisson.

Theo vient de déposer deux bières sur la table.

— Au fait, merci pour ton déjeuner, ma chérie. Les gars au gymnase étaient verts. On avait tous faim, on a poussé l'entraînement à fond.

Il s'est assis tout près d'elle et l'embrasse sur la bouche avec passion. Toutes les élucubrations de Julia s'évaporent en un instant. Ce n'est peut-être qu'un accès de jalousie, un contrecoup de ma transe. L'idée la surprend. Elle n'est pas fatiguée, pourquoi faire ce lien? Elle revoit machinalement les images de la jeune Asiatique se maquillant dans la salle de bains, le lit, les vêtements sur la chaise. Theo lui passe le bras autour de la taille et la serre contre lui. Ils se lèvent main dans la main et dansent au milieu des tables de billard. Julia repense à sa toile de Rothko, et se sent coupable d'ouvrir une place au doute

Pendant la nuit, Theo la sent bouger et la retient contre lui. Julia prie pour qu'ils restent ainsi à jamais, collés l'un à l'autre. Un avion survole la maison. Son ronronnement la berce. Elle ne voudrait être nulle part ailleurs que dans ses bras. Elle se réveille aux aurores. Theo est déjà sous la douche. Elle enfile son peignoir et descend préparer le déjeuner qu'il emportera au bureau. Elle ouvre le sac dans lequel il transporte ses affaires de sport et sa boîte à lunch. Le short et le tee-shirt de la veille sont impeccablement pliés, le repas est intact, il ne l'a pas touché.

Le cœur de Julia se glace. Theo lui a raconté hier soir les détails de son entraînement au gymnase. Il lui a même dit avoir réchauffé son repas dans le micro-ondes du bureau. Julia s'arrête net en fixant les affaires de Theo. Mon Dieu… et s'il y avait quelqu'un d'autre, et s'il s'était mis en évidence pour qu'elle le devine? L'a-t-il fait exprès?

Julia n'hésite pas une seconde. Elle monte les escaliers en flèche, passe un maillot en coton gris et un survêtement, toque à la porte de la salle de bains, et souffle à petits jets dans un effort pour ne pas trahir son émotion :

— Je pars faire un jogging, je te laisse le petit déjeuner sur la table.

Julia dévale les escaliers. Elle sort par la porte principale et contourne la maison jusqu'à la voiture de Theo garée sur la voie d'accès privée. Elle ouvre la portière avec précaution pour ne pas déclencher l'alarme, et se glisse sur la banquette arrière, lève le loquet qui verrouille le dossier du siège et rabat celui-ci vers l'avant, ouvrant de l'intérieur l'accès au coffre. Elle s'y glisse, tire le dossier pour que le siège revienne à sa place et s'immobilise dans sa cachette, haletante.

Recroquevillée sur elle-même dans le noir, le cœur battant et les mains moites, elle a la nausée. Ce n'est pas l'envie de savoir la vérité qui la rend malade. C'est le fait de se retrouver à nouveau enfermée dans un coffre de voiture.

6

LE MASSACRE D'EZEIZA

Hiver austral, 1973

Julia avait quinze ans. Cela faisait quelques mois qu'elle l'aimait. Sa grand-mère l'avait mise en garde : les femmes de la lignée n'étaient jamais heureuses en amour. Mais Julia ne voulait rien entendre, elle serait l'exception.

L'adolescent imberbe qui l'avait abordée chez ses parents était devenu un homme. Il s'était inscrit à la faculté de Sciences de l'université de Buenos Aires. Il voulait être informaticien. Il avait été bon en maths au collège et s'était pris d'intérêt pour la programmation de systèmes, discipline toute récente qui survivait malgré la fuite en exil des principaux cerveaux argentins après la nuit des « Longs Bâtons[1] ».

Theo aurait voulu travailler près de Clementina. C'était la coqueluche de la faculté, et le premier ordinateur programmé entièrement en Argentine, un appareil volumi-

---

1. Nuit des Longs Bâtons : 26 juillet 1966, fin de l'autonomie universitaire et persécution de scientifiques et académiciens argentins par la junte militaire du général Juan Carlos Onganía.

neux qui prenait tout l'espace d'une pièce. Clementina venait malheureusement d'être démantelée sous le prétexte qu'une nouvelle machine allait être mise en service, et Theo espérait faire partie de la nouvelle équipe. Ses résultats à la fac étaient excellents, et ses professeurs le considéraient comme un étudiant particulièrement doué.

Ambitieux, Theo lisait à peu près tout ce qui lui tombait entre les mains, et avait un avis sur n'importe quel sujet, car même quand ses connaissances étaient superficielles, il savait les étayer d'une réflexion convaincante. Mama Fina disait qu'il avait de la *présence*. Il n'était certes pas beau, mais il avait le charme de ces jeunes qui aiment la compagnie des autres. Doué d'une repartie qui le plaçait très vite au centre des conversations, il savait se moquer de lui-même et faire rire. Il répétait qu'il avait développé une âme de clown pour garder Julia, et elle savait que c'était vrai.

Mais surtout, et c'était ce qui le rendait irrésistible aux yeux de Julia, Theo mettait un point d'honneur à cultiver l'enfant en lui. Il était partant pour tous les jeux, curieux de toutes les nouveautés, ouvert à toutes les folies. Julia se sentait emportée par un ouragan et c'était son tour de tenir Anna en veille avec ses histoires sur Theo.

Theo était très proche de Gabriel, son frère, de cinq ans son aîné. Il lui vouait une admiration sans bornes. Ils étaient sortis tous les deux du collège National de Buenos Aires. C'est là que Gabriel s'était lié d'amitié avec Carlos Gustavo Ramus, un compagnon de classe au destin dramatique. En 1964, Ramus était devenu leader des étudiants catholiques de Buenos Aires, il avait juste dix-sept ans. À vingt-trois ans il avait participé à la fondation d'une fronde révolutionnaire contre la dictature, les Montoneros, du nom des premières guérillas contre les Espagnols au XIXe siècle. Il était mort quelques mois plus tard lors d'une confrontation avec les forces de l'ordre. C'est avec Ramus que Gabriel, à peine âgé de dix-huit ans, avait commencé à militer à la J.E.C., le mouvement de la Jeunesse étudiante catholique. C'est aussi avec lui que Gabriel avait fait la connaissance du jeune prêtre Carlos Mugica, qui officiait alors comme conseiller spirituel du mouvement.

Lorsque Gabriel préparait ses examens pour entrer à la fac de médecine en 1966, il s'était mis à faire de la politique, ce qui, pensait Theo, se résumait à quelques réunions entre copains. Son cercle était constitué de jeunes nationalistes, plutôt conservateurs et catholiques, attirés aussi — paradoxalement — par le Che Guevara et Mao. Le père Mugica était devenu pour eux un maître à penser, car il parlait de justice sociale et travaillait sur le terrain dans les *villas-miseria* de Buenos Aires. Il y avait emmené à plusieurs reprises ses jeunes disciples pour faire entre autres des campagnes de vaccination. Le contact avec la misère avait eu pour effet de faire fuir certains d'entre eux, mais aussi de pousser les plus aguerris à s'engager davantage. C'est ainsi que les livres de Pierre Teilhard de Chardin, d'Yves Congar ou de René Laurentin avaient été lus avant *Le Capital* de Marx par la jeunesse du quartier de Mataderos où les frères d'Uccello résidaient.

La chambre du jeune Theo était alors une fidèle expression de l'influence de son grand frère. Au lieu des posters d'Ursula Andress qui trônaient chez ses copains, celle de Theo arborait des photos du Che Guevara et de Perón en uniforme de gala. Il ne semblait nullement gêné par le fait que ses héros pouvaient incarner des idéaux contradictoires. Au pied de son lit s'empilaient les numéros de la revue *Christianisme et Révolution* qu'il récupérait une fois l'exemplaire passé au crible du cercle politique de son aîné. Sur l'une des étagères derrière la porte reposait, poussiéreux, ce qui avait été auparavant un texte d'école obligatoire : *La Razón de mi vida*, avec l'image d'Evita en couverture. Le livre venait d'être interdit par la junte militaire.

Theo était un enthousiaste des réunions à la maison du cercle de Gabriel, surtout de celles auxquelles le père Mugica participait. Le jeune prêtre soutenait que la tentation de la lutte armée était un piège et que seule l'action démocratique pouvait venir à bout de la mainmise militaire. Bien qu'il admirât la réussite de l'expérience cubaine, il refusait de justifier la violence révolutionnaire. Il se plaisait à leur rappeler que les Évangiles invitaient à laisser les armes pour la charrue, ce qui ne l'avait pas empêché d'entrer en conflit avec le cardinal Caggiano, archevêque de Buenos Aires et tête de l'Église argentine, qui soutenait ouvertement la dictature militaire.

Son frère Gabriel avait nourri pendant un certain temps l'idée d'entrer au séminaire. Il avait été tenté de suivre Mugica et de militer comme lui au sein du mouvement contestataire « Prêtres pour le tiers-monde », une organisation de jeunes curés argentins rendus extrêmement populaires par leur hardiesse à dénoncer les abus de la junte militaire.

C'était peut-être pour cela que Gabriel n'avait pas rejoint son ami Ramus quand, au début des années soixante-dix, la première cellule armée des Montoneros avait été structurée. Pour Gabriel, la subversion était une façon d'accroître le malaise social au lieu d'y remédier. Il n'avait pas non plus approuvé l'Opération Pindapoy pour kidnapper le général Pedro Eugenio Aramburu. L'ancien chef de la junte militaire avait été traîné devant un tribunal populaire. Accusé de tous les crimes, en particulier celui d'avoir fait disparaître le cadavre d'Evita Perón, il avait été exécuté d'une balle dans la tête. Les Montoneros avaient diffusé un communiqué déclarant qu'ils ne rendraient son corps que contre la dépouille d'Evita.

Ce fut le moment choisi par Theo, alors qu'il fêtait juste ses dix-sept ans, contre l'avis de son frère aîné et malgré les mises en garde du père Mugica, pour devenir Montonero. Sa décision coïncida, à quelques semaines près, avec la nouvelle que le cadavre d'Aramburu avait été retrouvé par les militaires dans l'hacienda des parents de Ramus. Leur propriété, *La Celma*, se trouvait dans la province de Buenos Aires et Gabriel la connaissait assez bien pour y avoir été invité à plusieurs reprises.

Theo demanda à Gabriel de le mettre en contact avec Ramus. Il était convaincu que son frère savait où il se cachait, et il voulait intégrer l'organisation sur-le-champ. Gabriel refusa d'emblée. Que ce fût parce qu'il condamnait l'action des Montoneros ou parce qu'il tenait à le protéger, Gabriel se mit en colère contre son frère, et se cloîtra dans un mutisme obstiné. Theo lui en voulut mortellement.

La discorde entre les frères d'Uccello dura jusqu'aux événements tragiques du printemps. Dans la journée du 7 septembre 1970, Carlos Gustavo Ramus mourut en dégoupillant une grenade lors d'un affrontement avec la police dans une pizzeria en plein Buenos Aires. Pendant l'échange de tirs, le chef des Montoneros, Fernando Luis Abal Medina, fut lui aussi abattu.

L'information se répandit comme une traînée de poudre. Le père et la mère de Theo suivirent les nouvelles à la radio, rongés par l'angoisse. Gabriel n'était pas encore rentré dîner à la maison. L'ambiance était lourde à table, les assiettes étaient restées intactes, et personne n'osait faire de commentaires. La veille, Gabriel s'était disputé avec son père qui l'avait fortement réprimandé pour ses idées de gauche, l'accusant d'avoir une mauvaise influence sur Theo. Theo se sentait terriblement coupable, sachant combien Gabriel s'opposait à la violence des Montoneros, et combien l'accusation de son père était injuste. Mais il n'eut pas le courage de prendre la défense de son aîné, ni pendant la dispute de la veille, ni à table dans le long face-à-face silencieux avec ses parents. Il attendit son frère jusqu'à l'aube, en proie au remords, assis dans la cuisine et collé au poste de radio. Lorsque Gabriel fit son apparition, Theo s'élança comme un fou pour l'embrasser, mettant fin à la dispute qui les avait tenus à distance pendant des mois.

Chacun sentait, sans oser se l'avouer, que c'était l'autre qui avait eu raison. L'évolution de leurs sentiments et les événements récents les amenaient à considérer la situation politique du point de vue de l'autre. Gabriel se mit à réévaluer son refus catégorique de la lutte armée et Theo considéra la possibilité de se rapprocher de la jeunesse péroniste plutôt que de la structure clandestine des Montoneros.

Le père Mugica célébra les funérailles de Ramus. Une immense foule s'était rassemblée près de l'église de San Francisco Solano, en plein milieu du quartier bourgeois de Mataderos. Gabriel et Theo étaient présents eux aussi, sentant pour la première fois qu'ils faisaient partie de l'Histoire de leur pays. La mort de Ramus révéla aux d'Uccello une nouvelle réalité : elle fit sortir les sympathisants des Montoneros dans la rue, dévoilant l'importance du mouvement comme force politique et non plus seulement comme guérilla urbaine.

Le jour où le général Perón revint pour la première fois d'exil, Gabriel et Theo vinrent l'accueillir avec une centaine d'autres jeunes. Ils s'étaient rassemblés sous la pluie et bravaient les forces de l'ordre qui leur avaient interdit d'approcher l'aéroport d'Ezeiza. C'était le 17 novembre 1972, quelques jours avant les dix-huit ans d'Anna. Perón avait passé des heures détenu à l'aéroport, avant d'être relâché dans un Buenos Aires vide, tenu fermement en laisse par les militaires qui venaient d'imposer le couvre-feu.

Six mois plus tard, Gabriel et Theo se retrouvèrent, avec Julia cette fois-ci, dans l'immense foule qui venait fêter le retour définitif de Perón. Le scrutin démocratique de mars 1973 venait de porter le péroniste Héctor José Cámpora à la présidence de la République, alors que Perón était toujours interdit d'élections. Tout le monde savait qu'il ne s'agissait là que d'une transition pour préparer le retour au pouvoir du Général.

Lorsque Theo passa prendre Julia pour participer à la manifestation de bienvenue à l'aéroport d'Ezeiza, les supplications de Mama Fina pour les en dissuader ne firent pas le poids face à leur enthousiasme. Il est vrai que Julia elle aussi avait beaucoup changé. Elle était devenue en quelques mois une véritable jeune femme et tenait à donner des preuves de son indépendance.

Ils arrivèrent à Ezeiza poussés par l'immense marée humaine qui venait accueillir le Général et qui se répandait sous la tribune installée pour son discours. Main dans la main, ils se faufilèrent jusqu'à la colonne où s'étaient regroupés les militants de l'aile politique des Montoneros, à côté des gars du Front Justicialiste de Libération et des militants des Forces armées péronistes. Ils espéraient avoir une chance d'y retrouver Gabriel. La mission s'avéra tout simplement impossible. Ce 20 juin 1973, plus de deux millions de personnes étaient au rendez-vous.

Le vent piquant qui soufflait dans cette matinée d'hiver semblait n'avoir aucun effet sur une jeunesse légèrement vêtue. Il est vrai qu'il faisait beau. Mais la foule était surtout réchauffée par la liberté retrouvée après le départ de la junte militaire. L'excitation à son comble maintenait la température au zénith. Les Montoneros, récemment dotés d'une organisation politique, scandaient haut et fort leurs slogans ouvertement révolutionnaires. S'y connaissant très peu en politique, Julia comprenait que les Montoneros étaient les plus nombreux parmi les forces péronistes présentes, et qu'ils étaient en position de force. Elle se sentait emportée par l'émotion collective, elle faisait partie de cette masse humaine dont le cœur battait à l'unisson avec le sien. Il y avait là une sensation primitive de puissance et de victoire qu'elle n'avait jamais expérimentée auparavant et qui la grisait.

Ayant abandonné l'idée de retrouver Gabriel, Theo et Julia se frayèrent un passage pour se rapprocher de la tribune dans l'espoir de voir de plus près l'homme pour qui toute l'Argentine vibrait. Le bruit commença à courir que l'avion du Général avait été dévié sur l'aéroport de Morón et une vague d'inquiétude se répandit dans la foule.

C'est alors que la fusillade commença. Des balles giclèrent dans tous les sens. La foule, prise de panique dans un mouvement de fond, emporta Julia qui lâcha prise et perdit Theo de vue. Julia faisait des efforts surhumains pour marcher à contre-courant et retrouver Theo. Elle fut bousculée et tomba à terre au risque de se faire piétiner dans la débandade. Quelqu'un s'écroula à ses pieds, l'éclaboussant de sang. La foule en cris se dispersa, dégageant un large cercle au centre duquel se trouvait Julia à côté d'une jeune femme blessée qui gisait dans une flaque sombre. Elles devenaient une cible pour les snipers. Julia la prit sous les bras et la tira à reculons en essayant de rejoindre la foule pour y trouver un abri.

Elle parvint à la traîner jusqu'à un dénivelé de terrain qui lui paraissait favorable. Elle ne réussit à quitter sa tranchée de fortune qu'en fin d'après-midi, car la fusillade se poursuivait sans relâche. La jeune fille avait été blessée à la jambe et continuait à perdre du sang. Julia l'avait allongée du mieux qu'elle pouvait et avait utilisé en dernier recours la ceinture de sa robe pour lui faire un garrot au-dessus du genou. Il fallait la sortir de là sans délai.

Elle suivit les silhouettes qui surgissaient d'abris comme le sien et qui s'enfuyaient en silence dans la grisaille. Julia et la jeune blessée atteignirent la route. La jeune fille l'avait suppliée de ne pas l'emmener à l'hôpital : elle lui confessa être un membre actif des réseaux clandestins des Montoneros. Elle s'appelait Rosa.

Un commerçant qui se dirigeait vers Buenos Aires les embarqua dans son fourgon au milieu de la nuit. Julia lui demanda de les déposer devant la maison de Theo. Elle pria pendant tout le trajet pour que les frères d'Uccello soient rentrés et en mesure de les aider. Theo était déjà chez lui, guettant le mouvement de la rue par la fenêtre. Il bondit sur Julia dès qu'il la vit arriver, posant mille questions. Lui aussi avait été blessé, et Gabriel qui était rentré le premier à la maison avait rapidement improvisé une infirmerie dans le salon. Il s'affairait autour d'une demi-douzaine de blessés.

Sans en mesurer encore l'ampleur, les jeunes, toujours en état de choc, parlaient déjà du «Massacre d'Ezeiza». Ils savaient qu'il y avait eu des centaines de blessés mais ignoraient encore le nombre de morts. Les jours suivants, des graffitis sur les murs de la ville désignèrent certains membres du gouvernement comme coupables et le bruit se mit à courir que la droite péroniste avait donné l'ordre de tirer sur la foule. Perón, lui, fit porter la responsabilité du massacre sur la gauche péroniste en la traitant de «jeunesse imberbe». Certains prétendaient que Perón craignait les débordements révolutionnaires des Montoneros, d'autres qu'il s'agissait d'une stratégie des militaires pour diviser les forces péronistes.

En octobre 1973, lorsque Perón fut élu président pour la troisième fois, Theo avait déjà placé, à côté de sa photo, le drapeau des Montoneros : un fusil noir croisé d'une lance sur fond rouge avec la lettre M au milieu. Il considérait que Perón était le chef naturel des Montoneros. De son côté, Gabriel ne pardonnait pas au Général d'avoir jeté l'opprobre sur les jeunes péronistes en utilisant l'expression humiliante de «jeunesse imberbe», alors que tant d'entre eux étaient morts pour lui permettre de revenir à la présidence.

Mama Fina prévint Julia que ce qui suivrait serait très difficile, mais sa petite-fille la défia : si Mama Fina avait eu des visions, elle n'avait qu'à les partager avec elle. Julia était assez grande maintenant pour prendre soin d'elle-même. Quoi que pensât Mama Fina, Julia restait optimiste. Comme Theo, elle soutenait que Perón n'était pour rien dans le massacre, et que maintenant qu'il avait réellement repris le pouvoir, tout ne pouvait aller que mieux.

De fait, dans la vie de Julia, tout allait mieux. Elle avait pris de l'aisance et était devenue populaire au lycée ; elle s'était rapprochée de son père ; et surtout, elle connaissait maintenant, comme Anna, le véritable amour.

Grâce à Theo, Julia commença à s'intéresser véritablement à la politique. Elle assista, à plusieurs reprises, aux réunions que Gabriel organisait chez lui. Julia y retrouvait Rosa avec plaisir. Celle-ci faisait maintenant partie des habitués. Elle s'était remise de ses blessures, et l'amitié entre Julia et elle grandissait.

Lors d'une de ces réunions Julia fit la connaissance du père Mugica. Pendant toute la soirée, elle ne put le quitter des yeux. À quarante-trois ans, Carlos Mugica était un homme particulièrement séduisant, même en soutane, avec ses yeux clairs, sa mèche blonde et son sourire en coin. Il s'exprimait avec simplicité, dégageant un indéniable magnétisme. Julia l'écoutait en essayant de suivre son raisonnement, luttant pour ne pas se laisser influencer par son charme. Si cet homme n'avait pas été prêtre, elle aurait eu du mal à lui résister.

7

LE PÈRE MUGICA

Automne austral, 1974

Le prêtre se rendit compte du trouble de Julia, et, la croyant timide, prit sur lui de l'inclure dans la conversation. Il était question du massacre d'Ezeiza. Chacun racontait ce qu'il avait vécu, car toutes les personnes présentes dans le salon avaient participé au rassemblement. Un des jeunes qui se tenait proche du père Mugica assurait que les tirs provenaient de snipers installés sur le toit de l'aéroport. On disait que Perón avait tenu à ce que la sécurité, durant son intervention à Ezeiza, soit confiée à un colonel proche de José López Rega, représentant de l'extrême droite péroniste et devenu proche du «Conducteur». Sa sécurité devait normalement revenir au ministre de l'Intérieur du gouvernement de Cámpora, Esteban Righi, qui, lui, était issu de la gauche péroniste.

Avec l'élection de Perón, expliqua le père Mugica, le gouvernement devrait faire des choix douloureux. Le péronisme pouvait unir l'extrême droite et l'extrême gauche tant qu'il s'agissait d'affronter la dictature, mais une fois au pouvoir, les divisions internes deviendraient ingérables.

Theo soutint, comme pour se convaincre lui-même, que si Perón avait des choix à faire, il trancherait en faveur des Montoneros.

— Perón est conscient qu'il nous doit tout. Il l'a dit publiquement lorsqu'il était en exil. Ce sont les Montoneros qui ont déstabilisé la dictature. Après l'exécution du général Aramburu, Perón a même écrit l'éloge de la «jeunesse merveilleuse»!

— Oui, mais maintenant cette jeunesse merveilleuse est devenue la militance «imberbe». Ne te méprends pas, Theo, le Général a déjà fait son choix, rétorqua Augusto, un ami de Gabriel.

Julia écoutait la discussion avec attention depuis le début. Elle hésita un instant, puis s'aventura à commenter :

— Perón a peut-être changé parce qu'il a changé de femme. Si Evita était là...

— Mais de quoi parles-tu! l'interrompit Theo agacé d'avoir été contredit à deux reprises.

La réaction de Theo décontenança Julia qui se tut comme une enfant grondée. Le père Mugica intervint pour la soutenir et calmer les esprits. Il était vrai que l'absence d'Evita était une donnée à prendre en compte. Même si cela faisait vingt ans qu'elle était morte, son nom continuait à avoir un poids politique réel.

Augusto ajouta :

— Le mariage de Perón avec Isabel ne simplifie pas les choses. On ne peut pas dire qu'il ait vraiment bien choisi! Elle a beau vouloir lui ressembler et se coiffer pareil, personne n'est dupe, Evita était l'icône des *desca-misados*, mais Isabel a le cœur à droite.

— C'est drôle, j'ai l'impression qu'en Argentine on parle plus souvent des épouses que des présidents! fit une voix au fond de la salle.

Tout le monde rit.

— Peut-être, mais il est pour le moins curieux que Perón n'ait pas entrepris les démarches pour rapatrier la dépouille mortelle d'Evita..., reprit Augusto.

Theo revint sur la ligne de front. Étant donné que le corps d'Aramburu avait été découvert avant que la junte ne rende celui d'Evita, ce n'était sûrement pas à Perón d'en rendre compte.

Rosa, qui était elle aussi présente, demanda la parole, toussota au préalable pour s'éclaircir la voix, et dit :

— Il me semble qu'il y a deux ans, alors que Perón et Isabel étaient à Madrid, le général Lanusse leur a rendu les restes d'Evita. S'il ne l'a pas fait, il leur a tout au moins indiqué comment récupérer sa dépouille. J'ai cru savoir qu'elle avait été secrètement enterrée en Italie par le Vatican...

Tous se tournèrent vers Mugica.

— À vrai dire, je ne sais pas. Mais il est fort possible que cela soit le cas, ou du moins que le Vatican ait veillé à ce qu'Evita ait un repos chrétien...

Puis, reprenant avec circonspection, il ajouta :

— Moi aussi je me suis déjà demandé si le revirement à droite que nous observons tous chez le Général aurait été possible si Evita avait été encore en vie. Mais en dehors des spéculations que nous faisons tous, ce qui est clair, c'est que le succès des Montoneros et la série d'événements depuis le Cordobazo qui ont montré la force de la jeunesse argentine ont fini par rendre Perón mal à l'aise…

Il se gratta la tête en réfléchissant.

— Évidemment, en exil, il était facile pour Perón de soutenir le désordre. Il savait que cela affaiblissait les putschistes. Mais une fois sur place, avec la responsabilité d'un gouvernement, cela fait plus peur qu'autre chose. Maintenant, aucun de nous ne sait ce qui influence réellement le Général. Est-ce qu'il a pris des engagements secrets, avec les États-Unis par exemple…

Gabriel intervint :

— Si, comme vous dites, il s'agit d'un virage à droite du gouvernement de Perón, il est possible que nous soyons en train d'assister au début d'une guerre civile.

Tous se penchèrent en avant pour mieux écouter.

— Comme toi, Carlos, j'ai toujours été contre la violence. Mais je suis convaincu qu'il faut faire preuve de beaucoup de courage pour laisser les armes pour la charrue, comme tu nous l'as si souvent répété. L'assassinat d'Aramburu a été une erreur stratégique des Montoneros, en plus d'un crime odieux. Maintenant, ceux qui ne pensent pas comme nous ont l'impression que nous sommes des monstres, et qu'il faut nous abattre.

«Pour moi, le massacre d'Ezeiza est le début d'un plan d'extermination. Il y avait dans la foule toute sorte de personnes innocentes, beaucoup de jeunes, mais aussi des femmes enceintes, des enfants, des vieux. Où sont les assassins? Où est la justice? Mon cher père, la question que nous devons nous poser est si, face à cela, nous devons maintenant tendre l'autre joue… Ce qui m'inquiète le plus, pour être franc, c'est cette histoire de Triple A…

— Qu'est-ce que c'est la Triple A, demanda Julia.

Le père Mugica serra les lèvres et répondit lentement :

— C'est une rumeur, plus qu'autre chose. En tout cas pour l'instant. Il paraîtrait qu'un groupe d'hommes proches de Perón, sous la direction du Brujo[1], ont créé des escadrons de la mort. Ils se font appeler la « Triple A », c'est-à-dire l'Alliance anticommuniste argentine.

— Et El Brujo, qui est-ce ?

— Le ministre du Bien-Être social, José López Rega. C'est son surnom, parce qu'il touche au spiritisme, ce genre de choses. Je le connais bien, malheureusement. Nous avons travaillé ensemble au ministère durant le gouvernement de Cámpora. Je me suis retiré à cause de lui. Il était le chef de la police il y a de cela des années. Il est devenu très proche d'Isabel. C'est peut-être ce qui explique qu'il soit un des seuls à rester d'un gouvernement à l'autre…

Puis, comme s'il se retenait d'en dire plus, il ajouta en fronçant les sourcils :

— Il faudrait tout de même avoir un sacré humour noir pour oser nommer chef du Bien-Être social celui qui serait à la tête d'une bande de tueurs, vous ne trouvez pas ?

La discussion prit un nouveau tournant. L'action du ministère du Bien-Être social pour soulager la situation des *villas-miseria* était inexistante. Les licenciements suivant les grèves ouvrières et les arrestations des chefs

1. « Le Sorcier. »

70

syndicaux n'avaient pas aidé à améliorer la situation. Des familles entières se retrouvaient dans la plus dégradante des misères.

— Comment pouvons-nous accepter qu'à côté des quartiers les plus riches des familles entières crèvent de faim ! protesta Rosa.

— Nous vivons tous dans des ghettos, mais nous ne nous en rendons pas compte, reprit le père Mugica.

Après un silence, il ajouta :

— Là, tout près de la Plaza San Martín, à deux pas de la tour des Anglais, les familles ne mangent pas tous les jours. Je crains que López Rega n'ait été nommé au Bien-Être social que pour les éliminer.

— Est-ce qu'il y a quelque chose que l'on puisse faire ? demanda Julia visiblement émue.

— Il y a toujours quelque chose à faire…, répondit Rosa.

Le père Mugica reprit :

— Pour López Rega, éradiquer la pauvreté et la faim c'est éradiquer les pauvres… On s'imagine que les personnes qui vivent dans la misère sont différentes, avec d'autres sentiments puisqu'elles se sont habituées à l'indigence. Elles nous gênent parce qu'elles abîment l'esthétique de la capitale. De fil en aiguille, on oublie que ce sont des êtres humains. De là à les mettre dans des camps de concentration, il n'y a qu'un pas.

Julia avait rejoint l'équipe du père Mugica qui travaillait à la Villa 31. Elle ne pouvait pas croire que ce fût si près de chez elle. Elle avait plongé dans un autre monde au tournant d'une rue. Il y avait toujours des maisons, des véhicules, et même des poteaux électriques.

Mais tout avait l'air inachevé et bancal. La plupart des constructions étaient faites en grosses briques de ciment creuses, collées les unes aux autres par du mortier qui bavait sur les côtés, comme si l'urgence de lever l'habitation avait rendu superflu tout souci de finitions. Des deuxièmes, parfois troisièmes et même quatrièmes étages s'empilaient sans calcul sur la structure de base. Les toits, lorsqu'il y en avait, étaient constitués de tôles ondulées, de plastique ou d'amiante, jamais de bonnes tailles, posées sans fixations, en équilibre à moitié dans le vide. Les bruits aussi étaient différents, comme si le monde des millions de pauvres s'était mis à vivre dans la rue. Les odeurs agressives témoignaient, elles, des précarités essentielles. Et il y avait ce grouillement humain, incessant, désespéré, propre à ceux qui vivent aux abois, et les bandes d'enfants dans les rues, et l'innommable pagaille d'un site toujours en chantier.

La jeune équipe était sous l'emprise d'émotions contradictoires. Seul le père Mugica demeurait imperturbable. Il parlait avec les personnes qu'il visitait avec la même considération, dans la même attitude de retenue et d'écoute qui avaient frappé Julia chez les d'Uccello. Il y avait pourtant quelque chose de plus. Une sorte d'entrain, comme une allégresse qu'il s'efforçait de contenir, et qu'il n'avait pas lorsqu'il était ailleurs. Épanoui dans cet inframonde, en complète correspondance avec lui-même, sa rébellion contre le système n'était pas le fruit du ressentiment mais celui de l'amour.

Julia en était là de ses observations, lorsqu'une vieille dame, qui semblait les suivre depuis un moment, l'interrompit.

— Es-tu une parente de Josefina d'Annunzio ? lui avait-elle demandé avec un petit sourire gêné.

— De Mama Fina ? Oui, bien sûr, je suis sa petite-fille !

— Ah ! Je me disais bien, fit-elle ravie, tu lui ressembles de façon troublante.

Puis, d'un air de confidence, elle ajouta :

— Tu sais, j'ai beaucoup d'affection et de reconnaissance pour ta grand-mère. D'une certaine façon, si je suis encore de ce monde, c'est aussi grâce à elle.

La vieille femme se mit à rire en cachant d'une main sa bouche édentée. Ses petits yeux brillaient intensément du fond de leurs cavités osseuses, ce qui rendait encore plus frappants les mille sillons qui creusaient sa peau rêche.

Sur le ton de la confidence, elle continua :

— Oh ! C'est une histoire un peu bizarre... Elle te la racontera peut-être.

Puis, ravie de son effet, elle ajouta :

— Tu peux lui dire que les filles de la coopérative ont bien travaillé cette semaine et que cette fois-ci elle va vraiment être satisfaite de la qualité.

Julia apprit ainsi que Mama Fina était une habituée de la Villa 31 et que cela faisait des années qu'elle connaissait le père Mugica. Elle avait organisé une coopérative pour les jeunes mères au chômage. Les enfants en bas âge étaient gardés à tour de rôle par l'une d'entre elles pendant que les autres confectionnaient des habits pour enfants. Leur spécialité était la broderie en nids-d'abeilles — ce qui expliquait la robe longue que Mama Fina avait offerte à Julia et qu'elle avait portée lors des dix-huit ans d'Anna. Mama Fina distribuait les robes chez les commerçants de La Boca et de San Telmo. Les profits étaient répartis à parts égales entre les jeunes mères membres de la coopérative.

Lorsque Julia rentra, elle alla tout droit se pendre au cou de Mama Fina. Sans penser à lui en vouloir, elle lui raconta admirative tout ce qu'elle avait appris sur la coopérative, la vieille dame et ses activités d'action sociale. Julia comprenait que, d'une certaine façon, Mama Fina appliquait à ses bonnes œuvres la même réserve qu'elle s'imposait à elle-même pour maintenir la confidentialité de leur don. Julia n'en était pas moins excitée. Elle annonça à Mama Fina qu'elle voulait travailler avec elle dans sa coopérative et aussi avec le père Mugica à la Villa 31.

— Cela tombe bien, répondit Mama Fina, je veux monter un dispensaire dans la coopérative. Je sais que le père Carlos a des entrées avec les fournisseurs en gros des pharmacies. Si tu veux m'aider, tu auras un petit budget, il te faudra faire une liste des médicaments de première nécessité et tu iras après l'école tenir ta boutique.

Un mois après, Julia avait invité tout son monde, Theo, Rosa et Gabriel inclus, à l'ouverture du dispensaire. Ils l'avaient tous aidée, en particulier la vieille femme amie de Mama Fina, la señora Pilar, qui gérait la comptabilité de la coopérative. Gabriel avait établi la liste des médicaments pour le dispensaire. Il avait aussi accepté de lui donner une instruction en secourisme et des bases de prescription médicale. Quant à Rosa, elle s'était offerte pour alterner avec Julia afin d'assurer la permanence au dispensaire.

L'activité de Julia à la Villa 31 la rapprocha encore plus, si cela était possible, de sa grand-mère. Quand Theo vint la chercher le 1er mai 1974 pour la manifestation prévue Plaza de Mayo, Julia prit soin de lui demander son avis, et ne partit qu'avec sa bénédiction.

La Plaza de Mayo était noire de monde, et les colonnes des Montoneros scandaient des slogans contre les «gorilles» du gouvernement, contre El Brujo, et contre la vice-présidente Isabel. Malgré tout cela, il n'y eut pas d'incidents violents à regretter. Perón apparut comme prévu au balcon de la Casa Rosada. Dans son discours pour les travailleurs, il vitupéra violemment contre les jeunes Montoneros, les traitant de «stupides» et à nouveau d'«imberbes». L'affront public se solda par le retrait spectaculaire des colonnes montoneras qui évacuèrent les lieux dans un ordre militaire parfait. Julia et Theo se retrouvèrent à la maison plus tôt que prévu, dépités mais indemnes.

Le maté[1] avec lequel Mama Fina les avait accueillis ne put venir à bout de leur découragement. Ils passèrent la nuit à refaire le monde, comprenant que leur loyauté envers Perón venait définitivement de disparaître. Ils s'endormirent enroulés l'un à l'autre sur le divan du salon, vidés physiquement et le moral à plat.

Julia se réveilla à l'aube, courbaturée et la gorge

---

1. Boisson typiquement argentine, infusion à base de feuilles de maté aussi appelée «thé des jésuites». Elle est servie dans une calebasse et se boit avec la *bombilla*, sorte de paille en argent.

sèche. Elle se dirigeait vers la cuisine pour se servir un verre d'eau, quand les tremblements prémonitoires la gagnèrent de nouveau. Elle s'écroula à même le carrelage et vit dans le déclenchement presque instantané de son troisième œil un homme robuste affublé d'une petite moustache taillée, debout devant elle. Il portait une parka marron et des pantalons noirs, le corps à moitié caché derrière une Renault bleue. L'homme était en train de vider sa mitrailleuse 9 mm sur elle.

Sous le choc, Julia vit les jets de sang qui giclaient vers l'avant alors qu'elle s'observait en train de tomber par terre. Elle eut le temps d'apercevoir l'homme à la fine moustache monter à l'avant d'une Chevrolet verte qui démarrait en trombe, avant d'être déconnectée de sa source. Quand Julia revint à elle, elle pleurait en regardant ses mains et se débattait dans les bras de Theo qui essayait en vain de la calmer.

Mama Fina arriva tout de suite après. Elle s'accroupit près de Julia, serra ses mains dans les siennes, et ordonna à Theo de les laisser. Puis, certaine d'être à l'abri de tout regard, comme s'il s'agissait d'une enfant, elle lui demanda d'un ton ferme :

— Julia, qu'est-ce que tu as vu ?

8

LA SOURCE

Hiver austral, 1974

Elle se calma instantanément. Elle venait de comprendre. Elle refusa de dire quoi que ce soit et prétendit avoir eu un malaise. Elle voulait se donner un temps pour se remettre et surtout pour éviter d'éveiller des soupçons chez Theo. Celui-ci l'attendait inquiet, ne comprenant pas la réaction peu aimable de Mama Fina. Julia retourna se blottir dans ses bras, le rassura et fit mine de s'assoupir.

Ce ne fut que lorsque Theo quitta la maison qu'elle se confia à Mama Fina. Julia était d'une extrême pâleur.

— Je suis sûre que c'est sa voiture, conclut Julia.

— Je veux bien te croire, mais cela ne veut pas dire que c'était lui ta source.

Julia cherchait dans sa tête avec une intensité douloureuse.

— ... En tous les cas, la voiture n'était pas garée dans un bidonville. Je vois bien la rue, il ne s'agit pas de la Villa 31. Cela ressemble plutôt à une rue de Liniers... ou de Mataderos. Je ne sais pas, c'est possible que je ne connaisse pas l'endroit.

— Et l'homme à la moustache, est-ce que tu pourrais le reconnaître?

— Si je l'avais en face de moi, certainement! fit Julia sans hésiter. Mais je suis sûre que je ne l'ai jamais vu auparavant. Je peux essayer de te faire un portrait si tu veux…

C'était un homme aux traits fins, presque beau garçon avec ses grands yeux et ses sourcils noirs et épais. Il portait les cheveux coiffés d'une raie de côté, la moustache impeccablement dessinée au-dessus d'une bouche fine et un léger double menton qui le vieillissait. Mama Fina partit avec le dessin de Julia dans la poche. Elle laissa du maté frais pour Julia avec la consigne de se reposer. Mais Julia n'en fit rien. Elle n'arrivait pas à se tenir tranquille. Et s'il était déjà trop tard?

Julia s'était rendue d'une traite au Retiro, près de la voie ferrée où elle savait qu'elle avait une chance de trouver le père Mugica. Elle pénétra dans la Villa 31 et déambula dans le labyrinthe de baraques entassées. Elle entrait maintenant en habituée, son sac bien serré sous son coude. Elle reconnaissait des visages, quelques enfants la hélaient par son prénom. Elle les aborda, les uns après les autres, et leur demanda s'ils savaient où se trouvait le père Mugica. Personne ne l'avait vu. Elle se rendit ensuite jusqu'à la paroisse de Cristo Obrero, sans plus de succès.

Il devait déjà être tard. Julia regarda sa montre. Theo ne tarderait pas à se rendre chez Mama Fina. Il l'accompagnait tous les jours jusqu'à la coopérative pour ouvrir le dispensaire. Elle n'avait aucun moyen de le prévenir. Tant pis, elle serait obligée de faire deux fois l'aller-retour.

Arrivée chez elle, ce fut Theo qui lui donna l'information qui lui manquait :

— Il doit être chez lui, là où habitent ses parents, calle Gelly y Obes.

Il voulut savoir ce qu'il y avait de si urgent qui nécessitât la collaboration du père Carlos, et Julia prétexta qu'il s'agissait d'une disparition de médicaments au dispensaire et qu'elle aurait besoin de son soutien pour se rendre au commissariat.

— Va de ton côté au Retiro, j'irai voir si je peux le trouver chez lui. On se retrouve au dispensaire, fit Theo, prenant la situation en main.

Ignorant les voyages de Julia, Theo n'était pas non plus au courant de l'étrange lignée à laquelle elle appartenait. Elle n'aurait pas su comment le lui expliquer de peur qu'il ne la prenne pour une folle. Theo savait que Julia avait des malaises de temps à autre, mais il pensait qu'il s'agissait de simples crises d'hypotension, assez courantes chez les jeunes filles selon Gabriel.

Julia avait mis beaucoup de temps à s'accepter comme quelqu'un de normal. Elle avait passé son enfance en solitaire, craignant d'entrer en transe à l'école et d'être découverte. Ce n'était que récemment qu'elle s'était véritablement ouverte aux autres. Theo y était pour beaucoup. Mais sa nouvelle assurance était aussi le résultat d'une vocation qu'elle se découvrait. Ayant appris à mieux contrôler ses départs, elle était maintenant plus à l'aise pour agir et aider ceux qui se manifestaient à elle. Mama Fina, qui jouait pleinement son rôle de mentor, poussait de plus en plus Julia à prendre les devants, à assumer ses propres recherches, et à établir elle-même le contact avec ses sources.

Quelques mois plus tôt, Julia avait été tentée de partager son secret avec Theo. À chaque fois, Theo avait tourné en dérision son allusion, jusqu'au jour où il l'avait rabrouée sans ambages :

— Je suis un être rationnel, moi. Ces histoires de prémonition et de voyance n'intéressent que les demeurés !

Julia avait été secouée. Toutes ses insécurités d'enfance avaient rejailli douloureusement. Elle était même allée jusqu'à considérer qu'elle avait hérité non d'un don mais d'une difformité.

Elle venait de réussir, finalement, à formuler son malaise. Comment ne pas se révolter contre le fait d'être projetée dans l'instant décisif de la vie de quelqu'un d'autre sans le désirer ? Pourquoi accepter de s'immiscer dans l'intimité d'autrui ? Ce n'était plus la peur d'être jugée par Theo qui poursuivait Julia. Au contraire, depuis qu'elle avait pris sur elle-même de le maintenir en dehors de son secret, Julia se sentait, pour ainsi dire, plus adulte. C'était la prise de conscience d'un pouvoir qui se retournait contre elle et l'affectait intimement dans sa propre liberté.

Ce dernier voyage avait été une expérience éprouvante. Avait-elle réellement un quelconque choix face à ce qu'elle anticipait comme un crime affreux ? Pouvait-elle se soustraire à ce rendez-vous dans le destin d'un autre, dont elle appréhendait si fortement l'aboutissement ?

Mama Fina avait rejoint Julia dans le dispensaire de la coopérative. Elle voulut partager avec elle son début d'enquête sur le portrait de Julia, mais comprit d'instinct que Julia n'était pas en état de l'écouter. Julia était partie dans un soliloque qui la mettait en cause. Mama Fina resta pourtant de marbre, dans l'attente d'un moment propice pour venir au secours de sa petite-fille. Celle-ci prit le silence de Mama Fina pour de la condescendance. Troublée, elle s'arrêta, luttant contre un double sentiment de honte et de rage.

Mama Fina ne la laissa pas s'embourber un instant de plus.

— Nous sommes seules, ma Julia, il n'y a aucun mode d'emploi. Avec ou sans don, nous sommes tous confrontés à la condition difficile de vivre dans la conscience de notre propre mort, alors que nous nous croyons éternels. S'affranchir de l'entrave du temps est un désir ardent pour tous. Or, toi et moi savons de façon empirique qu'il y a des portes de sortie, une libération possible.

— Mais je ne suis pas sûre, moi, d'être plus libre que les autres ! rétorqua Julia.

— Tu n'es peut-être pas plus libre que les autres, mais tu sais que tu peux l'être. Chaque fois que tu fais un voyage, tu as dans le regard de l'autre une perspective différente sur ta propre vie. Ce que tu vois agit sur tes propres émotions et nourrit tes réflexions intimes. Tu as appris à reconnaître, dans le destin de ta source, les éléments de ta propre existence. Et tu sais, puisque tu en as déjà été le catalyseur, que le destin se déploie devant nos yeux, non pas comme une partition musicale fixée d'avance, mais comme une source toujours renouvelée de possibilités. C'est dans ce choix que nous nous donnons notre propre identité. Nous sommes les maîtres de nos destins, au sens le plus profond du terme.

— Mais je n'ai pas le choix, moi ! Je suis soumise à l'arbitraire d'un troisième œil qui m'interrompt dans mon bonheur pour me projeter dans le malheur des autres !

— Détrompe-toi, tu as toujours le choix, Julia. Tu peux refuser de t'en servir. De fait, ce n'est que dans l'amour des autres que nous pouvons développer notre don.

— Je ne l'ai pas choisi, Mama Fina, et toi non plus, comment peux-tu parler de liberté ?

— Tu n'as pas non plus choisi de naître, ou d'être une femme. Mais cela n'affecte en rien ta liberté. Car indépendamment de tout ce que tu es par nature, ta liberté s'exerce dans le choix fondamental de décider qui tu veux être. C'est parce que nous pouvons nous réinventer à tout moment que nous sommes libres : libres d'agir et de réagir, de sentir, et de penser d'une façon tout autre.

Leur discussion s'interrompit avec l'arrivée de Theo. Carlos Mugica n'était pas venu de la journée à la paroisse de San Francisco Solano. Mais Theo lui avait laissé un message, dans l'espoir qu'il le rappellerait plus tard. Julia se sentit mal et chercha à s'asseoir. Il crut qu'il s'agissait à nouveau de l'hypotension du matin. Elle se blottit dans ses bras, soulagée qu'il ait de lui-même trouvé une bonne explication.

— Allons dire bonjour à mes parents, proposa Julia. On pourra passer un instant par Villa Luro pour essayer de voir le père Carlos. Cela me donnera l'impression d'avoir fait quelque chose d'utile de ma journée.

Theo connaissait le chemin par cœur. Il avait accompagné Gabriel plusieurs fois à la messe de San Francisco Solano où officiait le père Mugica. Ils prirent le bus et descendirent bien avant. La ville s'était parée d'or et invitait à flâner. Theo fut déçu par l'empressement de Julia. Alors qu'ils remontaient la rue Zelada main dans la main, Theo sentit que Julia frissonnait. Il s'arrêta pour la regarder. Sa peau de lune, ses cheveux noirs ruisselant en cascade sur les épaules, ses yeux noirs. Il se retint de l'embrasser. Julia ne remarqua pas son émotion, elle venait d'apercevoir le clocher de l'église et pressa le pas. Les portes étaient fermées et les lumières éteintes. Personne sur les trottoirs. Julia pivota sur elle-même, son cœur fit un bond : elle se tenait exactement à l'endroit où l'homme à la moustache fine avait vidé son arme sur elle.

— Qu'est-ce qui se passe ? demanda Theo en la soutenant par le bras. Tu ne serais pas enceinte, dis-moi ? Ce ne serait pas le meilleur des moments, mais je serais le plus heureux des hommes...

Les yeux de Julia brillèrent d'une intensité étrange. Elle se laissa embrasser.

Ils finirent la soirée chez les parents de Julia. Anna ne la quittait pas des yeux. Elle devait s'avouer que Julia était métamorphosée. Elle formait avec Theo un couple bien troublant, l'énergie qu'ils dégageaient mettait Anna presque mal à l'aise. Julia avait été dès son arrivée accaparée par ses frères qui lui posaient des questions dans tous les sens. Anna finit par emmener sa sœur dans la cuisine. Elles s'embrassèrent avec un serrement de cœur sans vraiment en comprendre la raison. Elles avaient envie de se parler et ne trouvaient plus les mots de leur intimité, avec peut-être la sensation confuse que leur enfance prenait fin.

Le seul qui comprit leur émotion fut le père. Il les avait observées et devinait les sentiments contradictoires d'Anna parce qu'ils ressemblaient aux siens. Découvrir la femme qu'était devenue Julia avait dans le fond quelque chose d'un paradis perdu. Les jumeaux, eux, vivaient l'instant et célébraient l'arrivée de leur ami Theo dans la famille comme une victoire personnelle. Quant à la mère, du moment que Theo assurât des études sérieuses, Julia pouvait compter sur son approbation. La soirée s'acheva gaiement. Le maté circula, les jumeaux prirent leurs guitares et firent chanter la famille aux airs des tangos de Carlos Gardel.

Julia se leva le lendemain à l'aube. Elle tenait à visiter de nouveau la paroisse de Cristo Obrero avant d'aller à l'école pour avoir une chance de parler avec le père Mugica. Cette fois-ci elle eut plus de chance. Elle le vit de loin, en jeans et vieux pull à col roulé, s'affairer avec les *villeros*[1] à transporter du matériau de construction pour démarrer le chantier de ce qui deviendrait une cantine communautaire. Elle se trouva alors toute bête, ne sachant plus ce qu'elle était venue lui dire. Le soleil montait en puissance et donnait une matérialité à ce monde qui diluait ses propres visions.

Le père Mugica la vit s'approcher et prit son hésitation à nouveau pour de l'embarras. Ce fut lui qui vint l'aborder.

— Mon père, excusez-moi, mais j'ai à vous parler. C'est urgent et c'est important.

---

1. Habitants des *villas-miseria.*

Le père Mugica ouvrit grand les yeux.

— Veux-tu venir après l'école ? Je peux te rejoindre au dispensaire si tu veux. Sinon tu peux venir ce soir à Villa Luro. J'ai une messe à célébrer à San Francisco Solano.

Julia réfléchit un instant.

— Père, je crois que je viendrai vous voir à Villa Luro. Il y aura sûrement moins de monde qu'ici, n'est-ce pas ?

Il lui sourit.

— Si tu te sens plus à l'aise à Villa Luro, c'est aussi bien pour moi.

Julia le remercia et ajouta :

— Je viendrai avec ma grand-mère, si cela ne vous dérange pas.

Satisfaite, Mama Fina l'attendait assise au salon dans son fauteuil en velours vert. Elle avait recueilli de nouvelles informations. Un ami haut gradé dans la police, le commissaire-major Angelini, l'avait assistée dans ses recherches. Mama Fina expliqua qu'ils se connaissaient depuis de nombreuses années. Elle l'avait prévenu d'un attentat à la bombe qui avait ainsi pu être déjoué, et c'était lui qui par la suite l'avait informée d'une descente des forces de l'ordre pour déloger ses amis *villeros*. Elle avait obtenu que des mesures d'urgence soient prises pour éviter des confrontations qui s'annonçaient sanglantes. Ils étaient tous deux d'origine napolitaine, ce qui, étant donné la grande majorité de *porteños*[1] de souche génoise, créait des solidarités. De plus ils appartenaient tous deux

1. Habitants du port de Buenos Aires.

à la paroisse de San Juan Evangelista dans le quartier de La Boca.

— Il se peut que ton homme soit une petite crapule, dit Mama Fina d'emblée à Julia. Si ton dessin correspond bien à la réalité, il ressemble fort au portrait d'un gars que l'on surnomme El Pibe[1]. Il serait très lié au ministre du Bien-Être social...

— Au Brujo?

— Oui, exactement. Il a été expulsé de la police il y a quelques années et réincorporé récemment de façon arbitraire. Il vient d'être promu sous-commissaire. Il serait en train de recruter des tireurs professionnels pour une organisation qu'ils appellent la Triple A, et qu'ils tiennent à maintenir dans le secret...

— ... Mama Fina, j'ai reconnu l'endroit. Il s'agit de la rue Zelada, dans le quartier de Villa Luro, juste en face de l'église de San Francisco Solano, là où le père Mugica célèbre la messe tous les samedis après-midi.

Mama Fina n'hésita pas :

— Il faut le prévenir.

— Nous avons rendez-vous avec lui dans deux heures.

Elles arrivèrent une demi-heure plus tôt que prévu. La Renault bleue était garée sur le trottoir, quelques mètres plus bas en diagonale de l'entrée de la paroisse. Malgré toute sa bonne volonté, Julia ne se sentait pas le courage d'affronter sa source. Elles convinrent que Mama Fina ferait l'entrée en matière et que Julia raconterait

---

1. Surnom de Rodolfo Eduardo Almirón Sena, principal suspect de l'assassinat de Carlos Mugica, alors qu'il agissait comme chef de sécurité de José López Rega, El Brujo. Mort en 2009 dans un hôpital de la ville d'Ezeiza, près de Buenos Aires, en détention et sous procès.

rapidement ce qu'elle avait vu. Le père Mugica finissait une réunion avec des couples qui se préparaient au mariage. Il les vit et leur fit signe de le rejoindre dans la sacristie.

Il était assis sur un banc installé contre le mur. La chasuble qu'il porterait lors de la célébration pendait déjà sur un cintre accroché à la porte de l'armoire en bois. Mugica, habillé de sa soutane, les attendait les mains posées sur les genoux. Il approcha une chaise en osier, fit signe à Mama Fina de s'y installer, et invita Julia à s'asseoir sur le banc près de lui.

Mama Fina entra immédiatement dans le vif du sujet, donnant aussi peu d'explication que possible et introduisant Julia, de façon qu'elle n'eût plus qu'à décrire ce qu'elle avait vu. Carlos Mugica les écouta attentivement sans les interrompre une seule fois. Quand Julia eut fini son exposé, il resta plongé dans un long silence, les yeux rivés sur ses chaussures, la respiration pesante.

— Oui, j'ai reçu des menaces.

Il se leva, se mit à faire les cent pas, puis avec un sourire presque frondeur il ajouta :

— Je n'ai pas peur de mourir. J'ai plus peur que mon évêque m'expulse de l'Église.

Il essaya de rire, et se tut soudain. Il fit un effort pour regarder ailleurs et se soustraire d'une pensée nécessairement pénible.

— J'ai de l'estime pour Perón et je sais qu'il a de l'estime pour moi... Mais il y en a d'autres qui ne partagent pas son sentiment.

Il prit quelques minutes pour retrouver la sérénité qui lui était habituelle, il articula lentement :

— Ce serait un grand honneur pour moi que de donner ma vie en travaillant pour ceux qui souffrent. Le Seigneur sait que je suis prêt.

Il ouvrit la porte de la sacristie et leur offrit un merveilleux sourire.

— Merci d'être venues. Je sais qu'il y a en vous un grand amour pour moi et c'est le meilleur cadeau que vous puissiez me faire.

9

LE CAUCHEMAR

11 mai 1974

Julia n'avait pas dormi de la nuit. Elle se leva très tôt, même si elle n'avait pas école, et alla s'asseoir près de la fontaine du patio à attendre que Mama Fina fût sortie du lit. Le bruit de l'eau gloussant sur la pierre la calmait. Elle l'entendit remuer des assiettes dans la cuisine et se sentit soulagée. Sa grand-mère la rejoignit au moment où un attroupement de passereaux envahissait la courette. Elle s'en approcha, les poches de son tablier pleines de riz cuit de la veille qu'elle leur jeta d'une main experte, puis embrassa sa petite-fille. Mama Fina, elle aussi, avait l'air taciturne.

— Il faut aller lui parler à nouveau, dit Julia au bord des larmes.

— Ma chérie, notre rôle s'arrête là. Il sait ce qu'il doit savoir et il fait son choix librement. S'il veut se battre, il faudra qu'il commence par changer ses habitudes. Mais ce ne sera qu'un répit. Car ceux qui veulent le tuer ne le lâcheront pas. Il faudra qu'il quitte l'Argentine.

— Alors, il faut qu'il parte. Il faut le lui dire ! Il n'a pas le droit de mourir, il faut qu'il soit vivant pour aider à changer les choses. Mort, il sera oublié.

— … Parfois, c'est la mémoire des martyrs qui donne la force aux autres de résister. Une grande nation ne peut pas se construire sans grands exemples.

— Mais c'est horrible d'accepter de mourir comme cela, Mama Fina ! C'est égoïste. C'est tout sacrifier pour l'envie de devenir un héros. Il y a deux ans, personne n'aurait pu croire que Perón reprendrait le pouvoir. Dans deux ans, il se peut que ceux qui cherchent à tuer Mugica aient tout intérêt à ce qu'il soit vivant. Il aura un instant dans sa vie pour esquiver la mort, un seul instant comme l'ont eu Anna et la señora Pilar, et le commissaire Angelini et tant d'autres que tu as secourus. Mais il ne faut pas mépriser la vie !

— Ma chérie ! Ne juge pas. Personne ne connaît la soif avec laquelle un autre boit. Savoir un peu en avance ce qui nous attend augmente notre responsabilité au lieu de la réduire. Aujourd'hui ou plus tard, le choix devant la mort est le même pour tout le monde : la désirer, faire face, ou essayer de fuir. Je te le dis, car il est important que tu apprennes à ne pas te sentir coupable du choix de tes sources, même si tu crois que c'est le mauvais choix…

— Je crois surtout que je lui en veux. Il me déçoit. Je l'imaginais plus guerrier.

— J'ai beaucoup d'admiration pour le père Carlos. J'ai rarement vu quelqu'un de plus passionné que lui. Je t'assure qu'il ne méprise pas la vie. Au contraire, je crois qu'il y tient plus que quiconque. Mais je crois aussi qu'il a fait un choix vital. Celui de donner sa vie pour les autres. Laisser le confort du quartier de la Recoleta pour aller

90

dans les taudis est un cri de liberté aussi puissant que celui de refuser d'avoir peur.

— Il pourrait refuser d'avoir peur et garer sa voiture ailleurs...

Elles partirent ensemble, sachant parfaitement où elles allaient sans s'être mises d'accord. Elles traversèrent La Boca, montèrent dans le bus à San Telmo, passèrent en face de l'obélisque jusqu'à la Plaza San Martín et descendirent pour marcher jusqu'à la Villa 31.

Le père Mugica jouait au football avec un groupe d'adolescents sur le terrain vague qui se trouvait derrière la paroisse. Il avait plu la veille, le ballon tombait pile sur les flaques de boue. Ils étaient crottés de la tête aux pieds. De gros camions bâchés roulaient précautionneusement en se dandinant pour franchir les énormes trous qui jonchaient la rue en terre battue. Des petits enfants couverts de suie, le ventre à l'air et les chaussures crevées reculaient en riant, se bouchant le nez, attrapés dans le nuage de fumée noire des véhicules. Quelques matrones, les mains sur les hanches, observaient.

Mama Fina et Julia arrivèrent rapidement au dispensaire. Il n'y avait personne. Julia se mit à faire l'inventaire des médicaments pendant que Mama Fina révisait les livres de comptabilité. Leurs gestes routiniers cachaient l'horrible sensation de veiller un condamné à mort.

L'après-midi, elles refirent le chemin dans l'autre sens pour assister à l'office religieux du père Mugica. Assises sur le dernier banc de l'église de San Francisco Solano, elles observaient tout nouveau venu. Elles quittèrent les lieux une fois que la petite Renault bleue eut disparu de la rue Zelada. Elles refirent le même parcours tous les jours de la semaine, prenant soin d'être discrètes pour ne pas accabler le père Mugica.

Comme tous les vendredis, Theo les attendait avec un maté amer installé dans la cuisine de Mama Fina. Il arrivait en général avant elles, trouvait la clé dans le pot de fleurs et faisait comme chez lui. Il avait pris soin d'ajouter quelques feuilles de menthe fraîche à l'eau frémissante et remuait le tout avec la *bombilla*. Comme toujours, ils finirent par discuter politique.

— On ne sait jamais quoi penser, dit Theo. Prenez par exemple la mort d'Allende…

— On ne saura jamais si c'était un accident, un suicide ou un meurtre, répliqua Mama Fina.

— La justice ne saura jamais car elle ne veut pas savoir. Mais les gens savent…

— Ce n'est pas impossible qu'il ait pris la décision de se tuer, tu sais. Peut-être l'avait-il déjà envisagé, commenta Mama Fina, et lorsque les faits se sont présentés à lui, il a senti que c'était une confirmation de ce qu'il avait prévu.

— Moi, je n'y crois pas. Beaucoup trop de choses le retenaient à la vie. Les gens l'aimaient…

Theo fit une pause, puis reprit :

— Plus près de nous, regardez le cas de la mort de Juan García Elorrio. Il s'agit en apparence d'un accident de voiture. Mais beaucoup cherchaient à le faire taire. Il était directeur de *Christianisme et Révolution*. Qu'on le veuille ou non, la revue ne lui a pas survécu…

— Donc ta thèse est qu'il a été assassiné ?

— Oui… Tout le monde connaissait son influence.

C'est lui qui a fait baptiser la première cellule des Montoneros du nom de Camilo Torres.

— Camilo Torres ? demanda Julia.

— Oui, le curé colombien. Il avait rejoint la guérilla en tant que prêtre. Il s'est fait abattre par l'armée à la première embuscade.

Julia commença à transpirer avec profusion malgré l'air frais de la nuit. Theo et Mama Fina échangèrent un regard entendu et la mirent au lit. Theo prit congé, inquiet.

Le lendemain, Mama Fina et Julia passèrent leur matinée à la coopérative de la Villa 31. La señora Pilar venait de présenter sa démission et il était urgent de lui trouver une remplaçante. Mama Fina soutenait la candidature d'une de ses anciennes recrues mais celle-ci s'était gagné l'inimitié de ses camarades. L'affaire lanternait.

Julia s'impatientait. La journée était splendide et elle ne voulait pas rester enfermée. De plus, elle tenait à assister au match de football des *villeros* au Retiro. Il était prévu pour ce samedi 11 mai. Le match devait commencer à quatorze heures trente. Elle avait juste le temps de s'y rendre. Elle prit ses affaires et laissa un mot pour Mama Fina.

Les membres de l'équipe de Mugica, la Bomba, s'étaient tous procuré des uniformes. Ils étaient beaux à voir. Quand Julia arriva, le match avait déjà débuté dans une ambiance de kermesse. Tout le quartier s'était déplacé. Des vendeurs ambulants offraient des fritures et des boissons gazeuses. Les matrones en petits groupes se tenaient debout enroulées dans leurs chandails. Les vieillards, une bière à la main, fumaient d'un air de jeunesse retrouvée tandis que les enfants jouaient en parallèle à se lancer une balle invisible en effectuant des acrobaties merveilleuses. Chacun s'était débrouillé pour porter des vêtements aux couleurs de l'équipe. Les fans étaient déchaînés, agitant des banderoles et scandant de méchants refrains contre l'équipe adverse. La Bomba battit tous les records et le père Mugica joua comme un professionnel, se faufilant, esquivant, sautant mieux que les jeunes.

Il partit, ruisselant de sueur et pressé. Il taquina Julia au passage avec un « bonjour, mon ange gardien ! » qui la fit rougir. Elle en profita quand même pour lui dire qu'elle assisterait aussi au service de sept heures du soir.

— Comme tous les jours depuis un mois, dit-il en lui faisant un clin d'œil.

Il était de très bonne humeur. Il la prit par l'épaule et fit un bout de trajet avec elle.

— Ne t'inquiète pas pour moi, lui dit-il. C'est une trop belle journée pour que ce soit ma dernière.

Julia était sur le point de partir à Villa Luro à l'instant où Mama Fina ouvrit la porte. Elle entra comme un tourbillon d'énergie, voulant tout savoir sur le match des *villeros* du Retiro. Mama Fina prenait le football très au sérieux, même le football de quartier. Elle avait vu croître le Boca Juniors dans le sien, et avait même fait partie pendant longtemps de « la 12 », la *barra brava* du Xeneize. Julia regarda sa montre, il était sept heures moins dix, avec un peu de chance elles arriveraient pour la fin du service.

Il faisait déjà sombre lorsqu'elles montèrent dans le bus en direction de Villa Luro. La circulation était lente. Julia n'avait pas compté avec les embouteillages. Une fois à proximité de l'église, elles comprirent qu'il se passait quelque chose d'anormal. Des cars de police bloquaient la rue. Les badauds parlaient d'un attentat. Le père Mugica avait été emmené en ambulance à l'hôpital de Salaberry dans le quartier de Mataderos. Il était toujours en salle d'opération. Le pronostic, disait-on, était réservé. Un murmure grandissant emplissait la rue. Des paroissiens angoissés expliquaient aux nombreux curieux qu'il avait été criblé de balles à la sortie de la messe par un inconnu. L'homme avait tiré avec son pistolet-mitrailleur à bout portant et avait blessé deux autres personnes au passage. Une femme qui semblait toujours voir la scène en parlant décrivait l'inconnu comme un homme avec une moustache à la chinoise.

La mort du père Mugica fut annoncée à la foule à dix heures du soir. La multitude qui s'était rassemblée à la paroisse San Francisco Solano ne quitta pas les lieux, figée dans une attente irraisonnée et têtue. Une messe fut finalement célébrée à minuit par quelques membres du Mouvement des Prêtres pour le tiers-monde auquel Mugica appartenait, devant une foule grandissante qui demeura sur place jusqu'au lendemain.

À l'aube, Julia prit le chemin de la maison des d'Uccello. Les larmes lui collaient des mèches de cheveux au visage qu'elle n'essayait même pas de dégager. Avant de toquer à la porte, Mama Fina lui nettoya les joues. Elle la regarda droit de ses yeux clairs :

— Tu as fait tout ce qu'il fallait.

Julia secoua la tête :

— Non, j'aurais dû être là.

10

LE COUP D'ÉTAT

29 mars 1976

Theo et Julia trouvèrent une chambre à louer dans le quartier de Saavedra, dans une résidence tenue par une vieille dame, dont la meilleure qualité était d'être renfrognée et muette. L'adresse leur avait été fournie par Rosa. Le loyer était modeste et la fenêtre de leur chambre donnait sur un joli petit square paré d'un immense et bel arbre solitaire et d'un banc.

Après la mort du père Mugica, la vie de Julia et de Theo prit un virage inattendu. La presse rappelait que Mugica s'était disputé publiquement avec Firmenich, le leader des Montoneros, quelques semaines avant son assassinat. L'organisation fut tout de suite mise en cause par l'opinion publique. Une persécution à l'encontre des chefs montoneros se déclencha instantanément. Avec la mort de Perón trois semaines après, au début du mois de juillet, la situation s'aggrava. Isabel Perón le remplaça en tant que vice-présidente et El Brujo prit le pouvoir dans l'ombre. La Triple A redoubla les crimes et les disparitions s'accrurent. En septembre 1974, les Montoneros passèrent à la clandestinité.

Pour Julia et Theo, cela signifia un changement de vie total. Leurs amis se faisaient arrêter par les forces de sécurité, et disparaissaient. Les histoires qui commençaient à circuler étaient sinistres. On parlait de tortures et d'assassinats. L'AAA était entraînée par d'anciens membres de la Gestapo, entendait-on dire. L'ordre fut donné de compartimenter l'information, de réduire les contacts au minimum entre membres de l'organisation, et de changer de lieu de résidence.

Des compagnons de l'université de Buenos Aires, ingénieurs comme Theo, avaient étés détenus. La peur s'installa à la fac. Il était clair que le gouvernement menait une razzia et les étudiants étaient en première ligne. Theo se retira de l'université et Julia se mit à chercher du travail. Ils prirent la décision de vivre ensemble, pour obéir aux consignes et pour protéger Mama Fina. Theo et Julia emménagèrent ensemble en septembre 1975, un an jour pour jour après le passage à la clandestinité de l'organisation.

Mama Fina avait tenu à fêter les dix-huit ans de Julia avant qu'elle ne quitte la maison de famille. Elle voulait marquer son anniversaire, non seulement parce que Julia était devenue majeure, mais surtout parce que sa petite-fille allait débuter sa vie de couple, et cela, sans se marier. Il ne s'agissait pas pour Mama Fina d'une question de convenances. Elle comprenait que les jeunes générations fissent de la liberté dans l'amour une profession de foi. Mais elle était convaincue que le choix de l'autre était une décision fondamentale qui impliquait nécessairement un changement d'identité. Ce changement n'était pas, comme on le croyait facilement, circonscrit au changement de nom sur le papier. Il supposait avant tout une transformation dans la personnalité de chacun. Devenir un avec un autre par amour nécessitait un processus de méditation. Or la cérémonie et le serment, les préparatifs, la congrégation familiale, tout cela aidait dans la construction de cette nouvelle identité. De par son expérience, Mama Fina pensait que les mots échangés aux moments cruciaux de la vie agissent de façon surnaturelle, comme boucliers contre l'adversité ou comme catalyseur de doutes et de difficultés. Elle aurait voulu que Julia et Theo puissent se donner ce temps de réflexion, non pas pour avoir l'opportunité de se dédire, mais pour avoir celle de se fonder.

Elle tenait, pour cela, à ce que Julia reçoive au moins la bénédiction d'un prêtre. Elle voulait les voir débuter leur vie baignés des mots qui les protégeraient dans leur amour, entourés de ceux qui leur apporteraient du bon. Mama Fina invita toute la famille, ainsi qu'une foule de voisins et de *villeros*. Ni les amis du collège de Gabriel du temps des réunions avec le père Mugica, ni ceux de la fac de Theo ne furent invités. Mama Fina se faisait un devoir de tenir la politique à l'écart. Seule Rosa passa le filtre, parce qu'elle arrivait au bras de Gabriel.

Les jeunes filles de la coopérative avaient rempli la maison de roses jaunes et d'hortensias. Une piste de danse avait été aménagée dans le patio, des guirlandes bleues et jaunes flottaient au vent. De jolis paniers garnissaient les tables, offrant un assortiment de friandises saupoudrées de sucre glace. Mama Fina portait sa robe bleu nuit avec la broche de fleurs en améthystes jaunes et diamants. Elle avait embauché un jeunot de l'équipe de football du quartier pour s'occuper du tourne-disque, qui était arrivé habillé avec les couleurs du Boca Juniors.

Julia savait que Mama Fina ne l'avait pas fait exprès, mais il manquait peu de choses pour que Julia se crût dans une réunion de la *hinchada*. Elle avait heureusement refusé de porter la robe à fleurs bleues offerte par la coopérative. Elle aurait eu l'impression de faire partie du décor.

Theo, un peu à l'écart, l'observait. Julia était sublime. Elle portait une robe en satin rouge dont la jupe s'élargissait au niveau des hanches, mettant sa taille et sa poitrine joliment en valeur. Sa peau de nacre et ses cheveux noirs donnaient à Julia un air ensorcelant. Il l'invita à danser, décidé à la garder pour lui le restant de la soirée. Julia vit Mama Fina au salon en grand conciliabule avec son père. Elle s'échappa à la fin d'une danse, et vint les rejoindre, haletante. Accroupie près d'eux, elle leur embrassa les mains.

— Tu es notre plus grand trésor, lui dit son père.

Theo la tira par le bras, et elle repartit danser sur un nuage. Les astres s'étaient alignés ce jour-là pour assurer son bonheur.

Anna et les jumeaux arrivèrent un peu plus tard, escortés d'un groupe d'amis musiciens. Les jeunes s'installèrent tous dans le patio et chantèrent les chansons de Mercedes Sosa jusqu'à l'aube.

Le père de Julia vint la voir chez Mama Fina quelques jours après. Ils passèrent tout un après-midi à se promener ensemble main dans la main. Il voulait la convaincre de s'inscrire à l'université pour faire des études de médecine. Julia fut très franche et lui expliqua ses craintes. Même si elle n'avait jamais participé à des actions de guerre, elle était considérée comme un membre des Montoneros. Theo, lui, était chef du réseau.

L'année précédente, la cellule de Theo avait eu pour mission de collecter l'information sur les déplacements, la routine et les habitudes des frères Juan et Jorge Born. Ils avaient compris par la suite que cette information avait servi à leur enlèvement. Les Born étaient les actionnaires majoritaires d'une des plus grandes compagnies céréalières du pays. Dans l'opération, deux personnes avaient été tuées : le chauffeur des Born et un ami qui se trouvait avec eux au moment de l'enlèvement. Les Montoneros avaient obtenu pour leur libération une rançon gigantesque de plus de soixante millions de dollars, et les militaires étaient à leur recherche.

Le père de Julia comprit. Il n'eut pas un mot de reproche, il ne posa aucune autre question. Il lui demanda seulement d'aller travailler chez son frère, l'oncle Raphaël, qui tenait une grande pharmacie à l'angle de la Plaza de Mayo. Raphaël était un homme extrêmement prudent et un sympathisant de la cause péroniste. Le père de Julia ne pouvait penser à personne de plus approprié pour veiller sur le sort de sa fille.

Julia accepta l'idée sur-le-champ. Son expérience à la tête du dispensaire de la Villa 31 justifiait amplement d'être embauchée dans une pharmacie sans alimenter de suspicions.

Theo et Julia nourrissaient l'espoir que les mesures de sécurité de l'organisation avaient été suffisantes pour effacer leurs traces. Ils s'étaient construit un univers clos, sans fréquentations, sans sorties, pas même les week-ends. Leur seul luxe fut l'achat d'une guitare d'occasion. Theo jouait pour accompagner la voix de Julia, et ils passaient leur temps libre à s'exercer en duo. Mais l'isolement commençait à leur peser. Même la nourriture avait un goût fade.

Un soir, Theo et Julia s'enhardirent à traverser les quartiers de Saavedra jusqu'à La Boca pour faire une surprise à Mama Fina. C'était la fin de l'été, la température avait baissé de quelques degrés, il faisait doux. La ville était pourtant déserte. Quand ils arrivèrent chez Mama Fina, ils la trouvèrent collée à son poste de radio. Isabel Martínez de Perón venait d'être renversée par une junte militaire aux ordres du général Videla. Mama Fina semblait effondrée. Julia sentit intuitivement que la situation était grave, mais elle n'arrivait pas à définir exactement pourquoi. Theo alla préparer du maté. Ils burent tous les trois en silence, écoutant les bulletins d'information qui rabâchaient le même communiqué officiel. Ils convinrent qu'il serait plus prudent de passer la nuit chez Mama Fina.

Au réveil, Mama Fina prit Julia à part. Elle avait l'air anxieux. Ses yeux étaient devenus incolores comme s'ils avaient perdu toutes leurs teintes.

— Laisse ta guitare ici. Ce sera ton prétexte pour revenir.

La nuit venait juste de tomber quand Julia arriva de nouveau rue Pinzón.

11

L'ÉTAU

Hiver austral, 1976

Habillée de façon élégante, tailleur bleu marine et chemisier blanc, Mama Fina l'attendait assise dans son salon. Elle jouait à faire des nœuds avec son collier de perles. Elles s'assirent l'une en face de l'autre, de façon si rapprochée que leurs genoux se touchaient.

— Encore le troisième œil, ma chérie...

— Oui, je l'imaginais, raconte-moi.

— C'était toi. J'ai reconnu ton visage. Tu t'es approchée d'un W.-C. installé au fond d'une pièce longue et étroite. Tu t'es penchée dessus. J'ai vu ton visage reflété dans l'eau.

— Tu es sûre que c'était moi ?

— Absolument certaine. Il y avait une lucarne au-dessus. Je l'ai aussi vue réfléchie dans l'eau du W.-C. très nettement. Tu as vomi. De tout. De la bile et du sang.

Julia eut l'air d'esquisser un sourire.

— Quand tu t'es retournée, j'ai compris que c'était une prison. Un homme a ouvert la grille de la cellule. Il était en uniforme. Je crois que c'était un caporal de la police. Je suis allée ce matin vérifier avec mon ami Angelini, mais il n'était pas au commissariat. Je repasserai demain. Je ne suis pas aussi forte que toi en dessin mais je ferai une esquisse. J'ai bien vu son visage. Il avait une tête ronde et une peau vérolée. Ce devait être déjà le soir car la lumière du couloir était allumée.

Elles se penchèrent encore plus l'une vers l'autre.

— Il t'a parlé méchamment. Tu t'es accroupie par terre. Il t'a arrosée de coups de crosse. Il a fait soudain demi-tour et est parti en laissant la grille ouverte. Tu as beaucoup hésité. Tu as eu le temps de monter sur le W.-C. pour regarder à travers la lucarne. Tu es sortie dans le couloir. D'un côté il y avait une autre cellule avec deux femmes allongées par terre, couvertes de sang avec des plaies ouvertes. Elles devaient être inconscientes car tu as secoué la grille et elles n'ont pas réagi. De l'autre côté du couloir, il y avait une rangée de portes. Tu as chuchoté en collant ton visage sur les trois portes du fond et puis tu as couru vers la quatrième en tapant dessus avec rage. Tu t'es arrêtée soudain, tu as couru dans ta cellule et tu es revenue t'asseoir là où tu étais.

« Trois gardes sont arrivés en courant. Celui qui t'avait frappée auparavant a fermé le cadenas de ta cellule, pendant que les autres s'empressaient d'ouvrir la quatrième porte. De là où tu étais tu pouvais tout voir, car elle donnait pile en diagonale de ta grille.

« Ma chérie, je suis sûre que j'ai reconnu Theo. Mais il était défiguré. Il était conscient, car il essayait de dire quelque chose, mais il avait les yeux et les lèvres enflés, le nez cassé. Il était incapable de marcher tout seul. Deux gardes le tenaient sous les bras, pendant que le tien s'acharnait à lui donner des coups. Ils l'ont traîné jusqu'au bout du couloir et en haut d'un escalier...

— Et ensuite ?

— Je n'ai rien vu de plus.

Julia était livide. Elle sentait une inexplicable colère, une envie de partir en courant, et de crier que c'était faux, que ce n'était pas elle, et que ce n'était pas Theo.

— Qu'est-ce que tu veux que j'en fasse de ta vision, Mama Fina ? Je ne sais même pas de quoi tu me parles !

Mama Fina serra Julia contre son cœur malgré sa réticence. Elle avait fait ce qu'elle faisait toujours. Elle ne pouvait pas lui épargner le choc.

— Pas de système nerveux dans cette équation. Nous savons toi et moi que ce que j'ai vu, tu le verras aussi dans le futur. Il faut que nous nous préparions.

— Oui, lui concéda Julia en essayant de se rasséréner.

— Il s'agit d'une prison : une cellule, des gardes, des grilles.

— Oui, répéta Julia.

— Nous savons aussi que Videla a pris le pouvoir et que son objectif est d'éliminer le péronisme de la face de la terre.

— Oui.

— Donc, si Theo et toi êtes arrêtés, vous ne reviendrez pas vivants...

— ...

— Il se peut que ma vision devienne réalité à l'instant où tu sortiras d'ici. Nous ne savons pas si nous aurons une seconde chance pour en parler.

— Oui, Mama Fina, dit Julia en comprenant que sa grand-mère avait déjà élaboré un plan.

— Il faut d'abord que tu graves dans ta mémoire les images que j'ai vues, car lorsque tu seras en train de vomir dans ta cellule et que tu verras la réflexion de ton image sur le plan d'eau avec la lucarne derrière, tu devras te rappeler que le soir, lorsque le caporal viendra s'acharner sur toi, tu auras quelques minutes pour t'enfuir.

— Je ne partirai pas sans Theo.

— Soit. Tu sais où il se trouve et dans quel état...

— Je ne pars pas sans lui.

— Pense à t'enfuir, point. Même si tu es nue et Theo aussi. Je sais d'expérience que ce sont les petites choses qui bloquent notre instinct de survie.

— Tu trouves que ce sont de petites choses, ce que tu m'as décrit?

— La peur d'avoir froid, d'être trempé, d'avoir soif, le dégoût des cafards, la peur de se cacher... Ils savent comment casser le moral des prisonniers. Il faudra que tu luttes contre toi-même, si tu veux t'en sortir.

— Bon, bon, répéta Julia en se concentrant, la lucarne, la grille...

— Il faudra que tu deviennes transparente. Tu ne devras parler à personne, ni demander de l'aide à qui que ce soit. C'est toujours grâce aux indicateurs que la police remet la main sur un évadé...

«Et tu ne reviendras surtout pas ici, car la police ou les militaires auront posté des agents dans tout le quartier.

— D'accord, j'ai compris.

— Il nous faut maintenant trouver un point de contact. Car il faudra que tu quittes l'Argentine...

— Quoi! Que je quitte l'Argentine! Mais il n'en est

pas question ! Je me battrai ici, chez moi. Je me cacherai, ils ne me trouveront pas, je…

— Tu vois, ma chérie, comme c'est dur ? Il faudra pourtant que toi et Theo alliez vivre ailleurs. Et il faut commencer dès maintenant à chercher une filière, car l'idéal serait que vous puissiez vous éclipser avant qu'ils ne viennent vous chercher…

— Theo ne voudra jamais !

Mama Fina resta un instant perdue dans ses idées. Elle reposa ses yeux délavés sur Julia :

— Nous n'avons pas le choix.

Les deux points de contact, faute de trouver mieux, seraient la señora Pilar et Rosa. Elles étaient convenues de ne pas prévenir Theo tant qu'il n'y aurait rien de plus concret. Lui ne sentait venir aucun danger. Il était convaincu qu'ayant déménagé à Saavedra, il était aussi peu repérable qu'un sous-marin sans périscope.

Tout changea le soir où Gabriel toqua à leur porte. Il était presque deux heures du matin. Il était défiguré par l'angoisse. Il avait fait le trajet de l'hôpital Posadas jusqu'à chez eux en marchant d'une traite sans s'arrêter.

— Ils sont arrivés dans plusieurs voitures, avant minuit, essayait-il d'expliquer d'une voix saccadée. Je revenais des toilettes, ils ne m'ont pas vu. Ruben était à la réception. Ils l'ont frappé violemment, l'ont menotté, encapuchonné, et fourré dans une voiture. Ils ont aussi emmené Vlado qui se trouvait au deuxième étage, et Augusto qui travaillait à l'imprimerie de l'hôpital. C'est un copain, il est venu plusieurs fois au cercle avec Mugica, vous vous souvenez ?

— Je vois très bien qui c'est, murmura Theo.

— Il était resté plus tard que prévu, on devait rentrer ensemble. Il habite à Mataderos lui aussi. Il y avait une quatrième voiture. Elle est restée plus longtemps, ils ont fait tous les services. Je me suis caché dans la buanderie, dans un panier de linge sale. Je suis sûr que c'était moi qu'ils cherchaient.

Theo avait eu beaucoup de mal à calmer son frère. Gabriel avait pris une douche, s'était changé, avait fait un sac avec quelques vêtements que Theo lui avait prêtés et avait pris tout l'argent liquide qu'ils avaient pu réunir à trois.

— L'étau se resserre sur nous trois. Il faut quitter l'Argentine, leur avait-il dit.

Gabriel connaissait des religieuses françaises qui aidaient les gens à s'exiler. Il irait les voir. Il pensait qu'elles pourraient le cacher et le faire sortir de Buenos Aires. Gabriel demanda à Theo de prévenir Rosa. Elle savait où trouver le couvent, il voulait qu'elle le rejoigne.

Après le départ de Gabriel, Julia parla ouvertement et pour la première fois de préparer leur départ. Mama Fina avait quelques contacts au port. Julia savait qu'elle avait trouvé une filière italienne, il fallait s'organiser au plus vite. Elle pensait qu'il leur serait possible de voyager en passagers clandestins dans un des bateaux qui partaient pour l'Amérique du Nord ou l'Europe.

Theo se sentait affreusement coupable de ce qui était arrivé à son frère. Il croyait que c'était de sa faute. C'était lui le chef de réseau des Montoneros, et du coup, toute sa famille était en péril. Il fallait les aider tous à partir au plus vite.

107

— J'irai demain au port voir quelles sont nos possibilités. Et je passerai chez Rosa à la sortie des bureaux, annonça Theo.

L'idée d'avoir une stratégie lui rendit de l'entrain. Ce fut le moment choisi par Julia pour lui annoncer qu'elle était enceinte.

— Si Dieu le veut, notre bébé sera là pour le nouvel an.

Elle ne s'attendait pas au bond que fit Theo, hurlant sa joie. Il la fit tourner dans ses bras, puis l'entraîna dans des pas de danse. Ils finirent par sauter en se tenant par les mains et à tourner sur eux-mêmes, exactement comme ils l'avaient fait le soir où ils s'étaient connus.

Ils se quittèrent au matin avec l'optimisme que confère le bonheur. Chacun se rendrait au travail comme d'habitude. Julia passerait chez Mama Fina avant d'arriver à la pharmacie, et ils se retrouveraient chez eux pour faire le point et prendre des décisions. Theo voulait aussi acheter une bouteille de vin et des fleurs. Ils fêteraient en amoureux l'heureuse nouvelle.

Il était tôt lorsque Julia ouvrit la porte chez Mama Fina. Elle la trouva dans la cuisine avec un tas de papiers et de cartes répandus sur la table. Mama Fina avait toutes les informations sur la filière italienne. Ils traverseraient le Río de la Plata avec des passeurs uruguayens et, de là, partiraient en Europe avec une nouvelle identité. Tout un réseau de familles italiennes, surtout dans le Sud, s'étaient organisées pour recevoir les exilés et les aider à trouver du travail et un logement. Il fallait payer à l'avance pour assurer les nouveaux passeports et les billets de transport, mais Mama Fina s'en occuperait.

— Je te laisserai le contact du passeur chez la señora

Pilar. Va la voir dès demain. Il faut que vous traversiez avant la fin de la semaine.

Et puis, sur un coup de tête, elle ajouta :

— Je laisserai de l'argent dans une enveloppe à ton nom chez le père Miguel, celui qui est venu vous bénir le jour de ton anniversaire. On ne sait jamais, mieux vaut ne pas mettre tous les œufs dans le même panier...

— Où habite-t-il, ton père Miguel ?

— Tu le trouveras à la paroisse.

— À San Juan Evangelista ?

— Absolument.

— Bien, dans ce cas j'irai le voir pour une deuxième bénédiction. Le bébé peut en avoir besoin, dit Julia en criant presque.

— Oh ! Ce n'est pas vrai ! Dis-moi que ce n'est pas vrai !

— Si, répondit Julia en lui sautant au cou. Tu seras grand-mère à nouveau.

— Arrière-grand-mère, tu veux dire !

Mama Fina était transformée. Elle prit les mains de sa petite-fille.

— Pourvu que ce soit un garçon !

— Oh non ! Je veux que ce soit une petite fille ! Je veux qu'elle soit exactement comme toi, avec tes yeux !

Les deux femmes s'embrassaient, incapables de se dire adieu. Quand Julia prit son sac pour partir, Mama Fina l'arrêta une dernière fois. Elle lui fit le signe de la croix sur le front, et lui dit :

— Je crois qu'il vaut mieux que tu le saches. Il y a, selon ce que j'ai cru comprendre, un jeune homme qui ressemble à celui de mon dessin. Il vient d'être assigné au commissariat de Castelar.

— Ce qui veut dire ? demanda Julia lentement.

— C'est là que les militaires interrogent les prison-niers politiques...

— Mon Dieu ! fit Julia.

— Tu sais aussi qu'Angelini et moi sommes très proches...

— Depuis l'affaire de la señora Pilar.

— Oh ! Bien avant cela, ma chérie. Nous étions encore enfants.

— Donc ?

— Donc...

Julia prit hâtivement le chemin de la pharmacie.

Elle arriva Plaza de Mayo et entra à la hâte en s'ex-cusant. Son oncle Raphaël l'attendait et la regarda avec bienveillance. Elle alla enfiler sa blouse blanche, suspendue à la patère dans l'arrière-boutique. Un bruit de voix, les protestations de son oncle, un fracas de verres brisés, Julia sortit voir ce qui se passait en boutonnant à la hâte sa blouse de travail. Deux hommes se jetèrent sur elle, l'empoignèrent et la traînèrent jusqu'à la grosse Ford Falcon verte garée à l'entrée de la pharmacie. Ils l'y engouffrèrent en l'obligeant à s'allonger à plat ventre par terre et s'assirent, l'écrasant de leurs grosses bottes. La voiture démarra alors qu'ils n'avaient pas encore fermé les portières. Une fois la voiture en route, ils se ruèrent sur elle et se mirent à la gifler en l'injuriant et à la toucher de partout pour la fouiller. L'un d'eux lui tira les cheveux en arrière et lui cracha au visage :

— Sale pute trotskiste, tu vas crever. Mais avant de crever, on va te faire parler.

110

Ils voulaient des noms, des adresses, le réseau entier.

— Tu vas tout cracher, criaient-ils.

La voiture finit par s'arrêter. On la fit sortir à coups de pied et de crosse dans un parking à ciel ouvert au milieu d'un chantier en construction. Il y avait une autre voiture identique garée en parallèle, le coffre grand ouvert. Rosa se tenait debout entre les deux Ford Falcon, les mains ligotées dans le dos, les yeux gonflés, les pommettes bleues comme une figue ouverte. Du mascara coulait sur son visage.

Des hommes la poussèrent dans le coffre de la voiture. Elle n'opposa aucune résistance. Julia reçut un coup dans l'abdomen, puis un autre sur la nuque. Pliée en deux, elle alla rejoindre Rosa dans le coffre. Avant que celui-ci ne se referme, Julia entendit :

— On a trouvé ton mec, trotska. Tu peux remercier ta copine.

12

LE « INN » DE FAIRFIELD

Fin de l'été boréal, 2006

La voiture s'ébranle. Une odeur de gaz d'échappement lui brûle la gorge. Il faut qu'elle chasse les souvenirs. C'est un autre présent qu'il faut affronter maintenant. Une autre angoisse, une autre douleur. Plus intense. Julia sait pourtant que c'est impossible.

Theo accélère et prend de la vitesse, puis freine, et accélère à nouveau. Le premier feu. Un autre tournant à gauche et ce sera la bretelle d'accès à l'autoroute. La sensation de roulement sur le goudron fait place au bruit des pneus sur le ciment crénelé de l'autoroute. Il prend effectivement le chemin du bureau. Et si toutes les conjectures étaient fausses ? Et si sa source n'était pas Theo, et si la jeune femme habillée en noir n'avait rien à voir avec eux ? Theo ralentit. Il profite du bouchon pour téléphoner. Julia entend la sonnerie du téléphone se prolonger dans le vide au travers des haut-parleurs de la voiture. Il recommence une nouvelle fois. Pas de réponse. Il accède à une boîte vocale : «Amour, je serai pris dans des meetings hors du bureau. Je t'aime. Je t'appelle dès que j'ai fini. » Il met de la musique et accélère à nouveau.

Le cœur de Julia bat contre ses tempes. Elle est recroquevillée sur elle-même, elle essaye de rythmer sa respiration, comme si Theo pouvait l'entendre.

Un tournant, la vitesse diminue, puis la voiture s'arrête. Theo marque un temps, puis reprend le téléphone. Cette fois-ci le moteur est coupé et les haut-parleurs ne transmettent pas. Il est en train de texter. Theo descend de la voiture. Il oublie de fermer à clé. La serrure automatique s'enclenchera dans quelques minutes. Julia attend et compte mécaniquement dans sa tête. Elle pousse finalement le siège un peu vers l'avant et réussit à trouver un angle de vue. Elle reconnaît l'immense parking au pied du complexe où se trouvent les bureaux de Theo.

Sa bonne humeur lui revient. Après tout, il se pourrait bien que tout ne soit qu'une série de malencontreuses coïncidences. Elle attend dans le coffre, indécise et penaude. Faut-il qu'elle sorte de sa cachette et rentre à la maison finir son travail ? Elle s'assoupit quelques minutes, épuisée par tant d'émotions, fatiguée de faire tourner ses pensées en rond. Elle s'apprête à sortir lorsqu'elle entend des voix qui se rapprochent. La voiture se secoue sous l'impulsion des portières qui s'ouvrent et qui se referment. Theo allume le moteur et prend de la vitesse. La personne assise à côté de lui est une femme. Julia l'entend rire. Elle ne comprend plus ce qu'ils se disent, la vibration dans le coffre amortit les sons.

Après un court trajet à grande vitesse, la voiture s'arrête. Theo et la femme sortent en claquant les portières. Julia entend leurs pas s'éloigner sur l'asphalte.

La voiture est verrouillée à distance. Julia pousse le siège et sort la tête à la hâte en s'appuyant sur les coudes. Theo marche en tenant par la main une femme élancée, les cheveux noirs tirés en chignon, habillée d'un tailleur vert sombre. Elle marche en équilibre sur de hauts talons noirs. Ils poussent la porte tournante qui donne accès au hall d'entrée d'un Inn. Theo la laisse passer devant en la prenant par la taille et regarde d'instinct en arrière.

Julia ne peut pas les quitter des yeux. Elle les voit disparaître et reste immobile, respirant à peine, regardant droit devant elle, le cerveau vidé.

Elle détourne le regard, ses yeux cherchent à s'accrocher ailleurs, à se poser sur ses mains, sur son moche survêtement gris. Cela fait moins mal que prévu. Elle ne ressent rien. Juste une accélération du rythme cardiaque. Et le vide. Le creux dans le ventre. Elle sent son âme, comme une fuite de liquide au niveau du plexus solaire. Elle enfonce ses trois doigts pour la retenir.

Avec effort, Julia émerge de la voiture, se dirige vers l'hôtel et appelle le concierge. Si je tombe nez à nez avec Theo, tant mieux.

Le jeune homme en uniforme gris se fait un devoir de lui parler comme s'il ne la voyait pas.

— Votre taxi sera là dans quelques minutes, assure-t-il, plongé de nouveau dans sa routine.

Il faut qu'elle se donne une contenance, qu'elle fasse semblant de s'intéresser aux journaux financiers ou aux magazines de promotion immobilière. Je vais crever. Elle lève les yeux, surprise d'être submergée de larmes. Je me noie, je m'apitoie, je ne peux pas. Elle se voit glisser, à deux doigts de se recroqueviller par terre.

— Madame, votre taxi attend.

Quand elle tourne la tête pour remercier le jeune homme, il n'y a plus aucune trace de son émotion. Elle le gratifie d'un merveilleux sourire ; l'employé, ému, baisse les yeux, intimidé.

Julia a repris son assurance, elle marche d'un pas gracile vers la voiture.

— Déposez-moi à la gare, indique-t-elle calmement.

Elle enregistre du coin de l'œil la sortie d'une jeune femme en tailleur vert sombre qui se glisse dans un autre taxi juste derrière le sien. Elle ne peut s'empêcher de sentir une pointe de satisfaction à la pensée qu'elle est quand même toujours devant.

En montant dans le train qui la reconduit chez elle, Julia réalise qu'il faut qu'elle se prépare. Il y a une Julia en elle qui doit disparaître.

13

LE RETOUR

Fin de l'été boréal, 2006

Treize du mois, et vendredi, comme par hasard. Il fallait qu'elle découvre cela aujourd'hui. C'est juste une coïncidence. Mama Fina prétendait s'en moquer, mais elle ne prenait jamais d'engagements importants ces jours-là. Qu'importe. Julia se sent sereine. Elle a choisi de savoir. Elle l'a voulu. Ce n'est pas un coup du destin. Elle avait besoin de la vérité. Il y a dans le mensonge un outrage primordial, une condescendance qui lui est insupportable. D'une certaine façon, Theo et elle sont quittes maintenant.

Julia regarde par la fenêtre défiler une à une les stations qu'elle connaît. Cette ligne est la sienne, celle qu'elle prend quand elle revient de New York après ses réunions de travail. Plus on s'éloigne de la City, plus les constructions se dispersent, les gratte-ciel font place aux grandes maisons au bord des marinas, qui s'effacent à leur tour devant les petites villes de province où siègent les BJ's, et les Home Depot.

Julia voit la mer s'éloigner, puis revenir. Près de Bridgeport, la cheminée rayée de rouge et blanc enfume un ciel pur. Le train ne s'arrête pas à la station et tourne à grande vitesse en longeant la côte. Une Julia doit disparaître.

Comme lorsqu'elle avait revu Theo pour la première fois, en ce début d'année 2002, après les années de silence. Ils avaient eu besoin de sortir dans la rue pour éviter de se retrouver seuls dans une intimité qu'ils appréhendaient. Ils avaient marché d'instinct vers la mer, passant sous le High Line du Meatpacking de Manhattan, une voie ferrée surélevée que les New-Yorkais ont transformée en jardin suspendu. Mais, à quatre heures du matin, la structure de métal avait l'air lugubre. Ils l'avaient dépassée avec soulagement, et étaient arrivés sur les quais sans réussir à casser le silence.

Un vent froid venant du nord s'était levé. Ils s'étaient rapprochés l'un de l'autre.

— J'ai tellement rêvé de vivre ce moment…, avait dit Julia en suivant le ballottement des vagues. Mais maintenant, je ne sais plus si cela a un sens.

— N'essayons pas de trop raisonner, Julia.

— Il faut pourtant que j'essaie de comprendre ce qui nous est arrivé.

Theo lui avait mis un doigt sur les lèvres pour la faire taire.

— Regarde cette mer, Julia. Cela fera presque un demi-siècle qu'elle m'est fidèle. C'est elle qui me rappelle qui je suis.

— Elle m'accompagne aussi depuis toujours. Mais je ne suis plus la même.

Les lumières de la ville se reflétaient dans l'eau comme autant d'étoiles noires.

— Et toi… Qui es-tu ? lui avait demandé Julia.

Theo regardait fasciné la masse d'eau sombre entre les rives de l'estuaire. Comme s'il n'y avait que lui au monde, il avait murmuré :

— Je suis un être maudit.

Julia avait frémi. Elle avait relevé le col de son manteau :

— Tu n'as pas le droit.

— Il ne s'agit pas d'avoir le droit, Julia, avait répliqué Theo.

— Tu n'es pas une victime. Tu es un survivant, Theodoro.

Il s'était tourné vers Julia le visage déformé. Il criait presque.

— Tu ne comprends pas ? Mon frère est mort, ma mère, mon père. Tout cela à cause de moi, Julia.

Julia lui avait pris doucement la main :

— Pas à cause de toi, Theo. À cause de leur amour pour toi !

Il s'était libéré de façon brusque, en la repoussant.

— L'amour ? C'est quoi, l'amour ? Ce mot n'a aucun sens.

Elle l'avait observé longuement. Puis s'était éloignée. Elle avait remonté les quais à pas lents vers la lumière de l'avenue. Un taxi passait, vide. Les énormes affiches publicitaires de décembre n'avaient toujours pas été changées, fortement illuminées comme par erreur. Elle était arrivée au carrefour, clignant des yeux sous la lumière orange de l'éclairage public, et décidée à rentrer.

Theo l'avait rejointe en courant. Il était resté devant elle, les bras ballants, haletant.

— Réapprends-moi.

Julia passe le petit bourg de Stratford appuyée contre la vitre du wagon. Les maisons peintes en bleu-gris défilent sous son nez, le clocher blanc, les ponts, les bateaux, les rues, la vie. Elle n'en a que faire. Elle ne voit que Theo.

Ils s'étaient réveillés heureux ce matin-là. Ils avaient fait des projets toute la nuit. Elle reviendrait et il connaîtrait Ulysse. Ils avaient quitté la maison de Chelsea poussés par la faim et s'étaient installés en amoureux au coin de la rue, sur une des petites tables de la boulangerie française qui faisait l'angle. Theo était intarissable. Il voulait acheter une maison avec une grande cheminée et un jardin plein de fleurs. Il voulait une moto. Il voulait aussi avoir un chien qui s'assiérait près de lui lorsqu'il regarderait les étoiles.

— Je n'ai plus jamais eu de foyer. J'ai vécu tout ce temps comme un juif errant...

Julia l'avait embrassé doucement, mais Theo s'était dégagé pour dire :

— Parce qu'un foyer ne pouvait exister qu'avec toi, Julia.

Julia avait eu peur. Ils avaient déambulé tout cet après-midi-là pour se reconnaître. Ils se poursuivaient en riant comme des enfants lorsqu'ils étaient arrivés devant les grilles de Our Lady of Guadelupe sur la 14e rue. Ils avaient monté les escaliers quatre à quatre en jouant et s'étaient retrouvés à l'intérieur de l'église sans presque le vouloir. Un couple de Mexicains se mariait et les familles se tenaient debout dans le chœur de l'église. La mariée portait une robe surchargée de paillettes d'argent sur de l'organza, et une mantille brodée sur la tête.

Julia et Theo s'étaient agenouillés un instant, puis étaient ressortis en silence. Le bruit de la ville les avait surpris. Theo s'était réfugié à l'entrée d'un immeuble et avait pris Julia contre lui.

— J'ai fait un vœu.

Julia avait rougi.

— Je veux me marier avec toi.

— Dans trente ans ? avait-elle répondu en l'embrassant.

Elle descend du train dans l'animation de la station, et se laisse porter par le fleuve humain qui monte. Perdue dans son monde, elle se retrouve seule sur le trottoir à la sortie de la gare. Elle tourne à gauche comme un automate, ses pieds faisant seuls le chemin du retour. Elle traverse les rues sans s'arrêter et manque de se faire renverser par un conducteur qui se cramponne au klaxon. Elle s'arrête finalement le nez collé à une grille, incapable de savoir ce qu'elle fait là. De l'autre côté s'alignent les voitures dans l'immense parking d'Ikea. Elle accroche ses doigts à la clôture. Une sensation d'impuissance l'envahit. Elle s'écarte agacée et fait l'effort de remplir ses poumons d'air frais, reprend son chemin, accélère le pas.

Julia n'avait pas prévu que la rencontre entre Ulysse et Theo se passerait si mal. Ils s'étaient retrouvés tous les trois au printemps. Ulysse voulait découvrir New York et Theo pouvait s'y rendre aisément. Ils avaient pris le ferry pour aller voir la statue de la Liberté et s'étaient arrêtés à Ellis Island.

Theo traînait les pieds, l'idée de faire du tourisme

l'exaspérait, et l'histoire des immigrants américains lui était totalement indifférente. De plus il s'était mis à pleuvoir, et les queues étaient devenues interminables. Voulant se rendre agréable, Ulysse avait fait semblant de chercher le nom de Theo dans la longue liste d'immigrants qui avaient séjourné dans l'île. Theo avait mal pris la chose.

— Qu'est-ce que cela peut te faire. De toutes les façons, tu ne le portes même pas, mon nom !

— Attends… Tu n'étais pas là !

— Justement, tu as bien fait de garder celui de ta mère.

— Mais de quoi tu me parles ?

— Je te parle de ne pas aller fouiller dans le passé des autres. Qu'est-ce que l'on fait ici à regarder les photos et les histoires de gens qu'on ne connaît pas ?

— Je ne suis pas étonné que tu penses comme cela, même le passé des tiens ne t'intéresse pas.

— Arrête, Ulysse, avait imploré Julia.

— Non, parlons-en puisque nous y sommes, avait surenchéri Ulysse. Nous, on veut savoir pourquoi tu ne nous as pas cherchés. Ma mère a passé trente ans à fouiller la terre entière pour te trouver.

— Je n'ai pas à me soumettre à ton procès, Ulysse. Tu ne sais rien de ma vie, tu ne me connais pas.

— Eh bien, c'est le moment de nous connaître, avait répondu Ulysse. Nous, on a vécu toutes ces années de l'amour que ma mère te portait… et toi, de quoi as-tu vécu ?

Theo tremblait.

— Moi, j'ai vécu de la haine !

Elle lui parlera. Il lui suffira d'une seconde pour mesurer l'étendue des dégâts.

Elle se reprend, irritée d'avoir mis en évidence sa faiblesse. Elle connaît déjà les dégâts. Et lui parler ? De toute façon elle ne peut pas rester. Elle préfère le perdre que de vivre ainsi. Pendant un bref instant, pourtant, elle est tentée de se taire, de faire semblant. Rien que pour voir jusqu'où il pense aller. Elle arrive à sourire en l'envisageant.

Mais non. Son choix est fait. Elle veut être libre. Libre de ne pas mentir, libre d'affronter ses peurs, libre même de l'aimer malgré lui.

14

LES VOISINS

Fin de l'été boréal, 2006

Les fleurs bleues et orange plantées tout autour en honneur de Mama Fina la blessent. Elles encadrent aussi le pied de son vieil arbre. Julia se retourne pour contempler l'avenue et plus loin, sa mer. Toujours à sa place, plate, étirant son horizon à la règle. L'univers des hommes semble par contraste éphémère, précaire. Julia partira, la maison et les fleurs resteront. Elle est déjà partie. Elle ne se leurre pas. Elle ne vieillira pas à côté d'un homme sans visage, comme dans une peinture de Magritte.

Julia tourne la clé comme un voleur. Tout lui semble maintenant étranger. Elle marche lentement vers la cheminée en pierre de taille du salon. Theo voulait la transformer en conduit d'extraction pour y installer un poêle à granulés de bois. Il s'agissait de faire des économies sur le chauffage. Julia était contre, et l'histoire du poêle s'était transformée en bataille : c'est lui qui déciderait. Julia avait finalement réussi à le convaincre de placer le poêle dans le sous-sol, car la chaleur montante atteindrait toutes les pièces, même celles de l'étage. Theo avait accepté de mauvaise grâce, et s'était vengé en exigeant de maintenir le chauffage de la maison à son minimum pendant la journée : il ne le remontait que lorsqu'il était de retour. Julia avait donc passé ses hivers enroulée dans une couverture, à attendre un homme à l'étroit dans ses obsessions, dans un besoin de se punir et de punir le monde.

Je n'ai pas su l'en délivrer. Au contraire, je me suis laissé engloutir dans ses exigences, ses économies et ses coupons, satisfaite de devenir ce qu'il voulait que je sois.

La photo de leur mariage trône sur la cheminée. À leurs côtés, Ulysse n'a pas l'air d'être leur fils. Julia porte la robe en dentelle qu'Anna lui a rapportée d'Argentine. Theo est beau. Elle lui retrouve cet air enfantin lorsqu'il la prend par la main et l'embrasse à la dérobée, comme s'il pouvait être pris en faute. Quelques jours avant leur arrestation, ils en étaient convenus. Les militaires savaient que la jeunesse de gauche était réticente à l'idée du mariage religieux. Lorsque la persécution des forces de l'ordre battait son plein, les Montoneros avaient donné l'ordre de se marier à l'église car les photos de noces dissuadaient les *milicos*[1] de continuer les perquisitions.

Le cadre dans la main, elle regarde tout autour et fait mécaniquement l'inventaire de tout ce qu'il faudra emballer. Peut-être aurait-elle préféré ne rien savoir ? Elle s'effondre sur le divan. Si elle en avait le courage, elle prendrait le téléphone pour parler avec son amie Diane.

Au lieu de cela, Julia prend sa bicyclette. Il faut qu'elle

1. Surnom donné aux militaires.

fasse taire ses tripes qui remuent comme des serpents dans un sac. Elle tourne à droite, sans destination particulière. Elle croise un couple qui fait du jogging. Ils stoppent net et l'interpellent. La voici en face des deux collègues de Theo qui habitent le quartier.

— Vous êtes revenus plus tôt du bureau? lance Julia pour meubler l'instant.

— Non, nous prenons le vendredi. Cela nous fait un week-end plus long.

— Je croyais que le système avait été suspendu.

— Pas du tout. Heureusement! dit la jeune femme prête à reprendre son élan.

Puis, revenant sur ses pas, elle ajoute :

— Venez dîner ce week-end à la maison. On invitera aussi Mia.

— Mia?

— Oui, la petite Coréenne.

— ...?

— Ça ne t'embête pas, n'est-ce pas?

— Je ne sais pas qui c'est, fait Julia en souriant.

— Theo déjeune souvent avec elle. Je pensais que...

— Très bien, ça me donnera l'occasion de la rencontrer, coupe Julia.

Bien, il semblerait que je sois la dernière à être au courant.

Elle rentre et se dirige droit sur son portable, le débloque, et compose un numéro de téléphone :

— Diane, ma chérie, c'est moi... Oui, j'ai besoin de ton aide.

15

DIANE

Fin de l'été boréal, 2006

Diane et Julia s'étaient connues par hasard, pendant l'hiver 2002. Ou tout au moins c'est ce que croyait Diane. Elles s'étaient rencontrées lors d'un effroyable accident en sortant du Mall de Milford. Diane avait garé sa nouvelle Jaguar dans le parking de l'autre côté du Boston Post Road, car celui du Mall était bondé.

Elle s'apprêtait à traverser les quatre voies de circulation de la grande artère, «à la Sudaca», c'est-à-dire en complète violation du code routier, comme souvent en Amérique latine. Diane était née à Buenos Aires et avait longtemps vécu en Espagne en tant que danseuse professionnelle. Elle y avait connu Max, un riche constructeur de la côte Est des États-Unis, qui l'avait installée dans une belle villa à New Haven, lorsqu'elle avait accepté de le suivre, et pendant qu'il en finissait avec son divorce.

Diane avait déjà pris son élan pour traverser la Boston Post Road couverte de neige, lorsqu'une jolie femme emmitouflée dans une grosse parka blanche s'était mise à courir vers elle en la hélant avec de grands gestes, au risque de glisser par terre sur le trottoir verglacé. Diane avait cru à une méprise plutôt comique. Mais l'inconnue s'était pendue à son cou, et lui avait dit avec le plus parfait accent *porteño* : « *¡ Vos no sabés lo que te he buscado*[1]*!*»

Elles avaient tourné la tête à l'unisson la seconde d'après, pour voir comme dans un film au ralenti un pick-up perdre le contrôle sur une plaque de verglas, et s'incruster sous un poids lourd de Whole Foods arrivant en sens inverse. Dans sa vitesse, le poids lourd avait culbuté de côté, et s'était mis à glisser en diagonale de l'avenue en emportant tout sur son passage dans un effrayant crissement de roues, de freins, et de ferraille broyée.

Le vacarme avait fait place à un lourd silence.

— Je crois que tu viens de me sauver la vie, lui avait dit Diane.

Collées l'une à l'autre, Diane et Julia étaient parties s'asseoir n'importe où pour se raconter toute leur vie. Elles avaient découvert qu'elles étaient toutes les deux *porteñas* du même quartier de La Boca, qu'elles habitaient toutes deux depuis peu aux États-Unis, qu'elles avaient aussi passé une grande partie de leur vie en Europe, et qu'elles vivaient à quinze minutes en voiture l'une de l'autre. Il était devenu clair qu'il n'y avait pas eu de coïncidences, et qu'il était écrit qu'elles devaient se rencontrer.

Julia n'avait pas dévoilé son don, ni le voyage qui lui avait permis d'anticiper l'accident, ni ses insomnies accroupie dans la salle de bains, à revoir les images pour trouver un indice.

1. « Tu ne peux pas savoir combien je t'ai cherchée ! »

De fait, Julia avait reconnu le carrefour où aurait lieu l'accident de manière fortuite. Elle était allée à Milford pour un complet veston de Theo qui demandait des retouches. Elle avait reconnu le carrefour lorsqu'elle avait fait demi-tour sur le boulevard pour accéder au magasin. Elle s'était retrouvée pile dans l'axe de sa vision. Julia avait ensuite établi le jour de l'accident, car les poids lourds de chez Whole Foods desservaient la grande surface tous les mardis, et avait déduit l'heure approximative de passage en fonction de l'horaire habituel de livraison.

Postée en sentinelle à la sortie du parking du magasin de vêtements pour hommes, Julia avait guetté pendant trois semaines, au jour et à l'heure dite, l'arrivée d'une femme dont elle ne savait que très peu de choses. Elle devait conduire une voiture gris métallisé, elle portait du vernis rouge et elle jouait avec un porte-clés du Boca Juniors. Elle n'eut plus aucun doute que Diane fût sa source, quand elle la vit risquer sa vie en se jetant dans le flux de circulation sans même attendre le changement de feux.

Pour se justifier, elle lui avait expliqué qu'elle avait cru reconnaître une amie, quelqu'un qu'elle n'avait plus revu depuis son emprisonnement à Castelar. D'une certaine façon, cela aurait pu être vrai. Julia avait tout de suite été intriguée par le port de cette femme qui, comme Rosa, avait le chien des *porteñas*.

Diane arrive moins d'une demi-heure après son coup de fil. Elle fait irruption en rentrant par la porte de la cuisine, en habituée. Elle trouve une Julia assise au salon, recroquevillée sur elle-même, absente.

— Ma chérie! Tu es malade?

— Non, ou oui... peut-être. Je sens que je ne peux pas bouger.

— ... Ça veut dire que c'est très grave.

— Oui... Theo me trompe.

— Ah!... comment le sais-tu, en es-tu certaine?

Julia décrit l'épisode dans le coffre de la voiture.

Diane est prise d'un fou rire, écroulée sur le divan à côté de Julia, qui du coup se met à rire aussi.

— Dis-moi que tu n'as pas fait ça, Julia! crie Diane.

— Si, je l'ai fait.

— Mais c'est une honte, ma chérie! Theo aurait pu te découvrir! Tu imagines un peu la scène?

Elles se tordent sur le divan, hurlant de plus belle.

— Bon, si ce n'est que cela, nous allons célébrer, finit par dire Diane. Ouvrons une bouteille de champagne.

— Arrête, je n'ai rien pu avaler de la journée.

— Je le vois bien, mais je ne te demande pas de manger, on va boire! On va fêter son adultère.

— Alors là, hors de question!

— Mais tu ne vois pas? Tu as passé ta vie entière à te morfondre pour lui. Tu es belle, Julia, jeune, pleine de vie : il vient de te rendre ta liberté! Il faut fêter cela.

Julia se lève et, d'un air convaincu, sort les flûtes du placard et s'amuse à ouvrir cérémonieusement la bouteille que Theo tient toujours au frais.

— Cela fait une semaine que je demande à Theo où est passé le foie gras que j'avais ramené de France. Maintenant j'ai compris : il a célébré avant nous.

— Qu'est-ce que tu comptes faire?

129

— Je crois que je n'ai pas le choix, Diane. Je vais le quitter.

Les deux femmes se regardent.

— Oui, de fait, il y a un problème de fond, majeur, et je ne suis pas sûre que tu sois en mesure de remettre les pendules à l'heure. Cela fait bientôt quatre ans que l'on se voit quasiment tous les jours. J'ai eu l'opportunité d'observer votre couple à loisir. N'importe qui aurait pu croire que si quelqu'un se fatiguerait de l'autre, ce serait plutôt toi. Mais voilà, je crois, ma chérie, que tu es rentrée dans ce que l'on pourrait appeler une spirale de désamour.

— Je ne crois pas que ce soit mon cas

— Si. Regarde. C'est très clair. Tu voulais être ce que tu croyais qu'il voulait que tu sois. Mais lui voulait que tu sois celle d'avant. En plus, lui non plus n'est pas le même… Bref, pas facile de s'aimer comme cela. Excuse-moi, ma chérie, mais il faut vraiment que tu m'accordes un toast pour ce brave Theo. Maintenant qu'il court derrière sa Coréenne, je le trouve assez épatant.

La porte de la cuisine s'ouvre. C'est Theo.

16

LE MANOIR DU BERKSHIRE

Automne boréal, 2006

— On portait un toast en ton honneur, lui dit Diane. Theo pose ses affaires sur le plan de travail de la cuisine et s'empresse de venir au salon pour se joindre à la conversation. Mais Diane regarde sa montre et, prise d'une urgence soudaine, les quitte. Theo et Julia se regardent, désorientés.

— Tu as préparé les affaires? demande finalement Theo sans même attendre de réponse.

— Quelles affaires?

— Mais... on part pour le Berkshire, non? balbutie-t-il, suffoqué. Pourquoi faut-il que je te rappelle systématiquement tout ce qu'il faut faire!

— Peut-être parce qu'il a fallu que je m'occupe de choses autrement plus importantes.

— Allez, préparons-nous vite, cela nous fera du bien de nous promener, ma Julia.

— Va faire ton sac, je prépare le mien.

— Tu ne veux pas m'aider?

— Non.

Theo prend sur lui, et monte rassembler ses affaires. Il sort ensuite préparer la remorque pour la moto. Julia le rejoint dehors, et l'attend debout à côté de la voiture. Elle a suivi le conseil de Diane : elle a mis sa jupe noire, un chemisier en soie blanc et ses sandales à talons compensés qui lui galbent merveilleusement la jambe. Le coucher de soleil s'annonce magnifique. Les nuages s'estompent comme une friandise sur fond rose et vert. Julia sent que ce qui l'attend est au-dessus de ses forces.

Les sacs sont maintenant à l'arrière de la voiture, prêts à partir. Theo frôle Julia, se retourne et la dévisage :

— Tu es grande ! fait-il surpris.

Le commentaire énerve Julia, elle se sait comparée. Elle hausse les épaules, Diane avait raison, il est en train de descendre de son piédestal.

Ils montent dans la voiture, rejoignent l'autoroute et bifurquent sur la Merritt Parkway. L'idée de s'interner dans une forêt met Julia plus à l'aise, elle aime cette nature qui défend son espace. Theo s'engage dans la Connecticut 8 en direction de Waterbury, toujours en ligne droite vers le nord, pour atteindre le village de Lee.

La nature est en feu. L'automne est sa saison préférée. Julia veut prendre le temps d'aimer ce pays, d'avoir envie d'y revenir sans lui. Tout revoir, une dernière fois : le clocher en aiguille de la petite église de Lee, sa rivière qui serpente et le vieux pont en bois couvert tel un tunnel suspendu. Elle allume la radio. Les haut-parleurs rabâchent un vieux tube de Led Zeppelin. Comme du poison, les notes remontent au travers de ses veines et distillent un chagrin incoercible. Elle s'enfonce les ongles dans la paume de la main pour éviter de pleurer. Theo n'a rien vu.

Mais elle le sent perturbé, mal à l'aise. Il lui demande finalement de l'aider à chercher un disque qu'il vient d'acheter.

— Il doit être dans la boîte à gants.

Julia ne réagit pas. Il allonge le bras, pris d'impatience, et frôle les genoux de Julia.

— Excuse-moi. Je ne sais pas ce qui m'arrive. Je ne supporte plus cette musique.

— Tu l'aimais pourtant beaucoup, avant.

Theo accuse le coup.

— Nous ne sommes plus les mêmes, Julia.

— Je ne suis pas si sûre. L'arbre puise la vie dans ses racines.

En guise de réponse, il introduit son disque dans l'appareil. Un flot de sons stridents envahit la voiture. Elle coupe le volume et se retourne vers Theo :

— Tu aimes ça ?

Theo lui jette un regard noir :

— Oui, cette musique m'aide.

Julia aussi voudrait l'aider. Mais elle ne sait plus comment.

Ils quittent le Mass Pike et prennent les petites routes qui serpentent dans la campagne vers l'ouest. Il fait déjà nuit lorsqu'ils arrivent finalement au petit bourg désert de Lee. Déjà sur Maple Street, ils suivent l'avenue jusqu'au fond pour prendre l'allée à gauche bordée d'érables immenses. Au fond d'un parc, s'élève une grande bâtisse constituée de plusieurs corps de bâtiments. C'est une grande ferme du plus pur style géorgien, datant du début du dix-huitième siècle. Elle a l'air soignée, repeinte tout en blanc avec un toit récent en ardoises grises. Ils garent la voiture sous les arbres centenaires et descendent escortés du propriétaire des lieux qui les accueille.

Il les conduit dans le dédale de petits escaliers et de couloirs et s'arrête devant une porte au deuxième étage :

— Je vous ai préparé la chambre Blue, annonce-t-il courtoisement.

— Rien ne pouvait nous faire plus plaisir, répond Theo en posant les sacs sur le lit.

L'homme se met en devoir de réveiller le feu de cheminée qui paresse entre les charbons, et sort en fermant doucement la porte.

À son tour, Theo va s'accroupir devant l'âtre. Julia l'observe et finit par s'asseoir derrière lui, sur le joli coffre en bois au pied du lit. Au-dessus de la cheminée, trône la collection d'assiettes anciennes qui donne son nom à la chambre. Elle désirerait que ce ne fût qu'un accident de parcours, que Mama Fina se soit trompée.

— Theo... J'ai croisé tes collègues de bureau.

— Ah, oui ? Les McIntyre ? dit Theo sans se retourner.

— Oui, les McIntyre...

— ... et alors ?

— Ils étaient en train de faire du jogging à l'heure du déjeuner.

— ...

— Ils m'ont dit qu'ils prenaient congé le vendredi, comme toi.

— Pas comme moi, je t'ai déjà expliqué.

— Arrête, Theo.

Theo se retourne, méchant, et lance :

— Et alors, tu me surveilles?

— Je sais que tu sors avec une de tes collègues de bureau, une Coréenne qui s'appelle Mia.

Livide, Theo se laisse tomber par terre. Il évite de croiser le regard de Julia, et passe la langue sur ses lèvres. Il sort de son mutisme avec précaution :

— Oui, c'est une amie, je la vois au bureau, nous déjeunons de temps en temps.

Elle l'observe s'enliser, la gorge sèche, les yeux cherchant un point d'ancrage. Il souffre, mais il continue et, au fur et à mesure, il reprend de l'assurance.

— Rappelle-toi, je te l'ai montrée à la fête du 4 Juillet. Nous étions dans le parking du bureau pour les feux d'artifice.

Julia ne le regarde plus. Elle ne veut plus l'entendre, pliée en deux, les yeux fiévreux.

— Je t'en veux de me mentir plus que de me tromper, l'interrompt-elle.

Theo se tait, figé. Après un silence, elle ajoute :

— J'aurais tellement voulu t'aider.

Julia a l'impression de le voir chanceler. Il se coiffe nerveusement avec les doigts.

— Tu ne comprends pas. Je dois me libérer du passé, Julia. Je ne peux pas t'expliquer.

— Ne m'explique rien... Theo, j'ai pris la décision de te quitter.

Ses mots retentissent dans le vide, et l'effrayent. Julia est prise de vertige. De longues minutes s'égrènent au ralenti, augmentant la distance qui les sépare. Theo y met fin.

— Tu es sûre de ta décision?

Julia ne sait pas. Elle voudrait revenir en arrière, tout effacer.

— Tu vas vivre avec elle?

Theo se retourne.

— Non. Nous ne sommes pas comme cela.

Julia reçoit la réponse de Theo comme une gifle.

17

LE COMMISSARIAT DE CASTELAR

Début de l'hiver austral, 1976

Emportant ses rêves et son sac, Gabriel les quitta. Theo et Julia fermèrent la porte derrière lui, et se blottirent l'un contre l'autre. Il allait falloir quitter l'Argentine. L'idée la paniquait. Elle ne savait pas comment imaginer leur vie ailleurs, alors qu'elle venait d'annoncer à Theo qu'elle était enceinte. Elle avait peur. Elle se colla encore plus contre lui. Une douloureuse sensation de solitude la terrassa. Et s'ils ne réussissaient pas à s'enfuir, et s'ils étaient séquestrés par les militaires, et s'ils disparaissaient dans un de leurs centres de torture... Et si eux-mêmes étaient torturés, s'ils étaient séparés ?

Theo lui mit la main sur la bouche pour l'obliger à se taire.

— Non, amour. Surtout pas.

Mais Julia s'était dégagée, affolée :

— S'ils me torturent, Theo, je ne pourrai pas tenir, je balancerai tout le monde, je ne pourrai plus vivre qu'en me haïssant !

Theo s'était assis sur le lit, et l'avait étreinte avec force pour la contrôler.

— Non. Nous, nous ne sommes pas comme cela !

Les mots de Theo traversèrent toutes les couches de son être et l'apaisèrent d'un coup. C'était le *Nous* qui l'avait frappée comme de la foudre. La voix de Theo avait eu l'effet d'une épiphanie. Elle lui révélait une nouvelle identité fondée sur la force d'aimer. Ce *Nous* existait en elle et à l'extérieur à travers Theo. Il n'y avait plus de vide possible. Mama Fina avait raison, les mots étaient magiques. Ce *Nous* prononcé par Theo éclipsait sa peur. Elle glissa ses doigts entre les siens, et répéta :

— Non, nous ne sommes pas comme cela.

Elle se le répéta encore, glacée de peur dans le coffre de la Ford Falcon, coincée contre Rosa. Julia aurait voulu l'étreindre dans ses bras, pour se donner du courage et aussi pour la faire taire.

— Je n'ai rien dit, je te le jure, répétait Rosa au bord de la suffocation.

— Tais-toi. Nous ne sommes pas comme cela, répondait Julia cherchant dans sa voix l'écho de celle de Theo.

La voiture freina sec. Une porte s'ouvrait. Non, plutôt une lourde grille rouillée. Des ordres, des injures, des hommes. La voiture se glissa lentement au milieu de ce couloir de cris et de bruit de bottes, puis stoppa dans un grincement de frein à main.

Le coffre s'ouvrit d'un coup. Julia cligna des yeux, aveuglée par la réverbération. Une grande cour, une grande bâtisse, un escalier extérieur métallique en colimaçon.

Le cerveau de Julia enregistrait : colonnes, fenêtres, un seul étage, une dizaine de types en uniforme.

— Mais bandez-lui les yeux, imbéciles ! hurla une voix, avant qu'elle ne reçût un coup qui la mit à genoux.

Reprenant son souffle, elle réussit à apercevoir Rosa encapuchonnée qui se faisait traîner vers une porte en dessous de l'escalier en ferraille. Julia le vit alors. Theo était debout, immobile, les yeux bandés au pied de l'escalier.

— Je suis là !

Une averse de coups accueillit son audace, avant qu'elle n'étouffe, la tête sous un sac en toile.

Elle atterrit dans une cellule, rouée de coups par un homme qui lui interdisait d'ôter sa capuche. Une porte grinça, un bruit de clés tournant dans la serrure, puis ce fut le silence.

— Ils sont partis, lui chuchota une petite voix tout près d'elle. Tu peux enlever ton sac, on aura le temps de le remettre. On les entend venir de loin...

Julia souleva un coin de toile et vit Rosa avec sa capuche sur la tête et une adolescente aux cheveux blonds assise à ses côtés.

— Je m'appelle Adriana, et toi ?

Elles se trouvaient dans une cellule étroite comme un couloir. Plus loin, gisait une femme immobile, les vêtements couverts de sang.

— Elle, c'est Paola. Elle est comme ça depuis hier. Mais elle respire.

Sans oser poser de questions, elle se tourna. Au fond de la cellule trônait un W.-C. sale en céramique dont le rebord était cassé. Une lucarne grillagée surplombait le mur et laissait pénétrer un froid rayon de lumière.

— Nous sommes très gâtées. Nous avons un W.-C. Les autres doivent faire par terre. C'est pour cela que ça sent si mauvais.

Julia remarqua alors l'odeur terrible qui régnait.

— C'est pratique aussi pour boire de l'eau et pour faire un brin de toilette.

Julia fut prise d'une envie de vomir.

— Elle s'appelle comment ta copine? demanda Adriana.

— Excuse-moi, je m'appelle Julia. Elle, c'est Rosa.

En entendant la voix de Julia, celle-ci souleva prudemment un coin de sa capuche.

— Où sommes-nous? demanda-t-elle.

— À Castelar.

Rosa eut un geste d'effroi.

Elles s'accroupirent tout près les unes des autres. Adriana baissa le ton de sa voix. Ce n'était plus qu'un chuchotement.

— Là-haut, il y a une table, deux chaises et un lit. C'est éclairé avec des ampoules très puissantes. Nous sommes interrogées d'abord par des *colimbas*[1]. Après on passe aux gradés. Il y en a un en particulier, El Loco, il est très méchant. C'est la deuxième fois pour Paola. Elle m'a tout raconté. Elle veut que je sois préparée.

— Tu n'as jamais été là-haut?

---

1. Terme argentin pour désigner les conscrits en service militaire obligatoire.

— Non, pas encore.

— Et Paola, on peut lui parler?

— Elle ne répond pas, elle ne gémit même pas. Ils l'ont ramenée presque morte.

— Tu as déjà vu des morts? Je veux dire des prisonniers qui sont morts...

— Oui, il y en a un qui est mort. Ils sont allés trop fort avec la *maquina*[1]. J'ai entendu les policiers en parler quand ils nettoyaient sa cellule.

— C'est quoi la *maquina*, murmura Rosa, la voix pâteuse.

— Ils t'attachent au lit et ils te connectent à la *maquina*. Ils font passer du courant électrique...

— Oh! Mon Dieu! s'exclama Rosa en se bouchant les oreilles.

Julia prit Rosa dans ses bras et la berça comme une enfant.

— Ne t'inquiète pas, tout va bien se passer, lui dit-elle.

Puis, doucement, elle lui demanda :

— As-tu des nouvelles de Gabriel?

Rosa n'avait pas eu de contact avec lui depuis la veille. Elle ignorait l'épisode de l'hôpital Posadas et son plan pour quitter l'Argentine. Elle était convaincue qu'il n'y avait rien pour le rendre suspect. Sauf sa liaison avec elle, puisqu'elle était tombée. Julia prit sur elle de ne rien lui dire.

— Je ne tiendrai pas, dit-elle à Julia. Je préférerais une balle dans la tête et que ça soit fini.

— Nous voudrions tous cela... Mais nous allons tenir, toi et moi, nous allons nous en sortir.

1. La «machine».

141

Un bruit de bottes, des clés fouillant dans une serrure, un grincement de gonds oxydés : les trois femmes se séparèrent et se couvrirent le visage. Elles entendirent un des gardes aboyer :

— Toi, trotsko de merde, t'as ton rendez-vous pour aujourd'hui. Dis au revoir à ta jeunesse, connard, quand tu reviendras tu auras cent ans.

Un bruit de coups, encore des injures, une longue plainte. Puis le silence.

Mon Dieu, pensa Julia, faites que ce ne soit pas Theo.

Trois jours durant les femmes écoutèrent *La Walkyrie* de Wagner diffusée à plein volume pour étouffer les hurlements des prisonniers par d'énormes enceintes placées aux coins de la cour du commissariat. Même le silence de la nuit après le départ des tortionnaires ne réussissait pas à faire disparaître la sensation d'horreur et de folie.

Comme si c'était une prière, Julia se répétait : nous ne sommes pas comme cela. Nous ne sommes pas comme cela.

18

LE CACHOT

Début de l'hiver austral, 1976

La toilette de chat qu'elles avaient apprise d'Adriana donnait aux filles une impression de normalité. Julia enlevait la plaquette fixée au mur qui soutenait la manette de la chasse d'eau. Elle avait ainsi accès au réservoir du W.-C., unique source pour boire et se laver. C'était leur grand luxe. Adriana avait été témoin du calvaire d'un homme que l'on avait ramené de la chambre d'en haut et qui était mort quelques jours après. Il avait demandé à boire toute la nuit. Personne n'était venu. Il n'avait pas non plus réussi à se contenir et avait vécu dans ses excréments jusqu'au surlendemain, jusqu'à ce qu'un des policiers de garde, un jeune *colimba* qu'Adriana appelait Sosa, l'emmène enfin boire et se nettoyer.

Sosa s'était gagné l'estime des détenus. Quand il était de garde, ils pouvaient parler entre eux et l'information circulait. Dès que de nouveaux prisonniers arrivaient, les anciens prenaient contact avec eux de cellule à cellule. Les histoires qui circulaient sur les interrogatoires du Loco, racontées par les survivants, avaient pour but de les aider à tenir sous la torture. Les anciens disaient aussi que certains détenus n'étaient à Castelar que de passage. Ils parlaient d'un autre endroit encore plus terrible : la Mansión Seré. Ceux qui y étaient envoyés n'en revenaient pas. Du coup, chacun comprenait que l'interrogatoire du Loco était encore préférable si l'on voulait rester en vie.

Adriana présenta Rosa et Julia au groupe de jeunes gens qui étaient répartis dans les cachots de l'autre côté du corridor. Ils avaient tous entre vingt et vingt-quatre ans. Certains étaient étudiants, d'autres, la majorité, travaillaient dans le même hôpital que Gabriel. Julia comprit que le prisonnier du cachot juste en face du sien était le jeune Augusto, l'ami dont Gabriel avait décrit l'arrestation le jour où il avait réussi à s'enfuir, et le même qui avait assisté à une des réunions du cercle avec le père Mugica. Augusto travaillait à l'imprimerie de l'hôpital. Il connaissait les d'Uccello depuis le collège, mais n'était pas un assidu du cercle de Gabriel. Il n'arriva pas à situer ni Julia ni Rosa, et ne se souvenait que vaguement de la conversation sur Evita et Perón avec Mugica.

— C'est un des effets de la *maquina*, plaisanta-t-il.

Il rapporta que ceux qui avaient été arrêtés avec lui, ce soir-là, avaient tous été envoyés à la Mansión Seré. Il vivait dans l'angoisse de subir le même sort qu'eux. Julia était en train de lui parler, ne sachant comment s'y prendre pour obtenir plus d'informations au sujet de Gabriel et de Theo, lorsque le bruit des clés les fit taire.

Sosa entra avec les restes du repas de la garnison. Il passa de cachot en cachot pour tout distribuer. Il eut également la gentillesse de leur donner à boire. C'était le week-end et les détenus savaient qu'ils ne mangeraient plus avant le surlendemain. Ils n'étaient nourris que les jours de semaine et une seule fois pendant la journée. L'obsession de cette unique gamelle que le garde ferait glisser entre les barreaux de leur porte rouillée les maintenait en éveil, même si les rations trop maigres ne suffisaient jamais à les assouvir. Le surplus qu'avait apporté Sosa fut donc accueilli en conséquence. Sosa était le seul garde à se donner la peine de penser à eux, au risque de se faire sanctionner. Les autres se faisaient une joie de donner tous les restes aux chiens.

Ses compagnes se jetaient sur la nourriture, mangeaient avec les doigts, en s'étouffant comme des bêtes affamées, tandis que Julia se maintenait à l'écart. Elle n'avait quasiment rien pu avaler depuis son arrivée à Castelar. En revanche, elle avait très soif. Elle ne voulait pas imaginer la souffrance des autres, qui allaient devoir attendre des jours avant de boire. Adriana lui avait expliqué qu'ils ne disposaient que d'un mince filet d'eau coulant d'un robinet oxydé, pendant les deux minutes quotidiennes accordées à chacun pour faire sa toilette. De plus, ils devaient faire leurs besoins dans un W.-C. débordant d'immondices.

Une fois Sosa parti, Julia voulut renouer sa conversation avec Augusto. Mais celui-ci demanda à son voisin de cellule de lui parler. Il voulait que Julia écoute son histoire.

— Nous ne sortirons pas tous vivants, expliqua-t-il, et il nous faudra un jour raconter aux familles des autres ce qui est arrivé ici.

Oswaldo se présenta. Il était à Castelar depuis presque deux mois.

— On finit par s'y habituer, avoua-t-il sans sarcasme.

Il avait passé sa première semaine aux mains du Loco, et était convaincu qu'il était déjà condamné à mort.

— Il m'a branché sur la *maquina* alors qu'ils m'avaient déjà tabassé et que j'avais les os du bras fracturés. Mais le pire était à venir : le *submarino*[1]. Je ne peux pas te raconter. À ce moment j'ai prié le ciel pour qu'El Loco m'achève. Je voulais mourir. Ensuite il m'a laissé deux jours suspendu par les poignets, ligotés avec du fil de fer. Quand il m'a descendu je n'avais plus aucun contrôle sur mon corps. Il m'a attaché à une chaise. Il jouissait lorsqu'il m'a posé une assiette de nourriture entre les genoux. J'étais un morceau de chair en lambeaux. Je ne pouvais pas lever un doigt. Seuls ma tête et mon cou répondaient encore. J'ai plongé la tête en avant et j'ai avalé comme un chien. Il continuait de me taper dessus. Il m'a cassé un à un tous les doigts des pieds pendant que je mangeais. Il hurlait : «Les fauves, il faut les dresser!» Il aurait pu me faire n'importe quoi, je continuais à manger.

Julia ne pouvait plus l'écouter. Elle savait que les interrogatoires pouvaient se prolonger plusieurs jours, voire des semaines, et que le détenu n'était ramené au cachot que lorsque El Loco en avait fini avec lui. Le prisonnier qu'on avait entendu hurler sur fond de musique de Wagner n'était pas encore revenu. On disait qu'il avait été envoyé à la Mansión Seré. Personne ne savait qui il était, car on l'avait expédié directement en interrogatoire avec El Loco sans passer par les cachots. Et justement, Theo n'était jamais passé par les cachots.

1. Le «sous-marin».

Tout près d'elle, le cas de Paola lui faisait aussi craindre le pire pour elle-même. Elle était très faible, et portait des marques de coups et des brûlures sur tout le corps. Elle n'avait cessé depuis son retour de gémir, à moitié inconsciente, dans les bras d'Adriana. Elle avait fini par s'assoupir dans un coin, sur le ciment froid de la cellule. Adriana essayait de la calmer en la berçant. Elle lui caressait le front brûlant de fièvre. Des mèches de cheveux collées de sang séché et de pus lui couvraient le visage.

Julia vint s'accroupir auprès d'elles. Adriana lui dit d'une voix triste :

— Moi aussi j'ai peur... tu comprends, je suis vierge.

— Que t'a dit Paola ? articula difficilement Julia.

— Que là-haut, El Loco viole les femmes, avec d'autres. C'est un sadique. Tu te rappelles ce qu'Oswaldo t'a raconté à propos du sous-marin ? C'est encore pire. Oswaldo ne t'a pas tout dit. Il lui a plongé la tête dans une bassine d'eau et il l'a empalé par-derrière avec une barre branchée à la *maquina*. Regarde ce qu'il a fait à Paola, elle est brûlée de partout. Il a dû lui faire passer du courant électrique jusque dans les yeux.

Rosa avait entendu leur conversation et s'était réfugiée dans l'autre extrémité de la cellule. Elle ne bougea pas de toute la nuit. Le lendemain, Julia la trouva grelottante, incapable de répondre, déconnectée de la réalité. Il fut impossible de lui faire boire de l'eau ou même de la faire se tourner sur elle-même. Julia de son côté ne réussit pas à trouver le sommeil. Depuis son arrivée à Castelar, elle se demandait à chaque instant quand arriverait son tour.

147

Un crissement de freins de voiture dans la cour, un fracas de bottes au petit trot, tout le monde prêta l'oreille. Un nouveau! entendit-elle chuchoter. Julia se mit en alerte. Au bruit des clés, tout le monde ajusta à la hâte sa capuche. Julia s'était placée debout contre le mur près de la grille de façon à avoir un angle de vue par l'entrebâillement du sac. Elle ne réussissait pas à voir grand-chose, juste un bout du corridor, assez pour deviner qu'un corps avait été traîné et jeté dans le quatrième cachot en partant du fond, voisin de celui d'Augusto. Chacun retenait son souffle pour essayer de se faire oublier.

Sosa n'était pas de garde cette nuit-là. Un autre policier avait pris la relève. Adriana reconnut sa voix. C'était un méchant petit caporal qui venait d'être muté au commissariat de Castelar. On le surnommait El Cabo Pavor[1].

Une longue plainte se fit entendre en provenance du quatrième cachot.

— Ta gueule, fils de chienne, si tu ne veux pas que je vienne t'achever moi-même! beugla El Cabo Pavor depuis son poste de garde.

Julia lui en sut presque gré. Peut-être s'agissait-il de Theo.

1. « Le Caporal Épouvante. »

19

LA MAQUINA

Début de l'hiver austral, 1976

Paola passa une très mauvaise nuit, prise d'un délire hallucinatoire. Rosa aussi était très agitée dans son sommeil et Julia voyait qu'elle était tombée dans une spirale dépressive. Adriana et elle durent les veiller.

Les filles firent leur toilette avant l'aube et s'adossèrent contre le mur. Elles observaient le sommeil difficile de leurs camarades, lorsqu'un bruit de bottes remontant leur couloir se fit entendre. Elles entendirent la voix du Cabo Pavor s'adresser à des supérieurs.

— Ceux de Morón..., murmura Adriana d'une voix frêle.

Elle appelait ainsi les militaires des Forces aériennes argentines assignés à la base de Morón. Ils étaient connus pour leur brutalité pendant les interrogatoires.

Les malades avaient déjà la capuche sur les yeux, Julia et Adriana enfilèrent les leurs juste à temps pour entendre la voix du Cabo Pavor beugler en tournant les clés dans la serrure :

— On va s'amuser aujourd'hui, les chéries !

— Dépêche-toi, la petite blonde ! cria-t-il en ouvrant la grille.

Adriana se mit à trembler de tout son corps. Julia lui serra fort la main.

— J'espère que tu as bien fait ta toilette, la gamine, ricana-t-il.

Comme Julia tentait de retenir Adriana, El Cabo lui enleva le sac pour la gifler, la traîna par les cheveux hors de la cellule, lui ligota les mains derrière le dos et lui banda les yeux en serrant jusqu'à lui entailler la peau. Il roua ensuite de coups de pied l'adolescente pour la faire sortir elle aussi et referma la grille à double tour.

À la sortie du couloir, d'autres hommes les attendaient. Il y eut du remue-ménage, de nouvelles injures, des ordres. El Cabo Pavor traîna Julia et Adriana en haut de l'escalier en colimaçon, enfonça la porte d'un coup de pied, les jeta à l'intérieur et referma la porte derrière lui. Elles se retrouvaient dans une pièce sombre, collées l'une à l'autre, recherchant à tâtons une assise pour ne pas tomber.

Une très forte lumière envahit l'espace alors qu'une poigne de fer les séparait. Julia se retrouva pieds et poings liés, assise sur une chaise face à un puissant projecteur. Une main la tirait par les cheveux pour lui tenir la tête droite. Aveuglée, il lui sembla qu'elle réussissait à distinguer le rebord d'une table collée contre ses genoux et un lit en métal à sa droite. Elle entendit Adriana gémir derrière elle, puis un bruit sec, comme un sac de riz qui tombe. Les gémissements lui parvenaient maintenant étouffés. Elle comprit au bruit de pas qu'il y avait deux hommes dans la pièce dont un occupé à bâillonner et ligoter l'adolescente. L'autre tournait autour d'elle sans la lâcher, lui respirant dans la nuque.

— Tu vas tout nous déballer, fit la voix de l'homme qui lui tordait le visage en l'agrippant par le menton.

Une première gifle lui déboîta la mâchoire. Julia hurla de douleur. La voix reprit :

— Tu vas tout nous raconter, gentiment, devant ta petite copine. Elle est là, elle voit tout. Tu ne veux pas qu'on s'occupe d'elle, qu'on lui fasse de mal, alors tu as intérêt à cracher vite tout ce que tu sais.

Une deuxième gifle lui blessa le nez. Elle sentit le sang couler jusqu'aux commissures des lèvres. Elle ne voyait pas le visage de l'homme, mais la voix qui lui parlait n'était pas celle du Cabo Pavor. C'était une voix nasillarde, presque enfantine. L'homme reprit :

— Tu sais qui je suis ? Non, tu ne le sais pas encore, mais tu vas bientôt le savoir et tu ne l'oublieras plus jamais. On m'appelle El Loco. J'adore mon surnom. Car, vois-tu, le mensonge me rend fou ! Je le détecte, comme un chien détecte la peur. Trouver la vérité m'excite. Je suis un génie pour la dénicher.

L'adrénaline l'envahit d'un coup. L'homme qui lui parlait était sans nul doute un malade mental. Une bête avec une voix d'homme. Elle percevait son excitation. Il lui avait déjà ligoté les pieds à la chaise. Il rôdait autour d'elle, il la flairait, il collait son entrejambe contre son bras. Il s'était déjà durci à son contact. Il haletait en lui parlant.

Il s'éloigna brièvement pour s'approcher d'un tourne-disque. Il leva le bras de l'appareil et posa conscienvieusement l'aiguille au début d'un trente-trois tours qui tournait déjà.

— Tu as de la chance, je vais te faire chanter sur les *Nocturnes*. Debussy, ça te dit quelque chose? Non, bien sûr. C'est vraiment donner des perles à des cochons.

Il eut un rire en cascade, et les premières notes s'élevèrent. La musique sortait des haut-parleurs fragmentée, lente, dissonante. Julia la trouva lugubre. L'homme s'approcha d'elle et lui caressa les cheveux avec douceur. Elle se retint de le mordre. Il la gifla à nouveau avec une force qui la fit tomber par terre en emportant la chaise dans sa chute.

L'homme prit son temps pour la redresser. Il se mit alors à la ligoter tout entière à la chaise. Ses gestes étaient méticuleux. À chaque mouvement il la palpait comme s'il avait affaire à un morceau de viande. Il la ficela à intervalles réguliers, en tirant sur le fil électrique qu'il employait en guise de corde au point d'entailler sa peau.

Sa voix était devenue presque délicate, son souffle court, lorsqu'il reprit :

— Maintenant tu vas tout me dire. Je veux ton nom de guerre, *Montonerita*[1]. Quel est ton nom de guerre?

Il tira un peu plus sur le fil électrique. Julia sentit un rasoir lui couper la peau. El Loco s'éloigna après avoir assujetti l'extrémité du fil électrique à quelque chose de lourd dans le dos de Julia. Elle le suivit du regard instinctivement. Il se dirigea vers un espace sombre dans la pièce. La musique étouffait sa voix, mais Julia savait qu'il parlait à quelqu'un d'autre. Encore aveuglée par le

---

1. « Petite Montonera », diminutif affectueux.

projecteur, elle avait du mal à distinguer ses gestes. Elle devina du coin de l'œil des ombres qui bougeaient en cadence.

— Quel était ton rôle dans l'organisation? Quel est ton contact de réseau?

Julia frémit de tout son corps. Elle réussit à pivoter sur elle-même en s'incrustant le fil dans les poignets. C'est alors qu'elle comprit.

— Non! Pas Adriana, pas Adriana, hurla-t-elle.

— Où vous réunissiez-vous? Je veux les adresses, les numéros de téléphone, je veux tous les noms, continua la voix saccadée.

— Non! Non!

Julia se démenait pour se libérer, les poignets en sang.

— Parle, sale trotska, je veux toute la vérité sur les d'Uccello. Je veux leur rang dans l'organisation. Qui commande ton réseau?

À chaque question que posait El Loco à Julia, El Cabo Pavor de son côté portait un coup violent à la jeune fille. El Loco soulevait le visage de Julia d'une main pour s'assurer qu'elle suivait chacun de ses gestes. Dans l'ombre, l'autre s'acharnait sur le corps d'Adriana. Soudain, tous deux relâchèrent leur emprise. L'adolescente s'effondra comme une poupée.

— Adriana! Adriana! Réponds-moi! supplia Julia.

Elle entendit alors distinctement la voix du Cabo Pavor. Il accusait Adriana de faire semblant. Il la frappait pour qu'elle se relève.

— Suffit! trancha El Loco. Je veux qu'elle soit consciente, qu'elle raconte aux autres.

El Cabo Pavor réajusta son uniforme. Il roua de coups

de pied le corps inerte, puis recula dans l'ombre et redevint invisible. Julia eut la sensation qu'il ne la quittait plus des yeux. El Loco s'essuya la bouche du revers de sa manche et revint vers Julia.

— Toi, par contre, tu peux crever.

Il la frappa, toujours plus fort. La violence de chaque coup anticipait la douleur du prochain. Elle ne survivrait pas. Julia aurait voulu le supplier d'arrêter, mais son corps ne lui répondait plus, incapable de moduler un son.

Pour faire durer son plaisir, El Loco devenait méthodique. Il savait d'instinct quel niveau de douleur devrait lui être infligé pour qu'elle perde la tête, se casse et parle. Il finissait toujours par les faire parler, c'était là son génie. Et sa jouissance.

— Je vais te donner envie d'ouvrir la bouche, trotska de merde !

L'homme donna un coup de pied et Julia tomba à genoux, ligotée à la chaise. El Loco approcha une grande bassine remplie d'eau de son visage.

— Tu veux encore te moquer de moi. Tu ne veux rien dire. Tu connais le *submarino* ?

Julia se démena de toutes ses forces, mais en s'épuisant elle rendait la tâche plus aisée à son tortionnaire. Il lui enfonça la tête dans l'eau. Elle résista autant qu'elle le put. Elle comptait dans sa tête pour se donner du courage. Mais elle finit par lâcher et laissa l'eau envahir ses poumons.

Lorsqu'il lui redressa la tête, elle fut incapable d'aspirer l'air. Elle vomit beaucoup d'eau avant de sentir un mince filet d'oxygène s'ouvrir un passage pour la soulager. Alors qu'elle haletait toujours comme un poisson, la bouche grande ouverte, il lui remit la tête sous l'eau. Cinq, dix, vingt fois de suite.

Elle crut qu'elle était déjà morte, lorsqu'elle revint à elle pour sentir un objet chaud s'enfoncer dans sa gorge et l'asphyxier. Elle eut le réflexe de mordre. L'homme poussa un cri grotesque.

Il y eut un long silence. Puis El Loco déclara :

— Tu vas crever les yeux grands ouverts et dans ton dernier souffle tu ne verras que moi.

Il la détacha de la chaise et la traîna jusqu'au lit. Plus aucune pensée ne traversait l'esprit de Julia. Elle sentit qu'il la ligotait avec le même fil métallique qui lui tranchait la chair. Il faisait passer le fil entre ses orteils et les écartait en tension sur l'un des rebords du lit. Le fil passait aussi entre les doigts de ses mains, ligaturées contre l'autre extrémité. El Loco l'assujettit solidement à un treillis métallique qui faisait office de matelas et la bâillonna avec un tissu qui s'enfonçait dans sa gorge.

Elle entendit les cris d'Adriana à travers la musique de fond. Elle leva la tête et la vit se débattre dans un cauchemar. Puis ce fut le choc de la décharge électrique. Un trou noir d'abord, avant l'éclatement de tout son être sous la pression de millions d'aiguilles, circulant dans ses veines à toute vitesse dans un trajet circulaire sans fin qui courait des pieds à la tête, et revenait. Les particules électriques fendaient sa chair, explosaient dans ses membres et transperçaient chacune de ses cellules. Julia se sentit liquéfiée, broyée de l'intérieur, brûlée vive comme par un flot d'acide.

L'intensité du voltage augmenta d'un coup, en même

temps que le volume assourdissant d'une musique d'opéra qui parcourait ses tempes, accompagnant la douleur infernale qui la secouait. Le courant creusait son sillon jusqu'au plus profond de ses entrailles. Julia n'avait plus d'yeux, ni de poumons, ni de ventre. Elle était écartelée, hérissée, arc-boutée au-dessus du treillis métallique, elle n'existait plus en dehors de sa souffrance.

Elle entendait le rire de l'homme, sa voix aiguë entre chaque augmentation de voltage. Les noms, les rues, les heures, les codes, les postes : toute l'information allait sortir de son cerveau sans que Julia puisse la retenir. Elle savait qu'elle allait tout cracher.

Puis ce fut le vide, la chute dans le néant.

Julia ouvrit les yeux et ne reconnut rien, pas même Adriana qui pleurait blottie contre elle. Il lui fallut des jours pour sortir d'un état où elle n'avait conscience que de la soif qui l'assiégeait. Adriana refusait de lui donner à boire. Elle lui disait qu'après la *maquina* l'eau pouvait la tuer. Dans son délire, Julia accusait Adriana d'être son nouveau bourreau.

Sosa était revenu au poste de garde. Il entreprit de leur passer des médicaments en contrebande. Julia sortit lentement de son coma. Ce fut alors son tour de s'occuper d'Adriana, dont les blessures étaient plus profondes et moins visibles.

Le week-end arriva, comme un sursis. Sosa serait seul à s'occuper des prisonniers. Il écoutait les filles parler sans intervenir, d'autant plus que la plupart des anciens avaient quitté Castelar et que les nouveaux prisonniers n'étaient pas bavards.

— Nous avons eu beaucoup de chance, murmura Adriana.

Julia la regarda, choquée.

— Si. Tu n'es pas restée longtemps connectée à la *maquina*. Ils ont dû suspendre l'interrogatoire car ils ont été appelés par un supérieur.

— C'est plutôt une mauvaise nouvelle, répondit Julia à voix basse. Cela veut dire que ce n'est que partie remise...

— Peut-être, dit Adriana.

— Il faut que l'on parte d'ici.

— Mais c'est impossible ! Nous n'avons aucune chance.

— Tant que nous ne pouvons pas marcher, nous n'avons aucune chance. C'est pour cela qu'il faut que l'on se dépêche d'être sur pied.

— Mais s'ils nous voient sur pied, ils nous reconduiront à la chambre d'en haut.

— Ne te fais pas d'illusions, ils nous y reconduiront de toutes les façons, ils nous traîneront par les cheveux s'il le faut.

Elles ne les avaient pas entendues depuis leur retour. Aucune ne répondait à leurs appels. Rosa et Paola devaient se trouver dans une petite cellule mitoyenne, à l'écart. Adriana et Julia étaient, elles, revenues dans la cellule pourvue d'un W.-C. Même Sosa refusait de les informer sur le sort de leurs compagnes.

— Elles ont peut-être été mutées ailleurs ? avança Julia, « légalisées » peut-être ?

— Je ne crois pas.

— Mais les anciens sont tous partis. Peut-être qu'ils ont eu de la chance ?

— Celui qui a eu de la chance, c'est notre voisin d'en face. J'ai entendu les gardes dire qu'il revient de la Mansión Seré.

— Je croyais que personne n'en revenait vivant...

— Justement. Il gémit parfois. Je crois qu'il se réveille. S'il s'en remet...

— Tu sais qui c'est?

— Je crois que c'est un étudiant de la fac de Sciences, ou peut-être un ingénieur. Sosa m'a dit qu'il est très mal en point. El Loco l'avait torturé ici avant de l'envoyer chez les pilotes. On dit qu'il y en a un très vicieux, un gradé, peut-être un capitaine, qu'on appelle El Diablo. Il jette lui-même les prisonniers du haut des avions. El Loco suspectait cet homme d'avoir participé à l'enlèvement des frères Born. C'est pour cela qu'ils l'ont remis à l'*aviation*.

Julia perdit l'équilibre et dut s'étendre de tout son long, la tête lui tournait.

Le lundi arriva. Le silence qui régnait dans la cour de Castelar était absolu. Sosa lui-même n'était plus au poste. L'odeur des cellules d'en face devenait insoutenable. Les prisonniers pissaient de façon à faire couler l'urine en dehors de leur cachot; ne pouvant plus se retenir, certains accumulaient leurs excréments dans l'attente d'un nettoyage.

À l'aube, la voix du Cabo Pavor se fit entendre au loin. Il fit la sourde oreille à l'appel des prisonniers demandant de l'eau et s'éloigna. Il ne revint qu'à midi pour les emmener aux toilettes.

À cinq heures de l'après-midi, un remue-ménage

secoua le bâtiment. Des bruits de bottes courant dans le patio déclenchèrent la panique chez les deux femmes.

Julia, de plus en plus mal, ne put contrôler les spasmes qui la secouaient et elle alla vomir dans le W.-C. au moment où elle entendit les clés tourner dans les serrures de la porte.

À l'instant où elle se penchait sur les toilettes, elle vit son visage se refléter dans l'eau, ainsi que la lucarne qui surplombait le mur. Le jet de bile et de sang qu'elle déversa lui rappela qu'elle était enceinte, ou peut-être qu'elle ne l'était plus.

Elle se retourna au moment où El Cabo Pavor entrait dans la cellule. Il la tabassa à coups de crosse car elle avait omis de bander ses yeux. Il ressemblait à un crapaud enflé avec sa peau vérolée :

— Nous n'avons pas fini avec toi, pute maoïste. Tu crèveras ici comme une chienne.

Julia eut le réflexe de s'accroupir en se pelotonnant sur elle-même pour éviter les coups.

Un bruit de moteur fit tourner la tête du Cabo Pavor. La grille extérieure avait été ouverte dans un grincement de ferraille. Une agitation frénétique sembla s'emparer du bâtiment. Une voix hurla, annonçant l'appel à formation. L'officier décampa, oubliant de fermer la grille de la cellule.

Julia savait qu'elle ne disposait que de quelques minutes.

20

LA FUITE

Hiver austral, 1976

Elle pivota sur elle-même et courut vers Adriana. Celle-ci était recroquevillée à l'autre extrémité de la cellule, le visage couvert. Julia lui arracha la capuche du visage et tenta de la mettre debout. L'adolescente résistait de tout son corps, les yeux fermés dans l'attente d'un coup.

— Ils vont revenir nous chercher, gémit-elle.

— Nous ne serons plus là. Dépêche-toi, nous avons trois minutes !

L'assurance de Julia la fit réagir. Elle se leva d'un bond, prête à partir en courant. Julia s'assura que le couloir était vide et alla tout droit vers le quatrième cachot. Adriana comprit et essaya de déverrouiller les autres, les mains raidies par la panique. Tous avaient un cadenas. Julia en revanche n'eut aucune difficulté à faire glisser le loquet pour ouvrir la porte métallique du sien. Elles virent en même temps le corps qui gisait à l'intérieur. Il avait le visage déformé et le nez comme une masse sanguinolente. Julia reconnut dans cet amas de chair le regard de Theo.

— Tant pis, fit Julia, il faudra le traîner, on n'a plus le temps.

Theo essaya de parler, mais sa mâchoire défoncée ne laissa passer qu'un râle. Il fit un effort surhumain pour se mettre debout en s'accrochant comme il put aux deux femmes. Elles n'eurent pas trop de mal à le sortir du cachot, Theo n'avait plus que la peau sur les os.

Le couloir était vide, la porte au fond du couloir entrouverte. Julia comptait mécaniquement à rebours dans sa tête. Sans savoir pourquoi, elle se retourna et referma la porte du cachot avec le loquet, alors qu'Adriana tirait Theo vers la sortie. La respiration de Theo faisait un bruit de soufflet. Chaque mouvement réveillait ses blessures. Ils arrivèrent rapidement à la porte du patio. Julia sentait la peur lui hérisser les poils. Elle respira à fond et prit le risque de passer la tête au-dehors. Le passage était libre. Ils longèrent le mur sous l'escalier oxydé en colimaçon et accédèrent au patio. Trois camionnettes de la police étaient alignées entre eux et la grande enceinte extérieure où se tenait la garnison en formation.

Un officier arborant tous ses galons scandait des ordres face à la troupe au garde-à-vous. Il inspectait chacun de ses hommes en arpentant les rangs de long en large dans son uniforme de gala. Lui seul risquait de les voir. Julia eut pendant un bref moment la sensation que c'était le cas. Un flux d'adrénaline la paralysa. Mais l'homme continua sa marche au pas cadencé, sans un mouvement d'hésitation. Quant à la troupe, elle avait le dos tourné.

Dans deux minutes, El Cabo Pavor allait revenir. Ils devraient traverser tout le commissariat et la salle de garde pour atteindre le grand portail. Ils n'avaient

qu'une faible chance de se glisser derrière les camionnettes sans être vus. Il fallait la saisir tout de suite. Julia fit
signe à Adriana d'avancer. Elles se courbèrent d'instinct
pour traîner Theo avec elles. Ils se faufilèrent derrière
le convoi dans le plus grand silence, passèrent sans difficultés sous les fenêtres de la salle de garde. Le grand
portail rouillé, bloqué par l'une des camionnettes, était
resté ouvert.

Regardant au-dehors, Julia prit tout à coup conscience
de sa peur. Elle respirait par saccades, les yeux exorbités.
Pas de temps pour y penser. La rue était déserte. Julia se
maîtrisa pour ne pas courir et sortit en soutenant Theo
par la taille. Adriana l'imita. Il fallait se mettre hors de
vue au plus vite. Ils remontèrent la rue à droite, et traversèrent la chaussée pour bifurquer au premier croisement.
Dès qu'ils furent hors de portée, les filles accélérèrent le
pas et se mirent presque à courir. Adriana, plus forte,
portait Theo quasiment seule, car Julia était à chaque pas
au bord de la défaillance. Elles ne croisèrent personne.
Il leur sembla que la ville était soumise à un nouveau
couvre-feu. Partout les rideaux étaient tirés, les volets
clos.

Adriana obligeait ses deux compagnons à maintenir
la cadence. Plus ils s'éloignaient de Castelar, plus la
jeune fille appréhendait d'être capturée à nouveau. La
solitude des trottoirs n'avait rien de rassurant. De son
côté, Julia peinait à avancer. Son état physique limitait
ses moyens. Lorsqu'elle entendit un bruit de moteur
qui se rapprochait, Adriana les fit sauter derrière un
muret. Ils se terrèrent à temps entre les buissons d'un
jardinet, juste avant le passage d'un car de police qui

ratissait les parages. Un puissant faisceau balaya l'allée, passa au-dessus de leurs têtes, et les frôla sans les trahir. La voiture s'éloigna.

Le jardinet, rempli de fougères et de déchets de construction, appartenait à une maison qui leur sembla abandonnée. Adriana voulut y entrer. Elle n'eut pas de mal à trouver une voie d'accès. Deux des vitres du rez-de-chaussée étaient cassées. La maison était en piteux état. Les meubles avaient été renversés. Ils s'y cognèrent en pénétrant l'espace sans lumière, et restèrent blottis dans le noir au-dessous d'un grand escalier dans l'espoir que la police abandonnerait la fouille dans le quartier.

Ayant repris quelques forces, Adriana et Julia s'enhardirent à explorer les lieux. La nuit était tombée et un rayon de lune filtrait de l'extérieur. Elles trouvèrent à tâtons des affaires dans une des chambres du haut. Theo fut rhabillé avec des vêtements et des chaussures trop grands. Mais même accoutré ainsi, il attirerait certainement moins l'attention.

Au sous-sol, elles trouvèrent dans ce qui devait être la buanderie quelques affaires sales qu'elles remontèrent. Pour le reste, la maison avait été saccagée.

— Ce sont les *milicos*, déclara Adriana. Ils ont fait la même chose chez moi.

— Tu ne m'as jamais dit pourquoi ils t'avaient arrêtée…

— Ils voulaient mettre la main sur mon frère, et ils n'ont trouvé que moi. Du coup, ils m'ont emmenée à Castelar. Il faut que je prévienne ma famille pour que mon frère ne se rende pas, maintenant que je suis dehors. Mes parents sont vieux, ils ne vont pas tenir sans lui.

— Ne fais surtout pas ça, chuchota Julia. Ils vont bourrer d'indics ton quartier, et les conversations doivent déjà être sur écoute. Ils attendent que nous prenions contact avec nos familles. Tu dois complètement disparaître. Comme une taupe.

— Mais il faut que je les prévienne !

— Tu leur ferais courir un trop grand risque, ils les tueront tous et toi avec... Il faut nous séparer. Nous aurons plus de chances de survivre si nous ne restons pas ensemble.

— C'est hors de question ! Tu ne vas pas te débarrasser de moi comme ça.

— Écoute-moi, intima Julia, Theo et moi, nous n'aurions pas réussi à nous évader sans toi. Maintenant il faut que tu continues et que tu réussisses. Nous ne fuyons plus seulement le gouvernement, les militaires. Nous fuyons El Loco, El Cabo Pavor... C'est une chasse à l'homme, tu comprends ?

Adriana se serra tout contre Julia.

— Je vais partir avant l'aube. J'ai repris des forces et je saurai trouver mon chemin. Toi, tu vas rester ici avec Theo, jusqu'à ce qu'il puisse marcher. Tu te rendras ensuite à La Boca. Tu iras à la paroisse de San Juan Evangelista et tu demanderas à voir le père Miguel. Retiens bien : La Boca, paroisse de San Juan Evangelista, le père Miguel.

Adriana répéta : San Juan Evangelista, père Miguel.

— Il ne faudra pas que tu ailles le voir avec Theo. Surtout pas. Cela pourrait éveiller les soupçons. Tu iras seule et tu demanderas à te confesser avec lui. Tu me suis ?

— Oui, Julia.

— Bien. Tu diras au père Miguel que tu viens de la part de Julia d'Annunzio, petite-fille de Josefina d'Annunzio. Il te demandera quelles sont les dates. Tu donneras ma date de naissance, 6 août 1957, et celle de Mama Fina, le 1er septembre 1900. Il faut que tu apprennes ces dates par cœur, c'est important. Rappelle-toi, Mama Fina est née avec le siècle.

— 1er septembre 1900 et 6 août 1957. Je n'oublierai pas, promit Adriana.

— Bien. Le père Miguel te remettra une enveloppe que Mama Fina a laissée pour moi. Il y a de l'argent dedans. Nous en aurons besoin pour quitter l'Argentine.

— Pour quitter l'Argentine ?

— À moins que tu ne veuilles rester et attendre qu'El Cabo Pavor ou El Loco mettent la main sur toi.

Adriana se replia sur elle-même.

— Tu prendras l'argent et tu te rendras au port. Tu chercheras le capitaine du *Donizetti*, c'est un transatlantique qui fait son dernier voyage. Il s'appelle Enzo Torricelli. Tout le monde sait où le trouver. Tu lui diras que les enfants de Mama Fina sont prêts à partir. Tu suivras ses instructions. Il faudra que tu t'organises pour cacher Theo pendant tout le temps où tu iras à l'église et au port. Ne déambule pas seule dans les rues, ni sur le port. Attends qu'il y ait foule. Moi, je vous rejoindrai après-demain. J'irai directement chez le capitaine et je vous retrouverai sur le bateau. Si je n'arrive pas au rendez-vous, quelle que soit la raison, ne m'attends pas. Il faudra que tu partes avec Theo et que tu quittes Buenos Aires.

Adriana l'écoutait, en larmes. Elle fit un signe affirmatif de la tête.

— Une dernière chose : tu ne vas pas chez toi. Tu ne vas pas chez Theo. Tu ne parles à personne ni au téléphone ni dans la rue. Tu ne demandes pas d'aide, tu ne réponds pas si on t'adresse la parole. Tu te rends directement à la paroisse, puis au port. Tu n'utilises aucun service public, ni métro, ni bus, ni taxis.

Adriana acquiesça.

Plus loin, Theo brûlait de fièvre et se débattait dans son cauchemar, gesticulant sans contrôle. Il ne cessait de nommer El Diablo dans son délire. Julia aurait voulu nettoyer ses plaies, mais elle ne voulait pas ouvrir les robinets de la maison, de peur de mettre en marche des compteurs, craignant que cela donne l'alerte. Elle resta collée contre lui un long moment pour le réchauffer, et aussi pour se donner la force de partir.

— On se retrouvera tous sur le bateau, lui glissa-t-elle à l'oreille.

Au son de sa voix, Theo eut l'air de se calmer. Il n'ouvrit pas les yeux. Mais il glissa ses doigts entre ceux de Julia.

21

LE PIÈGE

Hiver austral, 1976

Comme un chat, Julia se faufila en dehors de la maison. Il faisait froid, mais elle avait trouvé un survêtement d'homme à capuche qui la protégeait de l'intempérie et des regards indiscrets. Elle rasa les murs, essayant de rester le plus possible dans l'ombre et marcha sur l'asphalte sans faire de bruit. Elle avança pendant plus d'une heure, les mains dans les poches et la tête courbée, toujours dans la même direction, sans véritables points de repère, dans l'unique but de s'éloigner de Castelar. Le soleil pointait déjà au-dessus des toits lorsqu'elle entendit un vrombissement de turbines. Des avions décollaient et atterrissaient, quelque part devant elle, à sa gauche.

Elle frissonna. Ce ne pouvait être que la base aérienne de Morón. Elle n'avait donc pas beaucoup avancé, et pas vraiment dans la bonne direction. Elle accéléra le pas, sentant les maux de cœur la regagner. Elle ne savait pas évacuer de sa tête les mots du Loco, ceux qu'il lui hurlait à l'oreille sur le lit métallique, avec cette musique de fond gravée dans sa mémoire. Elle se frottait les oreilles d'une main nerveuse pour se nettoyer de sa présence. El Loco lui avait parlé du Diablo. Theo dans son cauchemar parlait aussi du Diablo. El Loco lui avait dit qu'elle serait encore en vie lorsque El Diablo la pousserait dans le vide, au-dessus du Río de la Plata, depuis un des avions de la Force aérienne. Il la retiendrait un instant pour qu'elle supplie, et la lâcherait pour que son corps, son nom, son existence disparaissent à tout jamais, engloutis dans les eaux sombres de l'estuaire. Julia ne savait pas ce qui lui faisait le plus peur, d'être connectée à nouveau à la *maquina*, ou d'être jetée vivante d'un avion au-dessus de la mer.

Les rues s'étaient encombrées de passants sans que Julia l'ait remarqué, perdue comme elle l'était dans ses fantasmes. Elle reprit contact avec la réalité en arrivant dans un quartier qui lui parut trop familier, avec ses maisons accolées, aux fenêtres longilignes et aux toits crénelés. Elle chercha à se faufiler dans les petites rues trop bien connues pour sortir au plus vite de Liniers, et éviter à tout prix la maison de ses parents. Alors seulement elle se sentit maîtresse de son destin.

La journée entière, Julia marcha ainsi, évitant les arrêts d'autobus, les stations de métro, les artères trop fréquentées où pullulaient les indics. Elle évita de traverser le quartier coloré de La Boca, et préféra s'aventurer vers le nord parmi les beaux immeubles et les avenues arborées du quartier des ambassades. Elle prit soin de contourner la Plaza de la Constitución et la gare pour éviter les trop grandes foules de badauds.

Il faisait déjà nuit lorsque Julia arriva à la Villa 31. Ses pieds étaient abîmés et enflés mais c'était ce qui lui faisait le moins mal. Elle eut le sentiment d'avoir quitté le territoire ennemi lorsqu'elle foula les allées en terre battue du bidonville. Les matrones étaient toujours dehors, et quelques gamins continuaient à poursuivre un ballon crevé au pied d'un unique lampadaire. Quelques rues plus bas, une fourgonnette se dandinait en chevauchant l'allée poussiéreuse et défoncée par des trous toujours plus profonds. Elle connaissait ce labyrinthe comme sa poche et n'eut aucun mal à retrouver la maison de la señora Pilar.

Elle toqua timidement à la porte d'entrée. Celle-ci céda dans un grincement. Julia passa la tête à l'intérieur et appela d'une petite voix. Elle n'eut que le silence pour réponse. La maison était vide. Totalement vide.

Julia eut envie de partir en courant. Cette pièce sans aucun meuble, où il ne restait que le sol poussiéreux, ce silence, cette porte restée ouverte, tout était trop différent de ce à quoi elle s'attendait. Elle est peut-être morte, elle est peut-être partie vivre ailleurs. Julia jeta un coup d'œil derrière elle. Pourtant c'était le même brouhaha lointain de la ville, les mêmes jeunes fumant au coin des rues, les mêmes matrones assises dehors, leurs chaises adossées en équilibre contre les portes, le chandail croisé sur la poitrine, le même air rance et humide.

Cette normalité la remit en confiance. Elle poussa la porte et entra pour chercher un coin où s'asseoir. Elle avait besoin d'un toit, d'une halte, d'un moment pour souffler. D'un seul coup, tout s'affaissa en elle. La soif la tenaillait et la faim lui brûlait le ventre, lorsqu'elle s'endormit assise dans l'encoignure, les jambes en avant.

Les cris, les hurlements, les coups dans les côtes, sur les omoplates, le crâne, tout cela faisait partie d'un rêve oublié, d'un autre monde qui pourtant s'acharnait à la tirer vers cette lumière intense, chaude, insupportable, cruelle. Elle ouvrit les yeux pour atterrir encore dans une réalité plus accablante que son pire cauchemar.

Elle était à nouveau ligotée, les yeux bandés, dans une pièce, une chambre. Celle d'en haut? Était-ce El Loco qui la frappait à coups de poing juste là où elle était blessée, sur le nez, les côtes, les omoplates, le crâne? Était-elle déjà sur le treillis métallique branché à la *maquina?*

— Tu croyais que tu pouvais filer en douce, salope de bolchevique! Où pensais-tu aller? Qui allais-tu tuer? C'est quand, ton prochain attentat? On est plus forts que vous tous! Tu es morte, tu n'existes plus. Mais avant d'aller rejoindre tes amis au fond du Río de la Plata, tu vas parler, sale trotska!

Ce n'était pas El Loco. Elle essaya de ne pas se laisser abattre, de remettre de l'ordre dans ses idées. Elle se souvenait qu'elle marchait, elle avait traversé Parque Avellaneda, Flores, elle était arrivée à San Telmo. Elle se souvenait de son trajet. Elle en était sûre. Oui, les matrones de la Villa 31. Elle était arrivée chez la señora Pilar. Elle ne savait plus ensuite. Était-ce un traquenard? Depuis combien de temps était-elle retombée entre leurs griffes? Et Theo? Et Adriana?

Les coups n'arrêtaient pas de pleuvoir en tous sens. Elle préférait cela au *submarino.* Plutôt des milliers de coups que l'étouffement. Plutôt des millions de coups que la *maquina.*

170

— Les noms, donne-nous les noms ! Qui t'attendait au Retiro ? Quel était ton contact ? Où sont *los fierros*[1] ? Où caches-tu les munitions ?

L'homme lui tint la tête et lui assena un coup sec avec les nœuds de sa main droite dans le creux de l'oreille. Julia sentit que le monde basculait. Elle comprit qu'elle ne tiendrait pas. Il faudrait en finir, là tout de suite, pousser l'homme à bout pour être libérée par la mort.

Elle reprit conscience avec la sensation de remonter d'un puits sans fond, asphyxiée. Elle avait maintenant un sac plastique sur la tête, collé à son visage comme une ventouse. Elle sentit qu'elle devenait folle. Elle tenait à mourir vite. Mais l'homme l'aspergeait d'une matière qui grésillait au contact de sa peau. Il était en train de la brûler vivante. Et il battait la mesure sur un air d'opéra.

Julia perdit tout contrôle. Ne pouvant plus mourir, elle cria tous les noms, les dates et les lieux, tout ce qu'elle gardait dans sa mémoire, emportée dans une hallucination paraphrénique. Tous les noms, tous trop loin, tous déjà morts, tous fruits du délire. Dans sa folie, Julia s'accrochait à un fil, à une voix occulte et tendue, de l'autre côté du miroir, dans le monde inversé de sa psychose, une voix qui lui disait, pointue comme un dard, qu'ils n'étaient pas comme eux.

L'homme fit glisser une lame de rasoir, épluchant une zone sensible de son corps pour décupler son martyre. Elle dépassa alors les limites de la souffrance. Sa voix se transforma pendant des heures en plainte aiguë et sans fin. Au-delà, il n'y avait plus que la mort. Elle rêva

---

1. «Les fers», expression argotique pour désigner les armes à feu.

qu'elle était lancée d'un avion dans le vide, et l'idée de lui échapper enfin l'obséda autant que sa souffrance. Mais la mort ne vint pas. L'homme la tenait assujettie à la vie, implacable. Puis, d'un coup, ce fut à nouveau le néant.

Sûrement était-elle déjà morte puisqu'elle ne sentait plus son corps. À l'exception de la douleur qu'elle ne pouvait plus ni dissocier d'elle-même, ni identifier à une partie précise de son anatomie. Rien d'autre ne vivait en elle que la douleur. Sauf, peut-être, ce frémissement imperceptible, comme un papillon battant des ailes au creux du ventre, quelque part encore accroché à elle. Julia, dans son cauchemar, reconnut dans le lointain la voix de Paola. Puis ce fut à nouveau l'absence.

Elle reprit conscience bien des jours plus tard, dans la cellule même d'où elle s'était enfuie. Le même W.-C. dans le fond et la même lucarne au-dessus. Incapable de bouger, elle pleura de rage, essayant de récupérer ses larmes pour étancher sa soif. Durant des semaines elle pleura de se savoir vivante, d'avoir encore un corps sur lequel ils pourraient s'acharner.

— Il y a de bonnes nouvelles, entendit-elle un jour de la voix de Paola.

Julia ne voulait pas comprendre.

— El Loco a été muté, continua-t-elle. Nous ne savons pas où avec exactitude mais les gardes croient qu'il s'occupe maintenant de la Mansión Seré.

Pour la première fois depuis son retour, et malgré elle, les mots eurent un sens pour Julia.

La Mansión Seré se trouvait à quelques minutes du

commissariat de Castelar. Elle avait été construite à la fin du dix-neuvième siècle. Tous les membres de l'organisation savaient que les Forces aériennes en avaient fait un centre d'interrogatoires clandestins. Julia se rappelait être passée devant, une fois. C'était une curieuse construction de style européen, campée au fond d'un parc, dont la façade en pierre taillée s'ouvrait sur de grandes baies vitrées en arcades au rez-de-chaussée. Des balcons en fer forgé ornaient l'étage. Les murs étaient agrémentés de formes géométriques en brique rouge qui donnaient à l'ensemble un air étrange. Inhabitée depuis longtemps, la bâtisse offrait une entrée d'angle, entre les deux ailes du bâtiment, et ressemblait de ce fait à la proue d'un navire fantôme. Julia se souvenait d'avoir entendu dire qu'elle avait servi à des rites de sorcellerie. On disait aussi que la maison était maudite. Quoi qu'il en fût, les gens prenaient soin de passer à distance.

Julia frissonna : un fou dans une maison hantée. Il n'y avait que Paola pour croire que cela pouvait être une bonne nouvelle.

— As-tu des nouvelles des autres ? demanda Julia avec difficulté.

Paola fit une pause, surprise. Elle répondit en choisissant ses mots.

— Nous ne savons pas grand-chose sur Adriana. Par contre, il faut que je te parle de quelqu'un d'autre.

Instinctivement, Julia diminua le débit de sa respiration. Elle ne voulait plus écouter.

— C'est à propos de ton amie, Rosa. Après ta fuite, El Loco s'est occupé d'elle. Elle délirait déjà lorsqu'ils l'ont sortie d'ici, mais quand elle est revenue... Même la musique du fou ne couvrait pas ses cris. Elle a tellement hurlé qu'elle en a perdu les cordes vocales. Et puis, elle a été transférée… je ne crois pas qu'elle puisse survivre.

Julia pleurait. Elle avait honte de son inavouable sentiment de soulagement. Elle n'ouvrit plus la bouche, par crainte que ses appréhensions ne finissent par devenir réalité.

Elle avait peur qu'on lui annonce la mort de Theo.

22

LE PÈRE

Automne boréal, 1981

Ulysse l'avait attendue pour s'endormir en suçant sa couette. Julia s'assit au bord du lit. De toute la journée, c'était son moment préféré. Plus rien ne comptait pour l'enfant sauf le plaisir d'avoir sa mère rien que pour lui. Julia le poussa un peu pour se faire une place. Il s'écarta, découvrant un sourire espiègle, un morceau de drap lui encombrant la bouche. Il avait pris cette habitude à la naissance et Julia l'avait laissé faire, incapable de juger si cela était bon ou mauvais, et si c'était ou pas le fruit d'un traumatisme.

Elle avait retrouvé Ulysse, ce jour-là, un peu excité au retour de l'école. Elle avait essayé de le rasséréner avant de le coucher, car Ulysse avait enfilé ses bottes rouges en caoutchouc, signe qu'il était d'humeur guerrière. Il n'avait cessé de courir et de sauter en tous sens dans le petit appartement. Julia avait oublié ses bonnes résolutions et l'avait poursuivi, se roulant par terre avec lui pour le chatouiller. Elle en avait profité ensuite pour l'emprisonner dans ses bras, l'avait enroulé dans une serviette pour lui faire prendre son bain et l'avait finalement mis au lit. Mais Ulysse attendait le rituel complet. Julia revint donc avec un livre d'images.

— Maman... ?

Julia, fatiguée, essaya de ne pas s'impatienter. Elle lui caressa les cheveux.

— Quoi, mon petit ange ?

— Papa... Est-ce qu'il est mort ?

La question d'Ulysse prit la jeune mère au dépourvu. Elle se décomposa, tous ses propres doutes faisant surface d'un coup. Pourtant, elle aurait pu prévoir. Pendant son dernier séjour, Mama Fina l'avait alertée au sujet du petit. Ulysse lui avait demandé à plusieurs reprises où se trouvait son père, et elle sentait que sa réponse n'avait pas été suffisante. Par la suite, Ulysse avait eu la lubie de s'habiller en pompier. Il voulait porter des bottes même pour rester à la maison. Il lui avait fait finalement une telle crise que Mama Fina avait accepté de lui acheter, en plein été, les fameuses bottes rouges qu'il désirait.

C'est ainsi, en culottes courtes et bottes rouges, qu'Ulysse exigeait d'aller au parc. Julia l'emmenait souvent. Elle voulait qu'il s'y fasse des amis. Mais Ulysse abandonnait son seau et sa pelle aux autres enfants et s'installait dans un coin, le dos tourné, entouré de petits bâtons et de cailloux soigneusement sélectionnés. Il plongeait alors dans ses jeux de batailles solitaires. Les petits bâtons prenaient vie entre ses doigts pour voler dans un cosmos imaginaire et entrer en collision avec les cailloux, dans un bruitage de déflagrations, d'impacts et de morts violentes.

— Je vais te défendre, maman, lui avait-il dit la première fois qu'il s'était habillé en pompier.

176

Pour cela, il lui suffisait d'enfiler ses bottes rouges et de partir en courant, les petits poings fermés. Il se battait alors contre un ennemi invisible, exécutant une série de coups de pied à la volée qui se terminait généralement par une chute tout aussi spectaculaire. Julia avait donc cru utile de l'inscrire aux cours de karaté. Même quand il dormait, Julia sentait que l'enfant était anxieux. Il venait tous les soirs, presque en somnambule, se réfugier dans le lit de Julia. Parfois il arrivait les yeux grands ouverts, tout mouillé, parce qu'il avait fait des cauchemars.

— C'est les « lairs » qui me font peur, disait-il à Julia pendant qu'elle lui changeait son pyjama.

— C'est quoi, les « lairs », mon ange ? demandait-elle sans attendre de véritable réponse.

— Les « lairs » qui volent dans le ciel et font *poum*! répondait Ulysse avec de grands gestes.

Il avait fallu un gros orage pour que Julia réussisse à comprendre de quoi il parlait.

Sitôt arrivée en France, au printemps 1977, alors qu'elle écoutait la radio dans le but d'améliorer son français, Julia était tombée par hasard sur les émissions d'une psychanalyste et pédiatre qui l'avaient convaincue de l'importance de parler vrai aux enfants.

Elle s'était donc attelée à la tâche pour faire de Theo un être familier dans la vie d'Ulysse. Curieusement, Julia n'avait jamais senti chez l'enfant de véritable intérêt pour ce qu'elle lui racontait sur son père. Même à cinq ans, une fois rentré à l'école élémentaire, il n'avait pas manifesté d'intérêt réel pour le sujet. Dès que Julia commençait à en parler, il partait en courant jouer ailleurs après lui avoir lancé un *je sais, maman.*

Il est vrai qu'Ulysse n'avait aucune difficulté à l'école. Il s'y rendait avec plaisir et sa maîtresse, Mlle Leblanc, ne tarissait pas d'éloges. Elle disait qu'Ulysse était un enfant intelligent, plein de vitalité et d'envie d'apprendre. C'était probablement dans les traits de son caractère que Julia retrouvait le plus Theo. Car, pour le reste, son petit garçon avait tout pris de Mama Fina. Il se faisait souvent arrêter dans la rue pour la beauté de ses yeux, et les passants jetaient des regards en biais qui énervaient Julia, confirmant qu'il ne les avait pas hérités de sa mère.

Julia n'avait pas prévu que ce soir-là son petit garçon lui ferait revivre ses propres cauchemars.

Elle inspira une bouffée d'air en cherchant sa réponse.

— Non, ton père n'est pas mort. Il est vivant.

L'enfant se tourna vers elle et lui écrasa les joues de ses petites mains.

— C'est quoi la mort, maman ?

Voilà qu'Ulysse l'obligeait à réfléchir.

— La mort ?... C'est le corps qui s'arrête.

— Cela fait mal de mourir ? demanda Ulysse en enfonçant un énorme morceau de drap dans sa bouche.

— Pas nécessairement, répondit Julia avec précaution.

Il reprit :

— Et moi, est-ce que je vais mourir ?

— Nous allons tous mourir un jour, répondit Julia.

— Mais si je meurs, qui va s'occuper de moi, maman ?

Julia regarda son fils. Elle le trouva très beau. Elle le pressa dans ses bras et caressa sa petite tête bouclée. Les grands yeux d'Ulysse la fixaient :

— Je serai toujours là, près de toi, et toi tu seras toujours près de moi.

Ulysse ne quittait pas sa mère des yeux.

— Pourquoi est-ce que papa n'habite pas avec nous?

Julia hésita à répondre.

— C'est à cause de moi? insista Ulysse.

— Mais pas du tout! D'où tiens-tu tout cela?

— C'est Malo qui me l'a dit.

— Encore ce Malo! Mais c'est un méchant galopin, ton copain.

— Ce n'est pas mon copain, ce n'est pas un galopin. C'est un grand!

— D'accord, ne te fâche pas, mon Ulysse, reprit-elle en adoucissant sa voix. Qu'est-ce qu'il te dit, ce Malo?

— Il se moque de moi à la récré.

— Et pourquoi est-ce qu'il se moque de toi, ce Malo?

— Il m'a demandé ce que faisait mon papa.

— Et qu'est-ce que tu lui as répondu, mon ange?

— Je lui ai dit que tu le cherchais.

— Et alors, qu'est-ce que cela a de drôle?

— Malo dit que papa est parti en courant parce qu'il a eu peur quand je suis né tellement j'étais laid.

Julia fit un effort pour ne pas rire.

— Il est jaloux, c'est tout.

— Non, il n'est pas jaloux. Son papa à lui est pompier et il sauve les gens.

— Bon, eh bien, tant mieux. Mais il n'a pas à se moquer de toi.

— Il se moque de moi et il me prend mon goûter.

— Mais pourquoi tu ne me l'avais pas dit?

Ulysse fit mine de pleurer.

— Mais je ne te gronde pas, mon cœur.

— C'est qu'il me tape aussi.

— Et tu l'as dit à ta maîtresse ? fit Julia indignée.

Ulysse se mit à sangloter.

— Tu as peur de lui, mon ange ?

Ulysse nia de la tête, en séchant de grosses larmes.

— Il a quel âge, Malo ? demanda Julia.

— Il a sept ans !

— Mais tu sais te défendre, mon Ulysse ! Tu es fort comme un lion et tu fais du karaté ! Montre-moi ton Choku zuki.

Ulysse sortit un petit poing fermé de dessous les couvertures et l'envoya, avec rotation du poignet, droit devant, sans arrêter de sucer sa couette.

— Eh bien, voilà ! Demain tu donneras une correction à ce Malo.

— Ah ! Non ! Je ne ferai jamais ça, répondit Ulysse en retirant le drap de sa bouche.

— Et pourquoi donc ?

Ulysse répondit après un moment :

— Parce que je ne suis pas comme ça.

Julia l'observa stupéfaite.

Elle prit un moment avant de reconnaître :

— Bon, là, c'est toi qui as raison.

Ulysse ne la regarda pas. Perdu dans ses idées, il tournait sans cesse un coin du drap entre ses doigts comme pour en faire une petite pointe.

— Je suis très fière de mon fils, fit Julia comme si elle s'adressait à quelqu'un d'autre.

Ulysse continua de sucer avec satisfaction son bout de drap. Il se blottit un peu plus contre elle. Il était

maintenant concentré sur quelque chose d'autrement
plus important :
— Maman…
— Oui, mon cœur.
— Raconte-moi papa.

23

HAEDO

Printemps austral, 1976

Le portail de la prison s'ouvrit. Paola retint son souffle et fit signe à Julia de ne pas bouger. Elle monta sur le siège du W.-C. et regarda à travers la lucarne.

— Plusieurs voitures sont entrées, chuchota-t-elle à l'oreille de Julia. Ce doit être encore un général. Le jour où vous vous êtes enfuies, Adriana et toi, c'était Angelini qui était venu faire une inspection.

— Angelini? s'enquit Julia. Le commissaire Angelini?

— Tu le connais?

— Pas vraiment... Mais j'ai entendu parler de lui...

— C'est lui qui vient d'ordonner la mutation du Loco.

Réfléchissant à toute vitesse, elle demanda :

— C'est une promotion?

Paola haussa les épaules.

— Je n'en sais rien. En tous les cas, il s'en va. Sosa a eu l'air de dire qu'Angelini avait révisé tous nos dossiers... C'était un tel chaos quand ils ont découvert que vous aviez réussi à vous enfuir... Au fait, je ne t'ai pas demandé : c'était qui l'autre prisonnier?

— Je ne sais pas. On s'est séparés très vite. C'était la seule cellule qui n'avait pas été cadenassée... L'homme était à moitié mort, il revenait de la Mansión Seré. Ils ont dû penser que même avec la porte grande ouverte il ne pourrait pas faire un pas au-dehors...

Avec une étrange intensité, Paola regarda Julia.

— Toi aussi tu reviens de la Mansión Seré. Sosa me l'a dit lorsqu'ils t'ont ramenée. Tu as connu El Diablo, alors...

Julia la regarda stupéfaite.

— Je ne sais pas, je ne me rappelle rien.

Le son des clés ouvrant la porte du corridor les mit en alerte. Elles ajustèrent leurs capuches et attendirent, haletantes, adossées au mur.

La voix du Cabo Pavor les fit sursauter. Il aboya en ouvrant leur grille :

— Amène-toi, la brune, qu'on en finisse avec toi une bonne fois pour toutes.

Julia tremblait de tout son corps. Elle trouva la main de Paola et y enfonça les ongles comme pour s'ancrer à elle. El Cabo Pavor les sépara et fit sortir Julia sous une volée d'injures. Il la poussa dans le couloir et referma la porte d'un coup sec.

À nouveau dans le coffre d'une voiture, le trajet lui parut court. Elle transpirait copieusement malgré le froid. Près de Castelar se trouvait la base aérienne de Morón d'où les vols de la mort décollaient, et la Mansión Seré située en direction opposée mais également proche. Julia n'entendit pas le bruit des réacteurs... Ce ne pouvait être que l'escalade dans le cauchemar : elle revenait à la Mansión Seré.

Le coffre s'ouvrit : bruit de bottes, coups de pied, injures. On la traîna, dévalant des escaliers en aveugle. Elle finit sa course dans un trou noir. Une porte métallique se referma lourdement derrière elle. Puis plus rien. Elle attendit. Les pas s'éloignaient. De nouveau le silence.

Elle ne voyait strictement rien. Même pas sa main. À tâtons elle explora les lieux. C'était un cachot sans ventilation qui semblait particulièrement étroit. Assise où elle se trouvait, Julia pouvait toucher les deux parois latérales en écartant les bras. Les murs suintaient d'une humidité de cave. Elle ne pouvait pas se tenir debout sans toucher le plafond. De la porte métallique au mur du fond, elle compta à peine trois mètres. Il n'y avait pas d'eau, pas de W.-C. Elle se rassit sur le ciment froid, essayant de contrôler la crise de claustrophobie qui la gagnait. Le manque de lumière était particulièrement difficile. Ainsi que le silence visqueux, comparable à un ultrason taraudant ses tempes qui l'empêchait de penser. Elle enserra ses genoux et y posa sa tête. Elle avait appris à dormir dans cette position pour éviter au maximum le contact avec le sol froid. Mais la position réveilla ses plaies, elle s'entendit gémir.

Au bout de quelques heures, elle ne savait plus si elle s'était endormie ou si elle veillait, ayant perdu toute notion du temps. Elle regretta la cellule de Castelar. Elle avait soif, envie d'uriner, et n'osait pas appeler. Ils allaient la torturer à nouveau. Elle s'était enfuie, ils allaient en finir avec elle comme l'avait prédit El Cabo Pavor.

À nouveau un gémissement; cette fois certaine que

ce n'était pas le sien, Julia se pinça, s'enfonça les ongles dans les paumes : elle ne dormait pas. Elle ne voyait rien, mais elle était bien réveillée. Le gémissement se répéta. Il provenait du mur. Elle colla son oreille contre la paroi, essayant de trouver l'angle qui lui permettrait d'identifier la provenance de la plainte.

Quelque part, très près, quelqu'un pleurait. Elle refit à tâtons le tour de son cachot, collant tout son corps aux parois dans l'espoir de mieux entendre. Les lamentations provenaient du côté droit, face à la porte. Elle eut l'audace de frapper de ses poings contre le mur en percussions cadencées : trois coups à intervalles réduits, un silence, puis trois longs. Elle répéta le mouvement à plusieurs reprises.

Les gémissements s'interrompirent. Puis il y eut une voix d'homme de l'autre côté de la paroi :

— Qui es-tu ?

— Je m'appelle Julia... Et toi ?

— On m'appelle « la Fourmi ».

— Ah !...

— Tu es arrivée aujourd'hui ?

— Je crois, fit Julia. Est-ce que tu sais où nous sommes ?

— Oui, nous sommes dans le commissariat de Haedo.

— Ils continuent à nous interroger ici ?

— Non, ne t'inquiète pas. Ici, il n'y a plus de tortures.

— Tu es sûr ?

— Évidemment, puisque je te le dis !

— Alors, pourquoi tu pleures ?

— J'ai honte. Je suis un dégénéré, un traître.

— Ce sont eux, les dégénérés ! cria presque Julia étouffant une crise de sanglots.

Après un long silence, la voix reprit :

— Tu as été torturée ?

— … Ça va mieux maintenant.

— Et ça ira encore mieux. Ici tu peux recevoir des visites. Nous sommes à disposition du PEN…

— Comment le sais-tu ? s'exclama Julia.

Être dans les mains du PEN tenait pour Julia du miracle. Les prisonniers qui passaient au Pouvoir exécutif national étaient « légalisés ». Ils cessaient « d'être à disposition » des forces militaires et leurs dossiers étaient transformés en casiers judiciaires. Ils devaient certes affronter la justice, mais ils échappaient aux bourreaux.

— C'est la procédure, répondit la Fourmi. Cela prend du temps, mais une fois qu'ils te descendent au PEN, les choses commencent à changer. D'abord ils t'autorisent à recevoir des lettres. Si tout se passe bien, ils acceptent de te remettre la nourriture apportée par ta famille…

— Ma famille ne sait pas où je suis…

— Donne-moi un nom et un numéro de téléphone que je puisse mémoriser. Je le transmettrai à ma famille. Ils préviendront les tiens.

Julia passa deux semaines à Haedo. Elle sentait des crampes épouvantables et ne pouvait se retenir d'uriner dans le cachot. Elle croyait être encore enceinte et restait immobile à s'écouter, incubant son espoir.

Un garde venait la sortir une fois par jour pendant quelques minutes. Elle ne pouvait jamais le voir, ses yeux toujours bandés. Il l'obligeait à faire ses besoins devant lui sous une bordée d'obscénités. Pendant les deux semaines de détention à Haedo, elle ne se lava jamais. Son corps puait les excréments et la peur dont elle n'était pas arrivée à se défaire. Être seule, dans ce trou noir, et sentir les rats traverser en courant, les cancrelats lui parcourir la peau ou s'emmêler dans ses cheveux, la terrifiait.

Le calme n'était possible pour Julia que lorsque son voisin sortait de son mutisme. Il était mortifié d'avoir sauvé sa peau en vendant celle de ses amis, et passait ses heures à pleurer son remords. Pendant l'une de ses confessions, la Fourmi lui raconta, sans deviner la proximité de Julia avec eux, l'histoire d'un ami, un des frères d'Uccello, capturé au moment où il essayait de quitter l'Argentine, habillé en prêtre. Il savait que son ami avait été transféré à Haedo au début de sa captivité. Il disait tenir l'information du tortionnaire avec lequel il avait pactisé et qui se faisait un devoir de lui raconter les résultats de sa collaboration. Julia aurait voulu le haïr. Elle se consolait en supposant que si Gabriel était passé par Haedo il avait dû être automatiquement transféré au PEN, ce qui ne pouvait être qu'un moindre mal.

Un matin d'hiver, Julia quitta son cachot. Elle revit à nouveau la lumière naturelle. Il faisait particulièrement froid et l'idée de ne plus y revenir, même sans savoir où on l'emmenait, fut une délivrance. Elle toussait et les spasmes lui rappelaient de façon angoissante que son ventre avait pris des rondeurs.

Elle ne vit pas l'entrée, car, comme de coutume, tous les déplacements se faisaient dans le coffre d'une voiture. Les pantalons kaki, et les bottes qu'elle arrivait à entrevoir en lorgnant sous le bandeau, disparurent alors qu'elle se trouvait déjà à l'intérieur du bâtiment. Les pas s'éloignèrent, pas un mot, puis le silence. Elle resta au garde-à-vous, paralysée par la panique, ne sachant si elle était seule ou devant un peloton d'exécution. Après un temps qui lui parut infini, une voix féminine lui demanda ses nom, prénom, date et lieu de naissance. Julia lui répondit, hésitante. La voix lui ordonna d'enlever son bandeau et d'avancer.

Julia se retrouva dans une immense salle, avec un plafond si haut que sa voix lui revenait en écho. Dans un coin se perdaient une chaise et une table, installées, lui sembla-t-il, de manière provisoire. Derrière la table se tenait une femme forte, figée, l'air strict, lunettes en écaille, cheveux luisants tirés en chignon, uniforme gris impeccable. Elle était occupée à taper rapidement avec ses deux doigts sur une machine d'avant-guerre.

— Profession, adresse du domicile, numéro de téléphone, poursuivit la femme sur un ton monocorde.

Pour la première fois depuis son arrestation, elle retrouvait son identité et sa condition d'être humain aux yeux de l'autre. Elle avait du mal à contrôler ses larmes. Cette femme en uniforme était en train de la « légaliser ».

Julia essayait de rester digne, de contenir ses pleurs, mais sa voix se cassait, et elle devait se moucher sur sa manche.

— Pourquoi êtes-vous ici ? continua froidement la femme.

Julia ne pouvait plus répondre.

— De quoi êtes-vous accusée ? Qu'avez-vous fait ? Pourquoi êtes-vous en état d'arrestation ?

Rien. Julia ne savait rien. Elle ignorait de quoi elle était accusée, et elle pleurait de joie d'être enfin en état d'arrestation.

La femme leva le nez, enleva ses lunettes et regarda Julia :

— Tu es dans la prison de Villa Devoto, ma fille, lui dit-elle d'un ton fatigué. Aujourd'hui nous sommes le mardi 22 juin 1976, et il est treize heures trente-cinq.

24

VILLA DEVOTO

Printemps austral, 1976

Trois autres détenues partageaient la cellule dans laquelle Julia fut envoyée. Elles avaient toutes de lourdes peines d'emprisonnement. Coco était une militante du parti communiste. Elle s'appelait Claudia, mais ses compagnes utilisaient son surnom d'activiste. La plus âgée, la *Veterana,* était Montonera comme Julia, et Maby, la plus réservée des trois, avait milité dans une organisation d'extrême gauche dénommée *Revolución del Pueblo.*

Pour Julia, tout tenait du faste : le lavabo, la lumière, un vrai lit, un matelas. Mais surtout, la grande jarre de *maté cocido.* Elle arrivait tous les matins avec une ration de pain frais pour chacune. Comble de prodigalité, la *celadora*[1] de l'étage distribuait un jour sur deux les provisions que les prisonniers de droit commun envoyaient en partage aux détenus politiques. Parfois même du chocolat.

Le bâtiment de la prison comprenait cinq étages. Il était composé de trois grandes ailes disposées en U. L'aile

---

1. Gardienne.

dans laquelle se trouvait Julia était réservée aux prisonniers politiques, celle d'en face aux prisonniers de droit commun. La cellule de Julia se trouvait au quatrième étage de l'édifice. C'était l'étage des femmes condamnées à des peines de prison supérieures à dix ans. L'étage en dessous était affecté aux hommes condamnés à des peines équivalentes. Plus bas, aux premier et deuxième étages, se trouvaient les prisonniers en instance de jugement. Tout en haut, au-dessus d'elles, se trouvaient les cellules de correction. Ce dernier étage, de triste réputation, était connu comme la *chancha*.

Un soir les hurlements d'un des prisonniers qui y avait été envoyé les réveillèrent. Le tapage dura deux bonnes journées pendant lesquelles il leur fut impossible de faire quoi que ce soit. Puis, un soir, ce fut un lourd silence.

— Ils l'ont peut-être déjà descendu, dit Coco au matin.

— Il est peut-être mort.

— Non, j'entends le *celador* qui lui passe la gamelle...

Maby monta sur une des couchettes et donna un grand coup de poing contre le plafond, suivi d'un second, tout aussi fort. Elles furent surprises de recevoir une réponse identique. Enthousiasmées, les filles se mirent à concocter un abécédaire rudimentaire. Le nombre de coups correspondait à la place de chaque lettre dans l'alphabet. L'homme avait dû probablement avoir la même idée car en un rien de temps un système de communication s'organisa. L'information s'égrena lentement, coup après coup, interrompue à chaque approche des gardiennes. Julia apprit ainsi, sans presque réussir à y croire, que l'homme qui communiquait avec elles depuis la cellule de correction n'était autre qu'Augusto, l'ami de Gabriel et son voisin de Castelar. Comprenant que Julia faisait partie de la troupe du dessous, il lui fit savoir que Rosa devait elle aussi se trouver à Villa Devoto, probablement au même étage qu'elle.

Un autre réseau clandestin de communication, tout aussi simple et efficace, était en activité depuis longtemps dans la prison. Les filles montaient sur la couchette supérieure pour accéder à la fenêtre. De leur poste d'observation, elles avaient une vue imprenable sur les toits du quartier, sur la rue, et sur les fenêtres de l'aile des prisonniers de droit commun. Ces prisonniers-là pouvaient communiquer avec leurs familles, et donc étaient constamment en relation avec le monde du dehors. Les compagnes de Julia se servaient d'eux comme d'un relais de poste pour faire partir et recevoir des nouvelles. Un langage de signes avait été créé par les prisonniers à cet effet.

Cette communication devint fondamentale pour Julia. Elle n'avait aucun moyen de s'assurer que Mama Fina était au courant de son sort. En revanche, les prisonniers de droit commun pouvaient à travers leurs proches l'alerter. Julia reçut ainsi la première bonne nouvelle. Mama Fina et sa mère, informées de sa réapparition à Villa Devoto, avaient entrepris les formalités pour venir lui rendre visite.

Par contre, les filles ne réussirent à obtenir aucune information ni sur Theo, ni sur Adriana. Tous les essais entrepris par Julia aboutissaient à une impasse. Cependant, un soir, alors que ses compagnes dormaient, Julia assista à un étrange manège. La Veterana, la plus ancienne des prisonnières politiques de Villa Devoto, se tenait à quatre pattes, l'avant-bras enfoncé jusqu'au coude dans la tuyauterie du W.-C. Elle tirait la chasse d'eau tout en retenant l'extrémité d'une corde qui partait dans les conduits d'évacuation du sanitaire.

Maby lui expliqua le lendemain ce dont il s'agissait : la Veterana communiquait avec ses chefs montoneros de l'étage du dessous. Maby lui décrivit en détail le fonctionnement des messages envoyés et reçus à travers les égouts. C'était peut-être pour Julia le moyen d'aller aux nouvelles. Mais persuader la Veterana de lui servir d'intermédiaire ne serait pas une tâche aisée.

De façon bien naturelle, Julia s'était nouée d'amitié avec la jeune Maby : elles étaient toutes les deux enceintes. Elle savait que certains prisonniers d'en bas recevaient des informations en provenance directe de l'état-major des Montoneros. Elle avait entendu dire que l'organisation avait constitué un dossier de chacun de ses membres *desaparecidos*, et tenait à savoir qui était interné et légalisé à Devoto.

Quant à la Veterana, c'était une femme endurcie et solitaire. Elle ne prenait jamais part aux discussions, mangeait dans son coin et ne se plaignait pas. Julia sentait qu'elle l'observait constamment, mais elle n'avait jamais réussi à croiser son regard. Chaque fois que Julia se retournait, l'autre semblait plongée dans un livre. De fait, c'était une grande lectrice. Elle cachait une véritable bibliothèque sous sa couchette.

Quelques jours après la séance nocturne des égouts, la Veterana commença la lecture d'un livre sur la théologie de la libération qui éveilla la curiosité de Julia. En effet, elle avait entendu le père Mugica en parler. Il disait même avoir rencontré un des leaders du mouvement lors de son passage en Europe. Intriguée, Julia profita de l'arrivée du *maté cocido* pour l'aborder. Elle voulait feuilleter le livre. Elles furent surprises toutes deux de découvrir qu'elles avaient connu le père Mugica et participé à la veillée de prière le soir de son assassinat. Julia apprit par la Veterana que le père Mugica avait participé aux journées de Mai 68 à Paris. Julia ne savait rien de la France et encore moins de son histoire récente. Mais elle venait de trouver son filon. La Veterana était ravie de trouver une élève sérieuse.

Elle offrit à Julia d'autres livres, ce qui chez elle était une marque rare de confiance, et Julia les dévora. Elle entreprit alors d'élargir la culture de Julia, et programma des séances de discussion sur des thèmes de son choix. Grâce à ces échanges, Julia eut tout le loisir de lui parler des frères d'Uccello et de leur rôle dans l'organisation. La Veterana n'eut pas de mal à mettre son circuit en alerte. Quelques semaines après, elle appela Julia : elle venait d'obtenir une réponse de ses chefs.

— Écoute, je crois que je sais ce qui est arrivé à l'aîné des d'Uccello.

— Gabriel ?

— Oui. Tu m'avais dit qu'il s'était fait arrêter lorsqu'il essayait de fuir déguisé en curé, n'est-ce pas ?

— Oui, c'est ce que la Fourmi m'a raconté. Mais est-ce que tu sais quelque chose sur Theo ?

— Attends, pas si vite. Pour l'instant je n'ai reçu qu'une information sur Gabriel d'Uccello, et…

— Et?

— Les chefs ont confirmé l'information de plusieurs façons...

— Alors?

— Il a été arrêté et emmené à Haedo.

— Je le savais.

— De là, il a été transféré à la Mansión Seré.

— Oh, mon Dieu!

— On sait qu'ils l'ont envoyé à l'ESMA[1], ensuite...

Julia chancela et chercha à s'asseoir sur sa couchette.

— Vas-y, je suis prête, dis-moi tout, bredouilla-t-elle.

— Il a été lancé vivant d'un avion.

L'information ébranla à tel point Julia que ses camarades demandèrent qu'elle fût transférée d'urgence à l'hôpital de la prison, de peur qu'elle ne fasse une fausse couche. Mais personne ne vint la chercher.

Refusant de se nourrir, de se lever, ou de parler, Julia resta prostrée. Elle se sentait responsable. C'était elle qui avait introduit Rosa dans la vie de Gabriel, et Rosa faisait partie de l'organisation clandestine et militaire des Montoneros. Elle ne savait que trop combien Gabriel s'était opposé à leur violence, mais il avait accepté de soigner leurs blessés, surtout après le massacre d'Ezeiza. En effet, l'organisation avait donné l'ordre d'éviter les services d'urgence parce que les militaires élaboraient

1. «Escuela de Mecánica de la Armada» ou ESMA : École de mécanique de la Marine argentine située à Buenos Aires. Le plus important des cinq cents centres de détention clandestins durant la dictature militaire. On compte autour de cinq mille personnes torturées et assassinées, et des centaines de bébés enlevés aux mères détenues, dès la naissance.

des listes de suspects à partir de l'information obtenue dans les hôpitaux. Et aussi, à cause de Rosa.

Julia se culpabilisait à l'idée qu'elle avait manqué d'intelligence, lorsque Gabriel était venu les chercher après la razzia de l'hôpital. Elle aurait dû réagir et envoyer Gabriel au port pour qu'il se serve de la filière de Mama Fina. Pourquoi n'y avait-elle pas pensé ? Il avait l'air tellement décidé, tellement sûr de lui avec son plan du couvent ! Tout paraissait si simple. Elle avait cru bêtement à leur bonne étoile, alors que l'étau s'était déjà refermé sur eux tous.

Et puis, il y avait Theo et Adriana. Personne ne lui donnait de nouvelles. La mort de Gabriel pouvait n'être que le début de l'horreur. Julia ne savait pas si la mort de Gabriel avait eu lieu avant ou après leur évasion de Castelar. Si Adriana et Theo avaient été capturés à nouveau, ils avaient probablement déjà fini dans les mains du Diablo, projetés dans le vide au-dessus de l'estuaire comme Gabriel.

Cette pensée la rendait folle.

La Veterana, atterrée par l'impact de la nouvelle sur Julia, en déduisit que l'homme en question ne pouvait être que le père de l'enfant. Elle aussi en souffrait, mais d'une autre façon. Elle était minée par l'avilissement auquel cette folie meurtrière avait soumis son pays. Comment ses compatriotes avaient-ils pu en arriver là ? Elle se sentait impuissante, certes, mais aussi responsable, comme si la force de ses convictions n'avait pas été suffisante pour endiguer le marasme.

Sa frustration était d'autant plus grande qu'elle n'avait pas pu obtenir des fonctionnaires de la prison que Julia soit transférée et soignée. Elle avait réussi néanmoins à faire prévenir Mama Fina, qui ne donna plus de répit à l'administration. La visite fut autorisée pour la fin du mois de septembre. Il n'y eut que cette perspective pour faire réagir Julia.

Une matrone, les cheveux teints en blond et coupés en brosse, accoutrée d'un uniforme gris trop serré, somma Julia d'une voix rude de la suivre. Elle avait du mal, à travers le dédale de couloirs et d'escaliers qui montaient et descendaient, de grilles et de portes qui s'ouvraient et se refermaient. Son ventre était proéminent et elle se soutenait de la main contre les murs, prise de vertiges. Incapable de comprendre le parcours qu'on lui faisait faire, elle se retrouva décontenancée, projetée soudainement dans le parloir.

L'endroit l'intimida. Il était rempli d'une foule de prisonniers qu'elle n'avait jamais vus. Des cabines étroites se succédaient, ouvertes sur le corridor des gardiens et coupées au milieu par une vitre épaisse qui empêchait tout contact physique avec le visiteur.

La matrone lui indiqua le module dans lequel elle devait s'asseoir. L'espace alloué était minime et le manque d'intimité absolu. Julia faisait l'effort de ne pas s'intéresser aux conversations des autres, et regardait droit devant. De l'autre côté de la vitre, une autre chaise identique à la sienne restait vide. La vitre était traversée en son milieu par un tuyau qui faisait office d'interphone. Il fallait parler dans le tube et écouter à tour de rôle. Julia s'essuya nerveusement les mains sur le pantalon, et arrangea quelque peu sa coiffure. Et si Mama Fina ne venait pas ?

Elle lissa à nouveau les plis de son uniforme pour maîtriser le tremblement de ses mains, sous le regard imperturbable du garde. Enfin une porte s'ouvrit. Mais ce n'était pas Mama Fina. Julia essaya de cacher sa déception, et improvisa un large sourire pour souhaiter la bienvenue à sa mère.

— Maman...

— Ma Julia, quel bonheur... Tu ne peux pas imaginer ce que nous avons souffert.

— ... Je suis désolée, maman.

La mère regarda Julia comme pour s'assurer que c'était bien sa fille. Son expression se contracta légèrement en remarquant ses rondeurs.

— Ta grand-mère voulait venir, mais elle n'a pas obtenu l'autorisation. Jusqu'au dernier jour, ils lui ont promis qu'elle l'aurait...

— Ah...

— Bon, toute la famille est avec toi. Ton père t'embrasse, Anna et Pablo, les jumeaux.

— Merci, maman.

— Mama Fina m'a chargée de te dire qu'elle a fait valoir ta double nationalité et que l'on espère que tu auras l'autorisation de quitter l'Argentine avec ton passeport uruguayen. Elle croit que nous pourrons obtenir que tu sois reçue dans un pays d'Europe en tant que réfugiée. Elle est en contact avec une organisation française très active qui s'appelle France terre d'asile.

Elle ne savait pas pourquoi, mais elle pleurait.

— Et puis Mama Fina veut aussi que tu saches qu'elle cherche le père de ton enfant.

198

Une tension soudaine accentua la ride qui se formait au coin de sa bouche.

— Tu connais ta grand-mère. Elle n'a pas été fichue de me donner des précisions.

— Oh, maman ! fit Julia en s'accrochant au tuyau, alors que le garde l'attrapait déjà par l'épaule pour l'emmener.

25

RUBENS

Été austral, 1976

— Lorsque tu auras ton enfant, tu ne dois surtout pas l'enregistrer sous le nom de son père, lui avait conseillé Maby.

Elle avait expliqué à Julia que la loi argentine octroyait au père tous les droits, et en particulier celui de la garde des enfants. Si le père restait absent, les droits sur l'enfant reviendraient aux parents de Theo. Dans la pratique, cela voulait dire non seulement que l'enfant lui serait retiré six mois après sa naissance pour être remis à la famille de Theo, mais, plus grave encore, que Julia ne pourrait pas emmener son bébé avec elle si sa demande d'asile était acceptée.

À la seconde visite, Julia informa sa mère de l'urgence de compléter les procédures en vue d'un départ d'Argentine. Il fallait que sa demande d'asile soit acceptée avant que le bébé ait six mois. D'après les calculs de Julia, l'enfant devrait naître au mois de janvier. Il fallait réussir à partir avant juillet 1977.

Sa mère la réconforta. Avec Mama Fina, elles faisaient

le tour des ambassades européennes. Elles continuaient à croire, cependant, que ce serait la France qui accepterait de l'accueillir. Elles venaient d'être informées qu'un représentant du consulat de France avait entrepris les démarches pour obtenir l'autorisation d'un entretien personnel avec Julia, à l'intérieur de la prison même. Cela faisait partie de la procédure, ce qui signifiait que le processus avait déjà été enclenché.

Cette fois-ci, la mère de Julia vint avec une sacoche remplie d'affaires. Julia portait toujours le même uniforme depuis son entrée à Villa Devoto. Or les prisonniers n'étaient pas tenus de vivre en uniforme. De plus, il y avait du linge pour nourrisson que sa mère exhibait de l'autre côté de la vitre.

Profitant du moment, Julia aborda le sujet épineux :

— Maman, mon bébé ne pourra pas porter le nom de son père...

Sa mère leva les yeux.

— Je suis soulagée que tu sois arrivée aux mêmes conclusions que nous, lui dit-elle. Ce sera donc un petit d'Annunzio... Ta grand-mère est convaincue que c'est un garçon. Pour ma part, j'aimerais une petite fille. Mais bon. Elle suggère que tu le baptises en lui donnant un prénom avec du caractère, comme...

— Comme Josefina, par exemple, avança-t-elle sur un ton espiègle, car moi aussi j'espère que ce sera une fille.

La mère de Julia se retint de faire un commentaire, puis ajouta :

— Je n'aime pas cette vitre entre toi et moi. Elle me rappelle la distance stupide que j'ai laissé se construire entre nous. Tu as toujours été si forte, si sûre de toi. Même quand tu étais enfant, j'avais du mal à me sentir ta mère. J'avais parfois l'impression que c'était toi l'adulte.

Elle posa sa main sur la vitre, Julia l'imita. Leurs mains étaient identiques.

— J'avais besoin que tu le saches.

Le 21 décembre, une gardienne vint chercher Julia pour l'emmener à la maternité de l'hôpital. C'était le premier jour de l'été, et cela lui sembla de bon augure. Elle voulait porter des sandales, lâcher ses cheveux. Elle ramassa ses affaires, et embrassa ses compagnes.

L'hôpital se trouvait au rez-de-chaussée, mais faisait partie d'un autre bâtiment. Pour y accéder, il fallait passer bon nombre de grilles et de postes de contrôle car chaque étage était isolé des autres. Julia traversa la grande cour dans laquelle elle avait été *légalisée* à son arrivée puis s'engagea dans un long couloir sinistre aux murs peints en jaune crème. Elle suivait silencieuse, derrière la gardienne, et ses pas résonnaient dans le vide comme s'il s'agissait d'une autre personne.

Après la porte d'accès de l'hôpital s'ouvrait un hall entièrement grillagé. Plus loin, derrière une seconde porte à barreaux se trouvait la salle de maternité. C'était une sorte de préau rectangulaire, borné aux quatre coins par des piliers entre lesquels s'alignaient une trentaine de lits disposés en deux allées se faisant face le long des murs.

Plus de la moitié des lits étaient vides. Il n'y avait qu'une dizaine de détenues. Julia eut le loisir de choisir et s'installa sur un des lits les plus proches de la grille qui séparait la salle du hall d'entrée. Adossée à l'un des piliers, elle pourrait suivre ce qui se passait dehors, tout en se ménageant un coin inaccessible aux regards externes, si elle le désirait.

Son lit était voisin de celui d'une femme qui comme Julia devait être à quelques semaines d'accoucher. Elles échangèrent un sourire. La jeune femme l'aida à poser ses affaires dans un petit rangement séparant les deux lits. Au fond, à côté d'une fenêtre condamnée, Julia compta trois malades sous perfusion. Il suffisait de jeter un coup d'œil pour comprendre que leur état était critique. Dans un coin, une mère assise de dos berçait son nourrisson, pendant que d'autres parlaient entre elles à voix basse.

La salle était éclairée par une étroite baie vitrée tout en longueur à hauteur de plafond, de sorte qu'il était impossible de voir ce qui se passait dans la rue. Derrière une cloison, six douches étaient alignées. L'installation sanitaire se résumait à deux W.-C. à la turque.

Un petit homme en blouse blanche, à la démarche nerveuse, fit une entrée remarquée. Il se dirigea droit vers elle, sans lever le nez de ses papiers, suivi de trois infirmières.

— J'imagine que ça, c'est Julia, dit-il en lisant ses notes.

— Oui, monsieur, répondit Julia.

Des yeux bleu acier derrière des lunettes rondes la dévisagèrent.

— Elle va accoucher à la fin du mois, déclara-t-il. Ou plutôt elle va chier son avorton. Car vous autres vous n'accouchez pas, vous chiez sur le monde.

Julia avala sa salive.

— J'accouche en janvier.

— C'est ce que nous allons voir, répondit le petit homme avec un rictus.

Il continua sa ronde, instruisant les infirmières sur un ton hautain, avec une économie de mots volontaire et notable, puis sortit comme il était entré.

— Il va falloir s'y faire, commenta la voisine de Julia quand le cortège eut disparu. Toutes les filles de cette prison accouchent par césarienne. Nous sommes des cobayes. Ils essayent des médicaments sur nous. Si on ne crève pas, ils les mettent sur le marché. Tout le monde y gagne : les compagnies pharmaceutiques, et le gouvernement, car cela fait de l'argent en plus et des opposants en moins... Au fait, je ne me suis pas présentée. Je m'appelle Valentina, Tina pour les amis, je suis du Poder obrero[1], et toi ?

Il y avait de tout dans la même salle : des femmes qui revenaient de la torture, des malades mentales qui ne s'étaient pas remises des sévices, et quelques femmes enceintes.

— La pauvre fille qui est au fond, celle qui fredonne... c'est une folle. Elle vient d'avoir un bébé, prématuré de sept mois. Il est dans une couveuse, mais ils vont le donner à des parents adoptifs. Elle l'attend toujours, la pauvre.

— Mais elle berce un bébé, n'est-ce pas ?

— Non. C'est une poupée.

Tina continua :

— Les infirmières sont plutôt gentilles, et la nourriture

1. «Pouvoir ouvrier. »

est meilleure que dans les cellules. En tout cas il y en a plus...

— Quand est-ce que tu dois accoucher? demanda Julia.

— Ici, c'est Rubens qui fixe les dates. Je complète mes neuf mois à la mi-janvier, mais il a décidé que ce serait avant. Je m'en fous. Je veux tout simplement être sûre que mon bébé est en bonne santé. Pour le reste, je sais déjà que ce sera une boucherie.

— Comment cela?

— Rubens... C'est un sale type. Un bourreau en puissance. Notre chance, c'est que nous sommes entre les mains du PEN et qu'il y a des infirmières autour. Mais ne t'attends pas à ce qu'il te fasse une jolie cicatrice.

Le docteur Rubens fixa la date de l'accouchement de Julia au 31 décembre, un mois avant terme. Apparemment il faisait une fixation sur les dates, car Tina fut programmée pour le jour de Noël. Le bruit courut qu'il prenait sa revanche sur un groupe d'infirmières qui l'avaient dénoncé à cause du mauvais traitement qu'il infligeait aux recluses, dont deux étaient mortes à la suite de son intervention. Les bébés avaient été donnés en adoption sans délai par ses soins à des collègues.

Pour se préparer de son mieux, Julia entreprit de lire à haute voix comme le lui avait suggéré Tina, pour que le bébé puisse la reconnaître. Elle tressa un minuscule bracelet pour l'accrocher au poignet du bébé sitôt sorti de son ventre. Elle tria ce que sa mère lui avait apporté. Elle ne voulait que du linge blanc en coton pour recevoir le nouveau-né. Elle le lava, le rinça et le fit sécher près de son lit. Elle lima ses ongles à ras pour éviter de griffer l'enfant par maladresse. Finalement, elle demanda à Tina de lui couper les cheveux jusqu'aux épaules et fit une longue toilette la veille du grand jour.

Une infirmière vint la chercher après la collation de midi. Elle dut endosser une chemise d'hôpital verte fermée dans le dos, et avaler des pilules qui lui donnèrent le vertige. On la conduisit ensuite dans une grande salle froide. Un lit d'accouchement rudimentaire, vieux et rouillé, trônait en plein milieu, encadré par deux lampes-torches. Julia était alarmée. Elle ne comprenait pas pourquoi il lui fallait mettre les pieds dans les étriers si Rubens avait prévu de pratiquer une césarienne.

— Faites ce que l'on vous dit, et taisez-vous, lui répondit une infirmière qui préparait une seringue.

Le docteur Rubens fit son apparition, impeccable dans sa blouse blanche. Il regarda Julia allongée, les pieds dans les étriers sous un drap trop court, pendant qu'il enfilait ses gants.

— Sale trotska, murmura-t-il, c'est bien la dernière fois que tu défèques un bolchevique dans ce monde.

26

LA JEUNE CORÉENNE

Été boréal, 2006

Il la vit entrer en tenue de sport, une serviette autour du cou. Elle jeta un coup d'œil à sa montre et s'avança du côté des machines. Theo s'occupa à lacer ses chaussures pour l'observer à loisir. Il l'avait remarquée une fois auparavant au congrès annuel des employés de la compagnie. Une version asiatique de Julia jeune, avait-il pensé. Theo profita d'une pause dans le programme pour s'approcher d'elle et l'aider à se servir un café. Ils échangèrent quelques mots et elle repartit s'asseoir. Il savait maintenant qu'elle s'appelait Mia Moon et venait d'être embauchée par le service comptable.

La jeune femme jeta sa serviette dans un coin, sauta sur un des tapis de course encore disponibles, le régla et commença son entraînement. Elle portait un bustier noir qui découvrait des abdominaux travaillés et des leggings mi-longs assortis. Ses cheveux noirs tirés en queue-de-cheval accentuaient son allure athlétique. Theo, occupé à soulever des haltères, ne la quittait pas des yeux.

En sueur, la jeune femme descendit du tapis de course

et passa devant lui pour accéder à la fontaine à eau. Theo en profita pour faire de même. Il prit un air surpris de la voir tout en lui disant bonjour.

— Moi je vous ai vu en arrivant, mais vous aviez l'air occupé, se moqua-t-elle. J'ai oublié votre prénom. Tom, c'est ça ?

— Presque. Theodoro. Theo, si c'est plus simple, fit-il avant d'avaler un gobelet d'eau fraîche.

— Ah, oui, je me souviens maintenant, vous êtes italien…

— Non. Malgré mon accent et mon nom, je suis américain, fit Theo.

— Oui, bien sûr. Je voulais dire, d'origine italienne…

— Non plus. Et je parie que vous ne trouverez pas.

— Hum ! J'aime les paris. Mais je vous préviens, il y a de fortes chances pour que nous finissions ex-aequo. Vous ne trouverez pas d'où je suis.

— Pas avec un nom comme le vôtre.

— Vous vous souvenez du mien ?

— Mia Moon. Difficile d'oublier un si joli nom.

— Bonne mémoire, un point pour vous.

— Et je ne devrais pas me tromper de beaucoup si je m'avance à dire que vous êtes d'origine coréenne.

— C'est ce que tout le monde pense…

— C'est donc un oui ? Si j'ai gagné je vous invite à boire un pot.

— Vous avez perdu.

Theo fit un geste navré.

— Mais vous pouvez quand même m'inviter à boire un café à la sortie du bureau, fit la jeune femme en ramassant sa serviette pour partir.

Ils se retrouvèrent à la fin de la journée dans le parking et quittèrent le complexe en se suivant, chacun dans sa voiture. Il y avait un pub à côté de la gare que Theo aimait bien, toujours bondé de monde, mais peu fréquenté par les collègues du bureau. Ils s'installèrent à une petite table qui venait de se libérer, coincée entre les toilettes et le bar.

— Vous êtes encore plus jolie que ce matin, lui dit Theo en approchant sa chaise.

— Je suis mariée, répondit-elle en soulevant un sourcil.

Theo éclata de rire.

— Cela ne change rien. Vous êtes ravissante.

— Et vous?

— Si je suis ravissant?

— Si vous êtes marié.

— Je vois que vous appliquez à merveille les recommandations de la conférence annuelle.

— Comment cela?

— Oui, le conférencier disait qu'il fallait savoir poser les bonnes questions.

— Il disait aussi qu'il fallait savoir écouter. Donc, je vous écoute.

— D'accord, mais il faudrait d'abord que nous finissions notre petite histoire de pari.

— Elle est finie. Vous avez perdu, rétorqua Mia en riant.

— Je dirais plutôt que nous sommes à égalité. Je ne suis pas italien et vous n'êtes pas coréenne. Donnez-moi plus de pistes.

Son mari était d'origine coréenne. Mais il n'avait jamais mis les pieds en Corée, et ne parlait pas la langue. En fait,

Mia et lui considéraient qu'ils étaient tout simplement américains. Ils s'étaient connus à l'université, elle faisait des études de comptabilité et lui un master de finances. Il travaillait maintenant pour une compagnie de placement de fonds.

— D'accord, c'est lui le Coréen, mais c'est à vous que je m'intéresse. Et je ne suis pas plus avancé qu'avant.

— Vous non plus vous ne me dites pas grand-chose sur vous-même. Vous n'êtes pas italien, soit. Mais vous êtes tout de même de souche européenne.

— Je vous le concède, mais cela ne vous aidera pas.

— Ah bon? C'est si compliqué que cela?

— Pas vraiment. Je suis d'un pays qui a connu une forte immigration européenne.

— Alors disons... l'Argentine?

Theo la regarda admiratif.

— Alors là, vous m'avez bluffé!

Elle ouvrit de grands yeux et se rapprocha en s'appuyant sur les coudes.

— Ne me dites pas que vous êtes argentin...

— Eh bien, si. Je suis né en Argentine.

— Ce n'est pas possible, fit Mia en croisant ses mains sur la poitrine, c'est vraiment une trop grande coïncidence.

— Une coïncidence? Expliquez-moi.

— Mon nom de jeune fille est Mia Matamoros Amun...

— Matamoros Amun... Amun? C'est un nom indien, n'est-ce pas?

— Oui. Ma mère était mapuche.

— Vous êtes donc argentine par votre mère!

— Oui, mon père, lui, est espagnol.

Le portable de Mia sonna.

— Oh, mon Dieu, il est très tard. Je n'ai pas vu le temps filer. Il faut que je rentre.

Mia se leva, prit son sac, lui fit un petit signe et partit.

Le gymnase devint sa priorité. Theo y retrouvait Mia tous les jours et revenait avec elle à l'étage réchauffer son déjeuner. Ils s'installaient à une petite table à côté des machines et se servaient du café.

— Qu'est-ce que tu manges? lui demanda-t-elle un jour.

— Pourquoi, ça n'a pas l'air bon?

— Si, j'imagine que c'est bon, mais je suis sûre que ce n'est pas ce qu'il y a de mieux pour la santé.

— Je ne suis pas au régime.

— Moi non plus, mais je fais attention.

— Et selon toi, qu'est-ce qu'il a de mauvais, mon déjeuner?

— Trop de glucides, pas assez de protéines.

— Je n'ai pas besoin de plus de protéines!

— Si, pour avoir plus de muscles, dit Mia en montrant son ventre plat.

— Mais il paraît que la viande bloque les artères.

— Il y a d'autres sources de protéines, les blancs d'œufs par exemple.

— Je ne suis pas sûr que je puisse devenir un gourmet de blancs d'œufs.

Mia éclata de rire.

— Manque d'imagination.

— Tu as des recettes?

— Tiens, si tu veux, tu peux venir dîner à la maison.

211

Kwan est parti à New York ce matin. Il ne rentre que tard dans la soirée. Je te ferai goûter ma spécialité. Blancs d'œufs au curry. C'est délicieux.

Theo lui lança un regard en biais.

— Et puis... je déteste me retrouver seule devant une assiette.

Une fois seul au bureau, Theo appela depuis son portable pour prévenir Julia de ne pas l'attendre. Il avait un dîner avec des collègues de bureau. Cela tombait bien, Diane venait de l'appeler pour lui proposer d'aller au cinéma. Il avait pris l'habitude de garder dans le dernier tiroir de son bureau une collection de chemises blanches neuves. Il descendit au gymnase prendre une douche et se changer.

Cela faisait longtemps qu'il n'avait plus ressenti cette sensation heureuse, impatient à l'idée de se retrouver seul en tête à tête dans l'appartement de Mia. Il prit son temps pour faire durer le plaisir et s'oublia sous la douche. À la sortie, il croisa Ben, son voisin de quartier et collègue de bureau. Il venait juste de finir son entraînement. Sa femme, Pat, qui travaillait elle aussi pour la compagnie, était absente.

— Allons prendre un pot, lui proposa Ben.

— Pas ce soir, j'ai un dîner, répondit Theo en regardant sa montre.

La porte du gymnase s'ouvrit violemment. Mia fit irruption, salua Ben au passage et prit Theo à part.

— Je te cherchais, j'ai laissé un message sur ton répondeur. J'ai vu que ta voiture était toujours au parking.

Mia tournait nerveusement ses clés entre les doigts.

— Je suis désolée. Je dois rendre un dossier demain matin et je vais y passer la nuit. On se voit demain?

— Pas de problème, fit Theo avec un large sourire.

La jeune femme quitta les lieux, pressée, et laissa une traîne de parfum dans l'air.

— Eh bien... Je crois qu'en fin de compte nous allons le prendre, ce pot, fit Theo en contemplant la porte.

Theo devait se contenir pour ne pas appeler Mia plus souvent. Il avait eu envie de lui envoyer des fleurs à la maison, et s'était raisonné à temps. Il avait préféré acheter une anthologie de poèmes argentins et l'avait laissée sur son bureau. Mia avait trouvé le livre avec un signet marquant la page d'un sonnet de Francisco Luis Bernárdez. Les derniers vers étaient soulignés :

> *Porque después de todo he comprendido*
> *Que lo que el árbol tiene de florido*
> *Vive de lo que tiene sepultado*[1].

Incapable de comprendre, Mia envoya les trois vers à son père. Il lui fit parvenir sa traduction aussitôt, en ajoutant un mot en bas de page : «C'était un des poèmes favoris de ta mère. D'où le tiens-tu?»

Mia s'assit. Ses mains tremblaient. Il fallait qu'elle arrête de voir Theo. Elle finit par prendre son portable :

— Allons dîner ce soir.

1. «Car finalement j'ai compris
Que les fleurs que porte l'arbre
Vivent de ce qu'il a d'enseveli» *(Traduction de l'auteur.)*

Une réservation avait été faite par Mia dans un bar à sushis au cœur de Westport, à dix minutes du bureau. C'était aussi un des restaurants préférés de Kwan. Elle s'y sentait en sécurité. Elle voulait annoncer à Theo qu'elle tenait à prendre ses distances.

Au lieu de cela, elle s'entendit parler de sa vie pendant tout le dîner.

— Ma mère est morte quand je suis née, je n'ai aucun souvenir d'elle. Papa m'en parle très peu. Je crois qu'il lui en veut de s'être suicidée.

— Je croyais qu'elle était morte en accouchant.

— Oui, je dis cela. Les gens sont effrayés par le mot *suicide*. Ce n'est pas grave. Je ne suis pas du tout affectée. Je n'ai eu aucune relation affective avec elle... Je ne saurais même pas dire ce que signifie pour moi d'être à moitié mapuche. J'aime mieux que les gens me prennent pour une Coréenne. Du coup, j'ai moins de choses à expliquer sur elle et sur moi...

— Tu sais pourquoi elle l'a fait ?

— Je sais que sa famille lui en a beaucoup voulu de s'être mariée avec papa. C'était une princesse mapuche... Je crois qu'elle était très belle.

— Tu as des photos d'elle ?

— Aucune.

— Et ton père n'en a pas gardé ?

— Le coup a été très dur pour lui. Il a quitté l'Argentine et n'a jamais voulu revenir. Il a refait sa vie ici. Il s'est marié avec Nicole quand j'avais à peine deux ans et a fini par prendre la nationalité américaine. C'est elle qui l'a aidé à sortir de l'alcool. Elle n'a jamais voulu avoir

214

d'autres enfants pour s'occuper de moi. C'est elle ma vraie mère. Nous avons eu beaucoup de chance.

— Et Nicole, comment est-elle arrivée dans sa vie?

— Nicole? C'est la sœur de son meilleur ami. C'est comme cela qu'ils se sont connus. Oncle George est capitaine de l'USAF[1]... C'est lui qui m'a aidée pour mon job. Sans lui, je n'aurais pas obtenu le feu vert pour rentrer à Swirbul and Collier.

— Oui. N'entre pas qui veut chez Swirbul and Collier, ajouta Theo en secouant les glaçons de son verre.

Il allongea la main et caressa la joue de Mia. Elle arrêta son geste.

— Non, Theo.

— Nous avons trop de choses en commun pour nous arrêter là...

— Je ne veux pas.

— Je n'irai que jusqu'où tu voudras, Mia. Je sais attendre.

L'aéroport de Newark était rempli de monde, la circulation était lente et les voitures faisaient la queue pour déposer les passagers puis luttaient pour se dégager du trafic. Theo, impatient, venait d'y laisser Julia qui partait pour un mois retrouver Ulysse. Une dernière manœuvre pour doubler la longue file de taxis et Theo regagna la fourche en direction de New York. Il prit le New Jersey Turnpike et traversa le Bronx sur une autoroute congestionnée, se disant qu'une fois de plus il avait fait

1. United States Air Force.

215

le mauvaix choix. Il passa finalement le péage et fonça vers le Connecticut Turnpike, qui longeait toute la côte de l'État, en direction de Trumbull. Il avait encore une heure de route devant lui.

Quand il gara sa voiture en face de l'immeuble de Mia, le ciel avait déjà viré au rouge. Un vol d'oiseaux passa en piaillant au-dessus de sa tête. Theo leva les yeux, un avion coupait l'azur d'une ligne blanche. Il resta immobile une seconde, puis sortit de la voiture.

Mia ouvrit. Elle portait une simple robe portefeuille verte nouée à la taille et des hauts talons noirs. Theo la regarda marcher vers une table dressée avec soin. Les bougies allumées au centre se reflétaient dans une grande baie vitrée. Tout était à sa place, dans un espace minimaliste, sans bibelots, ni cadres. Mia servit un verre de champagne qu'elle tendit à Theo.

— Que célébrons-nous aujourd'hui ? demanda-t-il en la prenant par la taille.

— Notre premier week-end en célibataires, répondit-elle en se rapprochant.

— Je croyais que tu m'avais fait venir pour me faire découvrir ta fameuse recette de blancs d'œufs au curry.

— Il y a autre chose au menu, lui dit-elle à l'oreille.

Elle le prit par la main et l'emmena.

Un rayon de soleil sur le visage le réveilla le lendemain. Mia dormait contre lui, les lèvres entrouvertes.

Il lui avait raconté sa vie — à sa façon —, son enfance avec Gabriel et la mort de son frère pendant la guerre sale. Il lui avait dit, par habitude peut-être, car il tenait toujours à brouiller les pistes, que les Montoneros l'avaient kidnappé pendant les terribles années de violence en Argentine. Mia n'avait aucune idée de ce qu'étaient les Montoneros et s'en fichait éperdument. Par ailleurs, il n'avait rien révélé de fondamental. Mais cela lui avait fait du bien. Pour la première fois, il sentait son passé loin derrière.

Depuis son arrivée aux États-Unis, Theo n'avait évoqué avec personne le nom de son frère, hormis avec son oncle Mayol et avec Julia. Il n'avait jamais avoué à qui que ce soit avoir cherché à travailler pour Swirbul and Collier, non pas dans le but d'obtenir la nationalité américaine — ce que tout le monde pensait —, mais dans celui de retrouver l'assassin de son frère Gabriel.

En entrant comme ingénieur de systèmes chez Swirbul and Collier, il espérait avoir accès à certains dossiers sensibles. Il avait été embauché très jeune, sitôt arrivé aux États-Unis. Dès ses premiers contacts avec la CIA, ses interlocuteurs n'avaient pas manqué de remarquer ses capacités exceptionnelles dans le domaine de la sécurité informatique. Il avait été aiguillé vers Swirbul and Collier et avait rapidement grimpé les échelons à l'intérieur de l'entreprise.

En tant que chef de son département, il était chargé d'assurer le service de tous les ordinateurs de la compagnie. Il avait ainsi ratissé méticuleusement les archives disponibles. Il savait que son homme se cachait aux États-Unis. Impossible pourtant de retrouver sa trace. Il avait vécu trente ans poussé par la haine, dans l'obsession de sa vengeance. Même Julia ne l'avait pas délivré. Or, ce matin-ci, il se sentait des envies de battre des ailes.

Theo et Mia grimpèrent dans la voiture à la hâte, alors que le soleil pointait à peine, et avalèrent un petit déjeuner de routards dans le premier *diner* ouvert. Ils firent une halte chez Theo pour sortir la moto du garage et enfiler les vestes en cuir. Ils se dirigèrent à toute allure vers le nord, libres sur une autoroute vide. Theo voulait atteindre Rhode Island avant le déjeuner, mais Mia voulait pousser plus loin. Ils arrivèrent à Cape Cod pour le coucher du soleil. La plage était quasi déserte, à l'exception d'une maman et de sa petite fille couverte d'un gigantesque chapeau de paille, qui les observait d'un air sévère, alors qu'ils se poursuivaient et s'éclaboussaient entre les vagues. Ils mangèrent sur le port, en se léchant les doigts, d'un arrivage de poissons qui sautaient encore entre les jambes des pêcheurs avant d'être frits, et refirent le chemin de retour, lentement, ivres, le nez dans les étoiles, pour se coucher à l'aube sans aucune envie de dormir.

Theo se réveilla le premier. Il aimait cet instant où Mia lui appartenait malgré elle. Il resta là fasciné, puis se leva doucement pour ne pas la réveiller, et alla s'habiller. Sur les murs du corridor, entre le salon et la chambre, Mia avait disposé une galerie de photos de famille. Theo s'approcha, d'un mouvement scrutateur. Il n'y avait que des portraits de Kwan et de ses parents. À l'exception de celle de son mariage, ou Mia rayonnait, embrassant son mari, avec ses parents d'un côté et ceux de Kwan de l'autre.

Une tasse de café à la main, Theo alla ensuite s'asseoir au salon. Il prit son portable et fit défiler ses messages distraitement. Il s'arrêta tout d'un coup, posa la tasse sur le plan de travail de la cuisine, et revint avec précipitation vers le couloir. Il se pencha pour regarder attentivement la photo du mariage de Mia. Un frisson lui parcourut l'échine.

27

ULYSSE

Été boréal, 1976

Escortée d'une infirmière, Julia fit son entrée dans la salle de maternité, les mains vides. Elle marchait difficilement. Elle s'assit sur le bord du lit avec une grimace. Tina la trouva changée. Les traits de son visage rappelaient ceux des madones italiennes.

— Alors? demanda Maby qui avait été transférée à la maternité pendant son absence.

— C'est un garçon! souffla Julia. Je n'ai pas eu la permission de l'amener moi-même. Il pèse trois kilos. Il a respiré à quinze heures vingt-sept minutes exactement.

— C'est important?

— Je ne sais pas, fit Julia en s'allongeant. L'infirmière me l'a posé sur la poitrine dès que Rubens est parti. Il a levé le nez et il m'a regardée. Je suis sûr qu'il voulait voir la tête qu'avait sa mère. Il s'est endormi aussi sec. Je crois qu'il était soulagé, le pauvre!

Tina et Maby riaient, assises tout près de Julia.

— Et Rubens? demanda Maby.

— Comme avec Tina. L'horreur. Mais pas assez pour abîmer ce moment.

— Les infirmières t'ont aidée ?

— Il y en a deux. Une seule m'a aidée. Elle neutralise Rubens, et l'autre, une sorcière pire que Rubens. Ils se détestent tous.

— Rassurant, fit Maby, avant d'ajouter : Beaucoup de dégâts ?

— Oui, sérieux : Ulysse sera mon seul enfant.

Il y eut un bref silence.

— Ulysse ? demanda Tina. Dur à porter pour un gamin !

— Tu ne pouvais pas trouver quelque chose de plus... local ? comme Pablo, Juan ? Que l'on puisse l'appeler « Pablito[1] ». Essaye de dire « Ulissito » rien que pour voir !

Toutes les trois éclatèrent de rire.

Julia se pinça les lèvres. Le regard perdu dans le vide, elle finit par dire :

— Je crois que ce nom lui ira bien. Ulysse n'a jamais perdu espoir. J'espère que mon fils lui ressemblera.

Tina fit une moue.

— J'aurais dû réfléchir comme toi avant d'appeler ma fille Dolores ! Dolores : cela ressemble plutôt à un coup de vache de mon inconscient.

Elles riaient aux larmes, lorsque la porte s'ouvrit sur deux infirmières portant chacune un nourrisson. Dolly venait de terminer quelques jours dans une couveuse et Ulysse pouvait passer quelques minutes avec Julia.

---

1. Diminutif traditionnel en espagnol.

Les jeunes mères s'assirent bien droites pour recevoir leurs bébés.

Soudain, sans crier gare, la petite folle du fond, qui s'était rapprochée en silence, s'élança et s'empara d'Ulysse.

— C'est mon bébé ! cria-t-elle en regardant tout autour d'un air égaré.

Julia n'avait jamais fait vraiment attention à cette jeune femme qui restait toujours assise dans son coin, le dos tourné. Elle faisait soudain irruption dans sa vie, suscitant la panique et les efforts de toutes pour la raisonner. Julia se glissa lentement vers elle.

Elle était fluette et sans doute très jeune, mais sa chevelure poivre et sel accentuait les effets d'un vieillissement prématuré. Tout en elle évoquait la peur et la fragilité d'un oiseau blessé. Elle se tenait le dos voûté, comme dans l'attente d'un coup.

— C'est mon bébé, répétait-elle.

Au son de sa voix, Julia resta clouée sur place. Cette voix. Oh oui ! Elle la reconnaissait. Malgré le rictus qui déformait sa bouche, la moitié du visage paralysé, malgré les sillons qui s'étaient creusés sur son visage, malgré son front dégarni et son regard perdu, Julia la reconnut. C'était Rosa. Son amie Rosa.

Celle sur qui El Loco s'était déchaîné après sa fuite avec Adriana. C'était bien Rosa, celle que Julia avait tirée de l'enfer du massacre d'Ezeiza, que Gabriel avait soignée et qu'il avait aimée. Rosa, son amie, qui tenait Ulysse entre ses bras, en croyant que c'était le bébé qu'elle avait eu, fruit du viol de son tortionnaire, et qu'elle tentait de protéger. Car, lui ayant tout arraché, ses bourreaux n'avaient pas réussi à extirper sa volonté d'aimer.

— Rosa...

«Rosa, répéta Julia, alors que tout autour le silence venait de se faire.

«Rosa, ma chérie, écoute-moi.

Rosa leva son regard vide sur Julia.

— C'est mon bébé.

— Non, ce n'est pas ton bébé. Il s'appelle Ulysse. Mais tu peux l'embrasser.

Rosa prit l'enfant en faisant très attention, et marcha lentement jusque vers le lit du fond. Elle s'assit et berça le petit Ulysse, en chantant d'une voix douce. Elle avait les gestes appropriés, le ton juste, l'attitude apaisée et accomplie. Le bébé s'endormit dans ses bras.

Julia essaya à maintes reprises d'établir un dialogue avec Rosa. Elle lui raconta tout ce qui lui était arrivé depuis Castelar, et lui parla de Paola — dont elle ne savait plus rien —, d'Adriana et d'Augusto. Elle sentait que la jeune femme l'écoutait, mais elle n'était jamais sûre d'avoir été comprise. Elle lui parla enfin de Gabriel, de sa mort, et lui confessa ses remords, sans obtenir de Rosa aucune réaction.

Rosa était la seule à ne pas recevoir de visites. Julia ne se souvenait pas qu'elle lui eût parlé de sa famille. Elle avait cru comprendre que Rosa avait grandi dans un foyer de substitution. Elle se rappelait pourtant que Gabriel avait mentionné ses parents. Il lui avait raconté comment il leur avait été présenté. C'était un couple détruit par l'alcoolisme, vivant à la limite de l'indigence, avec des comportements d'une grande violence, ce qui leur avait valu de perdre la garde de Rosa. Elle avait grandi ballottée d'un foyer à un autre, ne pouvant pas être donnée en adoption car ses parents refusaient de signer les documents d'abandon. Une fois majeure, Rosa s'était vite fait une petite situation, en accumulant des jobs à mi-temps qui lui permettaient de poursuivre son éducation universitaire. Elle avait été cooptée très jeune par un des réseaux clandestins des Montoneros, qui l'appréciaient, car Rosa était douée d'une extra-ordinaire mémoire et pouvait emmagasiner un grand nombre de données et les retransmettre sans que rien ne soit conservé par écrit. Lorsque Gabriel avait connu les parents de Rosa, il avait été choqué par le chantage auquel ils soumettaient leur fille. Ils lui réclamaient constamment de l'argent.

L'ayant retrouvée, Julia aurait voulu en savoir plus. Elle lui apportait Ulysse tous les jours pour qu'elle le berce. Rosa suivait ses indications au pied de la lettre, mais refusait de lui adresser la parole. La Rosa d'avant n'entrait pas facilement dans les confidences non plus. Julia avait pourtant confiance en elle, et son aide lui était précieuse. Comme l'avait prédit Tina, le docteur Rubens s'était acharné contre elle. Elle avait une méchante cicatrice qui la faisait beaucoup souffrir, et de terribles maux de tête, effets des médicaments qu'il avait testés sur elle. Julia passait la plupart du temps allongée, luttant contre ses migraines. Tina, de son côté, avait les mains occupées par Dolly, et Maby, sur le point d'accoucher, avait été transférée à l'unité de soins intensifs.

Un matin que Julia s'était étendue près de Rosa, elle l'entendit murmurer tandis qu'elle berçait l'enfant :

— Dis-moi, Muse, cet homme subtil qui erra si long-temps[1]...

Les mots s'enchaînaient avec facilité. Sa diction d'habitude confuse était cadencée et claire. Elle continua, ne s'arrêtant que pour reprendre son souffle :

— Ah! Combien les hommes accusent les dieux!
« Ils disent que leurs maux viennent de nous,
« Et, seuls, ils aggravent leur destinée par leur démence.

— Rosa, qu'est-ce que tu dis? l'interrompit Julia.

Rosa se retourna, la regarda, calme, et d'une voix posée répondit :

— Je le berce.

Julia s'assit sur le lit.

— Tu le berces?

— Oui...

— Qu'est-ce que tu lui racontes?

— L'*Odyssée*.

— Tu connais l'*Odyssée* par cœur?

— Je l'ai apprise à l'école.

— Rosa... et moi, tu me reconnais?

— ...

— Regarde-moi, Rosa.

Rosa détourna son visage.

— Rosa, est-ce que tu sais où nous sommes?

— Oui.

— Où sommes-nous, Rosa?

— Au foyer, répondit-elle d'une voix égale.

Julia esquissa un mouvement pour la prendre dans ses bras. Rosa posa l'enfant doucement sur le lit et s'éloigna.

1. L'*Odyssée* d'Homère (traduction de Leconte de Lisle, 1818-1894).

Elle n'accepta plus jamais que Julia l'approche, et refusa de s'occuper à nouveau du nourrisson.

La semaine suivante Rosa eut une nouvelle crise. Elle se jeta sur Rubens, lui arracha les lunettes et lui mordit la main.

— Sale folle, postillonna-t-il en s'éloignant. Tu ne paies rien pour attendre !

Quelque temps après, Julia fut informée que sa mère avait reçu la permission de lui rendre visite à nouveau. Elle ne fut pas autorisée à entrer dans la salle des malades, mais Julia savait que les contacts physiques au travers des barreaux étaient tolérés.

Quand elle la vit arriver, Julia prit son bébé, lui enleva la couverture en flanelle grise dans laquelle il était enveloppé et, tout petit comme il était, le glissa entre les barreaux dans les bras de sa mère. Julia n'avait pas prévu l'émotion que lui procurerait le fait de voir Ulysse dans les bras de sa mère. Quelque chose semblait s'être soudain débloqué en elle, comme si l'enfant dans la seconde était devenu son fils aux yeux du monde.

— Mama Fina patiente au-dehors, lui dit sa mère après quelques minutes. Si tu es d'accord, je voudrais lui présenter son arrière-petit-fils, et le lui mettre dans les bras…

Julia s'enquit auprès de la gardienne qui suivait la conversation.

— L'enfant ne peut pas sortir, dit la gardienne d'un air bourru. Mais vous pouvez faire entrer votre grand-mère. Juste pour une minute.

Enveloppée de soleil, Mama Fina fit une entrée remarquée. Avec son tailleur bleu-gris à liseré blanc, son petit chapeau tressé ton sur ton, son sourire et sa voix, elle avait réussi à remplir l'espace d'une bouffée de printemps. Julia eut honte de se montrer comme elle était, dans son vieux survêtement gris. Elle mit en ordre ses cheveux et s'approcha, émue. Mama Fina lui prit les mains à travers les barreaux, sans réussir à dire un mot.

— Tenez, fit la mère de Julia troublée, en lui mettant l'enfant dans les bras.

Mama Fina se retourna pour recevoir le bébé. Elle l'orienta vers la lumière et l'étudia avec attention.

— Il est parfait, dit-elle.

Elle se dirigea ensuite vers Julia avec un grand sourire.

— Alors, quel est son nom?

Julia se détendit.

— Ulysse Joseph d'Annunzio, dit-elle fièrement.

Mama Fina ouvrit de grands yeux.

— Ulysse Joseph! Merci, ma chérie, je suis très touchée. Et soulagée que Joseph ne vienne qu'en second. Fino n'est pas un diminutif heureux pour un homme.

— Dans ce cas-là, Ulissito non plus, plaisanta Julia.

Mama Fina devint soudain sérieuse. Elle tourna le dos à la gardienne en faisant passer le bébé à nouveau entre les barreaux.

— Le consulat de France va t'envoyer un émissaire pour initier les démarches d'asile. La procédure est maintenant en marche. Ton ange gardien nous aide à obtenir l'autorisation pour la visite.

— …?

— Tu sais bien… Celui qui passait en revue la troupe ce soir-là.

227

— ... Bien sûr... Quand ? demanda Julia en reprenant l'enfant.

— Madame, fit la voix sévère derrière elles, il faut vous retirer maintenant, votre visite est terminée.

— Sois patiente, glissa Mama Fina.

— Madame ! insista la gardienne.

— Allons-y, fit la mère de Julia en tirant Mama Fina par le bras.

— Vous pouvez encore rester quelques instants, dit la gardienne en s'adressant à la mère de Julia pendant que Mama Fina était reconduite.

— Maman, fit Julia, j'ai besoin de te demander un service.

Sa mère l'écouta mal à l'aise.

— Je voudrais que tu t'occupes de Rosa. Il faut retrouver sa famille. C'était la fiancée de Gabriel, elle est devenue folle après la torture.

— Après la torture ?... Tu veux dire... Mon Dieu !

Elle suivit du regard le geste de Julia et vit Rosa accroupie dans le fond. Blême, elle revint sur sa fille et prit son visage entre ses mains.

— Mon Dieu ! répéta-t-elle.

À partir de ce moment, tout s'accéléra. Le consulat de France envoya un émissaire à la prison de Villa Devoto, mais celui-ci se vit refuser la possibilité d'un entretien avec Julia. La France prit alors la décision de conférer l'asile politique à Julia et à son enfant. Un laissez-passer fut délivré à leurs noms autorisant leur entrée en territoire français.

Le jour où Rosa fut transférée dans l'unité des malades

mentaux, Julia fut envoyée au Pavillon 49. C'était le pavillon des mères recluses. Ce même jour, Julia apprit que le gouvernement argentin venait de décréter son expulsion du pays. Elle en fut informée alors qu'elle était en train de discuter avec Tina d'un changement de loi récent, qui réduisait de deux ans à six mois le temps accordé aux prisonnières pour garder leurs enfants auprès d'elles. Avec l'annonce de l'expulsion, Julia comprit que sa vie venait de bifurquer. De toutes les personnes que son nouveau destin l'obligeait à quitter, c'était la séparation d'avec Mama Fina qui la tourmentait le plus. Elle ne pouvait pas imaginer comment retrouver Theo sans elle. Lorsque le moment fut venu de préparer ses affaires, la seule chose qu'elle tint absolument à emporter fut le paquet de lettres soigneusement pliées dans leurs enveloppes bleues que Mama Fina lui avait fait parvenir sans discontinuer durant sa captivité.

Habillée de la robe en satin rouge qu'elle avait portée pour ses dix-huit ans, Julia se présenta à l'aéroport d'Ezeiza. N'ayant plus de place pour la tasser dans la petite valise qu'on lui avait autorisée, Julia s'était résolue à la porter sous son vieux manteau gris. Elle avançait la tête haute en poussant son landau d'une main, l'autre étant menottée au policier qui devait l'accompagner jusqu'à l'avion.

Les personnes qui observaient Julia traverser les interminables couloirs de l'aéroport, avec le landau et le policier, se retournaient intriguées. Julia y trouva une compensation au silence obstiné de l'agent qui l'escortait.

Cinq minutes avant d'embarquer, Julia fut autorisée à voir les membres de sa famille une dernière fois, derrière une glace, dans un des corridors d'accès. Son père aux cheveux blancs et sa mère, près de lui, étaient collés à la vitre. Anna pleurait dans les bras de Pablo qui se tenait derrière elle. Les jumeaux avaient pris leurs guitares et jouaient quelque chose qu'elle ne pouvait entendre. Julia vit Mama Fina en dernier. Elle éclata en sanglots. Le policier la poussa en avant alors qu'elle prenait Ulysse dans ses bras pour qu'ils puissent tous le voir. Elle se laissa faire, regardant en arrière jusqu'à ne plus les voir.

En montant dans l'avion d'Aerolíneas Argentinas, Julia essuyait ses yeux. Elle sentit le poids des regards sur elle dès qu'elle franchit la porte et garda les yeux baissés. Elle enchaîna une série de gestes inutiles pour se donner de la contenance, tandis que l'agent de police remettait les documents de voyage au chef de cabine. Il lui enleva ensuite les menottes, les accrocha à sa ceinture, et lui fit signe de s'asseoir. Il sortit juste avant que la porte de l'avion ne se referme. Une hôtesse passa près de Julia, le regard condescendant. Elle s'arrêta, poussa la petite valise de Julia d'un coup de pied sous le siège, et lui ordonna de mettre sa ceinture de sécurité.

L'avion décolla, Julia contempla par la fenêtre son monde qui rapetissait. Ulysse dormait déjà dans ses bras. Elle soupira, se pencha en avant pour ramener la petite valise et posa ses deux pieds dessus.

C'est tout ce que j'ai, se dit-elle, mais je n'ai besoin de rien d'autre.

28

LE DÉMÉNAGEMENT

Hiver boréal, 2006

Julia boucle sa petite valise et regarde autour d'elle. Il ne reste plus rien, plus une trace de son passage dans cette maison. Même la photo sur la cheminée a disparu. Une vingtaine de boîtes de rangement sont empilées devant elle, prêtes à partir, remplies d'objets inutiles qu'elle ne se résout pas à jeter.

Si elle avait utilisé les coupons que Theo avait mis de côté pour elle, Julia aurait pu économiser dix pour cent de remise sur les boîtes. Elle les a laissés traîner sur le comptoir de la cuisine. Elle ne veut plus. Elle refuse de jouer le jeu plus longtemps.

Lorsque les déménageurs arriveront, ils n'auront plus que quelques meubles à couvrir avant de les fourguer dans le container qui partira pour la France. Elle pousse sa valise à plat au bas du lit, s'assied sur le rebord et pose ses pieds dessus. Elle a certes plus d'objets qu'à sa sortie de Devoto. Mais elle ne tient qu'à ceux qui sont là. Elle garde toujours, bien ficelé, le petit paquet d'enveloppes bleues avec les lettres de Mama Fina.

Les déménageurs arriveront dans une heure. Elle n'a rien d'autre à faire. Elle s'était imaginé les choses différemment. Ils se seraient réveillés tôt, ils auraient eu le temps de se regarder, d'avoir mal ensemble. Theo l'aurait aidée.

C'est peut-être mieux ainsi. Elle a cessé de l'attendre. Elle a passé la nuit seule, et elle a réussi à dormir. C'est plus qu'elle n'espérait. Cela fait des semaines qu'elle est incapable de trouver le sommeil. Et ce mal de ventre qui l'épuise. Elle se sent usée. Exister est devenu une corvée dans un monde fade. Même les kilos qu'elle perd ne lui font pas plaisir.

Theo, lui, est déjà dans sa nouvelle vie. Elle désirerait elle aussi être amoureuse, impatiente. Elle voudrait parfois lui en vouloir, le détester. Elle n'y arrive pas. Elle l'aime encore, peut-être, mais elle ne l'aimera plus. Son amour est une maladie dont elle guérira. Un jour, elle se souviendra de sa douleur, mais plus de son attachement. Elle ne l'aimera plus, certes, mais elle veut l'aimer toujours, d'une autre façon. Elle a besoin de cette certitude pour guérir.

Elle se décide enfin. Elle ne peut plus se refuser d'y aller. Même si elle a tellement voulu être l'exception, faire mentir les présages, connaître elle aussi la grâce de dévier le destin. Elle ouvre la petite valise, déficelle les enveloppes jaunies par le temps, et tire un des feuillets au hasard. La voix de Mama Fina lui revient distincte, puissante, réelle avec chaque mot.

Julia se laisse glisser par terre. Les convulsions arrivent vite. Elle a appris à voyager à sa guise. Elle sait ce qu'elle veut. Ce n'est pas le futur qui l'intéresse. Elle tient à revenir en arrière, revoir, comprendre. Elle plonge dans la substance épaisse et blanche avec confiance, son corps inerte abandonné derrière elle. Elle glisse, portée par ses émotions. Ce sont elles qui lui permettent d'avancer. Julia a appris. Elle connaît le circuit à travers les stades de conscience, les connexions possibles, les ouvertures. Elle sait que les émotions sont une force universelle, soumises aux mêmes lois que l'énergie, opérant par vases communicants. Elle avance à rebours, recherchant le point d'inflexion, là où le contact avec l'autre est inévitable. Et elle refait surface, d'un coup.

La fontaine du patio n'est qu'une confirmation de la maîtrise qu'elle a acquise. Julia regarde satisfaite. Elle connaît. Elle veut prendre son temps, s'imprégner à nouveau de ce monde qui est le sien. Les yeux de son hôte lui correspondent. Julia se promène dans chacune des pièces. Elle quitte le patio pour chercher la *bombilla de maté cocido* qui l'attend sur la grande table en merisier de la salle à manger. Elle traverse le salon, le piano droit sur lequel elle a appris à jouer, tout comme son père, est toujours à la même place. Un journal plié sur le fauteuil de Mama Fina lui indique la date, 6 août 1984. Bien sûr, c'est le jour de son anniversaire. Ce n'est évidemment pas une coïncidence.

Dans la chambre de Mama Fina, le lit porte la marque d'une sieste récente, mais les rideaux ne sont pas tirés. Il est encore tôt. Elle s'approche de la table de chevet, la photo d'elle embrassant Ulysse en tenue de pompier prend une grande place encadrée à côté de celle de ses parents. Le tiroir de la petite table de nuit s'ouvre. Le rosaire, les lunettes, les médicaments. Julia voit la main de Mama Fina fouiller pour en sortir une grosse loupe.

Elle repart dans le corridor. Julia sait qu'elle se dirige vers sa chambre. Elle pourrait compter les pas. Tout est là, intact, comme hier, le jour où elle est partie vivre avec Theo. Son lit, ses livres de poésie, ses cahiers de dessin, ses vieux magazines, sa coiffeuse, son bureau.

Mama Fina allume la lumière, et s'installe au bureau de Julia. Elle sort du tiroir central un dossier qu'elle pose dessus avec soin. Elle l'ouvre. Des papiers et des coupures de journaux s'entassent sans ordre. Elle commence à les trier soigneusement en s'aidant de la loupe. Il y a de tout, des recettes de cuisine, des annonces de film, des articles. Parmi les papiers, Mama Fina retrouve un dessin d'enfant qu'elle met de côté, sur un coin du bureau. Julia le reconnaît. C'est celui qu'elle a offert à Mama Fina pour lui expliquer son premier «voyage», alors qu'elle n'avait que cinq ans. Mama Fina presse sa main dessus, tandis qu'elle reprend son classement.

Ayant déjà inspecté la moitié du contenu, elle s'arrête devant une coupure de journal qu'elle rapproche de la lumière. Il s'agit d'un article dans un magazine de mondanités. Il est question du mariage d'un capitaine de l'armée de l'air. Ignacio Castro Matamoros, lit Julia sur la légende, avec une jolie fille du nom de Mailen Ibañez Amun. Mama Fina regarde la photo et approche la loupe du visage des jeunes mariés. Julia ne peut s'empêcher de constater que la jeune épouse lui ressemble. Elle a d'ailleurs probablement le même âge que Julia. Mais c'est sur l'image du jeune mari que Mama Fina s'attarde. C'est un homme grand, musclé, les cheveux coupés à ras, les yeux bleu pétrole, une cicatrice sur la tempe. Mama Fina pose la coupure sur le dessin de Julia et continue son tri.

Soudain, elle s'interrompt, se lève, et traverse à nouveau le couloir. Elle rentre au salon, allume et s'assied sur son fauteuil pour répondre au téléphone. Le journal qu'elle pose sur ses genoux, *El Clarín*, est plié à la page *Policiales*. Une photo montre un groupe d'agents devant un alignement de maisons toutes identiques. Julia croit reconnaître le commissaire Angelini, l'ami de Mama Fina. La légende à peine lisible indique que la police recherche l'assassin. Sa grand-mère pianote nerveusement de ses doigts l'accoudoir de son fauteuil. Elle cherche sa source, Julia le sait.

Avant de raccrocher, Mama Fina contemple le combiné un moment. Julia désirerait être là pour travailler avec elle. Elle repart dans la chambre de Julia, range à nouveau le dossier dans le tiroir, et laisse le dessin et l'article dehors sur un coin du bureau. Elle s'installe ensuite avec du papier bleu et une plume qu'elle a sortis du tiroir latéral, et se met à écrire. Julia connaît la lettre par cœur. C'est celle qu'elle tient encore dans la main.

Une secousse l'ébranle. Julia est déconnectée brutalement. Elle repart projetée dans le néant, luttant pour rester près de Mama Fina. Son être est aspiré vers l'avant. Son corps exige de revenir. Il est temps. Il faut qu'elle revienne. Soit. Ses yeux s'ouvrent instantanément. Un gros gars en salopette bleue, penché sur elle, lui respirant son tabac dessus, la regarde consterné :

— Ça va, madame? Vous vous sentez bien?

— … Oui, je vais bien, merci. J'ai dû m'assoupir, je suis désolée.

235

— Comme j'ai vu que la porte était ouverte, et que tout était déjà emballé, j'ai pensé…

— Ne vous inquiétez pas, vous avez bien fait.

Julia se lève, coiffe ses cheveux de la main et lisse son pantalon. Elle regarde la lettre de Mama Fina qu'elle tient toujours entre les doigts. Il faudra qu'elle la relise attentivement.

Mais pas maintenant. Il faut qu'elle s'occupe de ce déménagement.

29

LA RÈGLE

Hiver boréal, 2006

Julia guette par la fenêtre l'équipe de déménageurs qui s'épuise sur son piano Art déco. C'est un George Steck. Il a voyagé depuis l'Argentine jusqu'au Connecticut et Julia ne compte pas le laisser. Ce n'est pas seulement une pièce rare, avec sa caisse en marqueterie à dénivelés et sa table d'harmonie ovale, c'est aussi celui du salon de chez Mama Fina.

Les déménageurs ne vont pas tarder à réclamer leur pause. Julia consulte sa montre. Comme s'il avait pu l'entendre, l'homme à la salopette bleue s'avance sur le gazon d'un pas décidé. Julia descend les escaliers à la hâte. Trop tard : il foule ses plates-bandes au passage.

— Nous prenons une petite demi-heure, dit l'homme.

— Oui, bien sûr, allez-y, répond-elle en regardant les empreintes de terre noire sur son parquet.

Les hommes sont déjà assis dans le grand camion avec leur casse-croûte. Julia se sent toute drôle. Elle s'assied elle aussi sur les escaliers. Elle laisse le fleuve d'images remonter à nouveau.

La pièce sombre, la porte entrebâillée. Le regard se déplace de la salle de bains vers la table de nuit. Dans la pénombre, Theo allonge le bras pour prendre un objet qu'il ramène vers lui. Il allume l'écran d'un téléphone portable, et lit un texte de trois lignes. Il joue un instant à faire défiler les messages sur le visuel, puis éteint l'appareil. Ses yeux se reportent à nouveau sur la salle de bains. La jeune fille se maquille, penchée en avant pour se rapprocher du miroir. Elle porte de hauts talons noirs. Les serviettes de l'hôtel son jetées en vrac par terre. La jeune fille va faire un signe, prendre son sac et claquer la porte.

Avec le besoin de s'asperger le visage d'eau, Julia se lève, va et se sert au passage un verre de lait froid du frigidaire. Elle secoue la tête comme pour se débarrasser de ces images. Julia est nerveuse à l'idée que Theo puisse faire irruption, elle ne veut pas le voir, pas maintenant. Elle vérifie de nouveau sa montre. Il y a des métiers où les gens sont toujours à l'heure. Ceux qu'elle attend ne font vraisemblablement pas partie de cette catégorie.

Elle inspecte autour d'elle une nouvelle fois, et grimace.

— Mince, j'ai oublié la vaisselle.

Il faudra leur demander de l'emballer. Ils ne seront pas contents. Décidément, elle avait la tête ailleurs. Julia ouvre les placards.

— Tant pis, je laisse tout.

La sonnerie de son portable la fait sursauter. Elle part à sa recherche. Impossible de trouver l'appareil, il s'est tu maintenant. Julia fouille derrière les caisses, entre les coussins, sur le rebord des fenêtres, dans le frigidaire. Finalement, elle se décide à prendre le téléphone fixe et compose son propre numéro. La sonnerie vient d'en haut. Elle a dû le glisser dans sa valise. Non, l'appareil l'attend dans les toilettes, il vibre et sonne à la fois, en équilibre sur le lavabo.

C'est un message de Theo. Julia a un geste d'agacement.

Elle sursaute à nouveau. Cette fois-ci, c'est la porte. La troupe de costauds s'impatiente déjà sur le perron. Elle dévale les escaliers, le portable à la main, et leur ouvre. Maintenant c'est le patron qui entre, solennel, en complet veston. Julia doit remplir et signer une dizaine de formulaires. Les autres hommes se sont déjà éparpillés dans tous les coins de la maison et procèdent à l'emballage de ce qui reste. Il faut qu'elle intervienne pour leur expliquer que le reste appartient à son mari.

Le patron quitte les lieux. Julia se sent soudain plus à l'aise, les hommes aussi. L'un d'eux revient équipé d'une grosse radio de chantier jaune et noir, fabriquée, dit-il, pour survivre à un cataclysme. Il demande la permission de la brancher pendant qu'il emballera la vaisselle. Impossible de refuser. Le son explose dans la maison et Julia sursaute à nouveau. Cette fois, elle en rit.

— C'est qu'on veut suivre les bulletins d'infos. Vous êtes au courant pour l'avion ? lui dit l'homme qui ne peut rester plus d'une minute dans le silence.

Julia lève les sourcils. Cela fait quelques jours qu'elle n'est plus au courant de rien. En fait, elle est d'accord pour qu'ils écoutent ce qu'ils veulent, elle voudrait juste jeter un coup d'œil au message de Theo.

— Non, répond-elle courtoisement en essayant de s'isoler.

— C'est un jet privé qui faisait la route entre New York et Boston. Ils tentent de le faire atterrir pas très loin d'ici. Il paraît qu'il y a un aéroport à Stratford.

— Ah bon! fait Julia, distraite.

— Oui, je vais vous le mettre en direct, continue l'homme, empressé.

Il tourne les boutons de la radio dans tous les sens. Une voix féminine se répand dans le salon pour décrire les manœuvres d'un avion en détresse, ainsi que la panoplie de mesures pour assurer son atterrissage d'urgence sur la piste du petit aéroport de Bridgeport.

— ... le Sikorsky Memorial, qui en fait se trouve à Stratford, ajoute la voix avant d'entamer une longue discussion sur les fondements de la confrontation entre les deux municipalités.

Absente, Julia cherche à s'isoler. Le message de Theo retient toute son attention. Trois lignes pour lui demander de l'excuser. Il l'appelle « mon amour ».

— Mais quel crétin!

Les têtes se retournent. Non, elle n'a pas d'explication à donner. Elle va plutôt monter dans sa chambre. Elle relira les lettres de Mama Fina.

La radio jaune continue d'apporter des détails sur l'urgence. L'avion accumule les problèmes. Il est maintenant question d'un atterrissage forcé.

Julia revient dans la cuisine les mains sur les hanches. Et puis, non. Elle emmène aussi toute la vaisselle. Et la batterie de cuisine. Elle sort les piles d'assiettes, grandes, moyennes, petites; les tasses; les soucoupes, la théière, cafetière, pots à lait, casseroles, poêles. Elle dispose le tout sur le plan de travail en alignement militaire.

— Messieurs, j'avais oublié tout ceci.

Les hommes se regardent. L'homme à la salopette bleue tourne autour de Julia, se gratte la tête en levant sa casquette, et déclare d'une voix d'expert :

— Cela prendra au moins une heure et demie de plus.

Julia acquiesce. La facture sera substantielle. Voilà le dernier de ses soucis. Elle n'arrive toujours pas à avaler son aplomb.

— Si je ne l'avais pas vu de mes propres yeux, je serais encore à l'attendre en me disant qu'il n'est pas rentré de la nuit parce qu'il a beaucoup de travail ! marmonne-t-elle en allant se poster près de la porte d'entrée.

Les déménageurs ont presque fini. Ils roulent les tapis, ferment les dernières boîtes. La radio continue d'émettre des bulletins de dernière minute. L'avion est à quelques kilomètres de Fairfield. Il survole le Connecticut Turnpike et a entrepris de s'alléger de son carburant. Il n'atteindra pas Stratford. Le pilote demande que l'autoroute soit dégagée. Les autorités ont donné l'ordre d'évacuation.

Le poste de radio jaune et noir trône au milieu de la pièce. Julia se retourne lentement pour le regarder comme si elle venait de le découvrir. La voix continue : l'autoroute, Fairfield, l'avion. Le monde se met à tourner au ralenti. Elle entend de loin la voix de Mama Fina : «Julia, répète-moi ce qu'il faut que tu retiennes... » Elle devient blême.

— Bon Dieu ! s'écrie Julia.

Elle se précipite dehors. Elle a envie d'appeler au secours, de partir en courant. Elle revient à toute allure, remonte les escaliers quatre à quatre, cherche dans son sac les clés de la voiture et prend son portable. Le camion du déménagement bloque la voie d'accès.

— C'est une question de vie ou de mort, dit-elle au gars en salopette bleue.

Les hommes, à l'écart, rouspètent. L'homme jette sa cigarette, prend les commandes et entame la manœuvre.

Julia est déjà au volant de sa voiture, elle appelle Theo pendant que le camion dégage l'accès. Une fois, deux fois, vingt fois.

— Il a éteint son portable! hurle Julia en tapant sur le volant.

30

LE MENSONGE

Entre les printemps boréals (1977-1980)

En cas de dépressurisation de l'avion, les masques à oxygène tomberont automatiquement, a dit l'hôtesse. La mère était tenue de se servir d'abord. Elle devait assurer sa propre sécurité avant de penser à s'occuper de son enfant. Si elle n'avait pas été instruite dans ce sens, Julia aurait fait exactement le contraire.

Pourtant, Mama Fina avait toujours exigé qu'elle soit au mieux de sa forme, pour être en état de secourir les autres. C'était la même logique.

— Ton corps n'a que les limites que ton esprit lui impose, lui disait Mama Fina.

Tout cela lui semblait loin. Partant en exil, seule, avec son bébé dans les bras, elle doutait de ses propres capacités et de la force de son esprit. L'hôtesse ne l'aidait pas. Elle ne la reverrait probablement jamais, mais c'était son premier contact avec le monde du dehors, et elle voulait bien commencer.

Julia releva la tête au passage de la jeune femme. Elle la regarda en souriant. Elle n'avait pas à avoir honte. L'hôtesse ne lui rendit pas son sourire, voulant l'ignorer du haut de sa personne, mais Julia remarqua un relâchement de ses lèvres qui la rassura. Certes son histoire était difficile, et elle traversait l'Atlantique pour atterrir dans un pays où elle ne connaissait personne. Mais elle ne voulait plus avoir peur.

L'hôtesse avait fini le service des passagers lorsqu'elle vint s'accroupir près de Julia. Elle voulait savoir si Ulysse avait besoin que son biberon lui soit réchauffé. Julia paya de retour ce premier geste en lui faisant sentir combien elle était indispensable. De fil en aiguille, Julia finit par lui raconter un peu sa vie. La curiosité de la jeune hôtesse vint à bout de sa réticence. Argentine de naissance, de la même génération que Julia, elle ignorait tout de la politique, et en particulier du plan d'extermination de la gauche mise en place par la junte militaire de son propre pays.

— Je m'appelle Alice. Est-ce que je peux faire quelque chose pour t'aider?

— Je ne sais pas, j'ignore tout de la France et des conditions de mon arrivée.

— Justement, ta famille doit être très angoissée de te voir partir comme cela. Je fais l'aller-retour toutes les semaines, je veux bien te servir de liaison. Donne-moi tes lettres et je te rapporterai les leurs.

La poste étant particulièrement lente, et le téléphone très cher, elle pourrait grâce à la jeune hôtesse communiquer aisément avec les siens. Et elle venait de trouver une amie. Cette idée lui redonna courage.

Julia atterrit à Roissy un matin brumeux de printemps. Elle fut accueillie par une représentante de la fondation

244

France terre d'asile, Conchita, une jeune Chilienne, traductrice de profession. Elle avait suivi son dossier depuis plus de six mois, en contact constant avec sa famille et avec l'ambassade de France à Buenos Aires. Julia se sentit tout de suite à l'aise.

Conchita avait pris Ulysse dans ses bras en habituée, et le bébé n'avait pas arrêté de gazouiller en traversant les Escalator futuristes qui menaient vers la sortie. Julia avait l'impression de glisser à l'intérieur d'une soucoupe volante.

— Tu seras hébergée pendant six mois dans un foyer pour réfugiés à Fontenay-sous-Bois et tu suivras des cours intensifs de français à l'église de la Porte de Choisy. Après on verra, lui annonça la jeune Chilienne.

Il y avait dans le foyer des Brésiliens, des Chiliens et d'autres Argentins, réfugiés comme elle, fuyant tous les dictatures du continent. Julia n'eut pas le temps de s'ennuyer. Le soir, après les cours et une fois Ulysse endormi dans la petite chambre qui leur avait été allouée, Julia retrouvait Conchita et le curé qui s'occupait des cours dans la paroisse. Ils s'étaient mis dans la tête de faire d'elle une traductrice au service des nouveaux arrivants.

Au bout de six mois, Julia réussit à louer un petit appartement en cumulant les aides au logement, celles prévues pour les mères célibataires et son revenu d'ouvrière à temps partiel dans une usine chimique de Fontenay-sous-Bois. Son activité d'interprète était, elle, bénévole. Et elle avait encore du temps pour s'entretenir avec une foule de gens qui venaient la voir, sans aucune autre raison que celle de la remercier, comme ceux qui continuaient à défiler chez Mama Fina dans le quartier de La Boca.

Dans son nouveau monde, Julia ne se sentait plus seule. Elle s'était par ailleurs liée d'amitié avec un étudiant français qui l'aidait à s'occuper d'Ulysse et qui, elle le voyait bien, s'était épris d'elle. Mais Julia vivait entre parenthèses, dans l'attente du moment où elle pourrait rejoindre Theo.

Malheureusement pour elle, les nouvelles d'Argentine n'étaient pas des meilleures. Alice lui rapportait régulièrement les lettres de sa famille, dont les enveloppes bleues de Mama Fina, qu'elle attendait plus que tout. Mais il n'y avait toujours aucune trace de Theo, ni d'Adriana.

En plein milieu de l'avenue de la Grande-Armée, les réfugiés latino-américains avaient découvert une cabine téléphonique célèbre parmi eux, car judicieusement détraquée. En composant une certaine succession de chiffres, on pouvait passer gratuitement des appels longue distance en Amérique latine. Julia en avait été avertie par des amis. C'était le seul moyen pour elle d'entendre la voix de Mama Fina de façon régulière, celle d'Anna et de quelques amies d'école. Cela contribua à rendre son exil beaucoup plus tolérable.

— Je viens te voir cet été, lui annonça Mama Fina alors qu'Ulysse allait fêter ses deux ans.

Julia vécut les mois suivants dans l'attente de ces retrouvailles. Elle gardait aussi l'espoir que Mama Fina arriverait avec des informations confidentielles qu'elle n'aurait pu lui révéler au téléphone.

L'idée que Theo pouvait être en vie maintenait Julia la tête hors de l'eau. Si personne n'avait réussi à confirmer son départ avec Adriana de Buenos Aires sur le *Donizetti*, c'était tout simplement parce que leur plan de fugue était si bon qu'ils n'avaient laissé aucune trace. Mama Fina disait en effet avoir perdu tout contact avec le capitaine Torricelli et le *Donizetti* n'était plus jamais revenu en Amérique du Sud. Cela semblait normal : ce voyage avait été son dernier, et le bateau avait été envoyé à la casse en 1977. Par ailleurs, le père Miguel, chez qui Mama Fina avait laissé l'argent et chez qui Julia avait envoyé Adriana, comptait parmi les récents *desaparecidos* de la junte. Il avait été soupçonné d'être en relation avec les Montoneros, et Mama Fina savait à travers Angelini que ce n'était pas à cause de la fugue de Theo. Mais si Theo était vivant, pourquoi n'avait-il pas tenté de savoir ce qu'Ulysse et elle étaient devenus ?

— Je commence à envisager le pire, avoua Julia à son ami Olivier.

— Oui, c'est curieux que tu n'aies aucune nouvelle depuis plus d'un an.

— Cela ne lui ressemble pas. Il aurait trouvé un moyen pour communiquer s'il le pouvait, ajouta Julia en surveillant Ulysse qui se dandinait entre la table et la porte de la cuisine, prête à le rattraper avant qu'il ne tombe.

Olivier arriva un soir très excité. Il avait appris que des militants montoneros essayaient de rentrer en Argentine clandestinement. C'était juste après la Coupe du Monde de football. Ils avaient le projet de mettre fin à la dictature.

— C'est inouï, tu ne trouves pas ?

— Tu es sûr que ce ne sont pas des ragots ? avait demandé Julia.

— Écoute, je sais ce que je te dis. Je t'assure, j'ai aussi mes contacts !

— Ah bon ?

— Si tu veux tout savoir, une délégation des Montoneros a assisté à la dernière conférence du Mouvement de la jeunesse socialiste. Disons que le P.S. a de bonnes relations avec eux...

— ... Et alors ?

— Eh bien, ils ont l'appui des sociaux-démocrates européens. Leur chef a vu tout le monde, Willy Brandt, Felipe González, Olof Palme, même Mitterrand !

— Mais justement, cela me semble tellement stupide. Excuse-moi, mais s'ils ont autant d'appuis, pourquoi aller se jeter dans la gueule du loup, alors qu'ils peuvent combattre du dehors !

— Alors d'après toi, ils devraient se la couler douce à l'étranger pendant que les autres se font massacrer ? Moi, si j'étais à leur place, je ferais comme eux !

Julia se tut. Olivier gardait les yeux fixés sur le sol, un verre à la main.

— N'en parlons plus, finit-il par dire.

— Sait-on de qui il s'agit ?

— Mais non ! Tu imagines bien que ça ne sort pas dans les journaux.

— Tu es bien au courant, toi ! Ce n'est pas si secret, alors.

Olivier partit en claquant la porte.

Il revint sur le sujet quelques semaines plus tard.

— Tu te souviens de l'histoire que je t'ai racontée?

— De ton débarquement de Normandie? fit Julia en habillant Ulysse pour l'emmener à la maternelle.

— Ce n'est pas très gentil, Julia… Mais, en fait, je crois que tu avais raison.

— C'est-à-dire? demanda Julia en enfilant à la hâte son manteau.

— Ils se sont fait arrêter à leur arrivée au pays par le bataillon 601. Ça te dit quelque chose?

Julia enfonça le bonnet sur la tête d'Ulysse, et resta accroupie.

— Comment le sais-tu?

— Je le sais. C'est tout.

— Tu sais où ils sont, là, maintenant?

— Disparition forcée.

Julia essuya des gouttes de sueur qui perlaient sur son front.

— Accompagne-moi déposer Ulysse à l'école, tu veux bien?

Olivier prit l'enfant dans ses bras.

— Est-ce que tu as des noms? demanda Julia en sortant de l'immeuble.

— Pas vraiment. Je sais juste qu'il y a le fils d'un comédien, Marcos Zucker, qui est tombé.

— Hum… Marcos Zucker?

— Oui…

— Je ne vois pas… Et qui d'autre?

— On ne sait pas trop. Ce qui est sûr c'est qu'ils ont été envoyés au Campito.

Julia devint très pâle. Elle embrassa Ulysse, lui fit un sourire, et le mit entre les mains de sa maîtresse.

Les prisonniers ne revenaient jamais du Campito, appellation trompeuse du camp de concentration installé à l'intérieur de l'école militaire du Campo de Mayo. Julia le savait. Elle avait entendu dire à la maternité de Devoto que les militaires y envoyaient tout spécialement les prisonnières enceintes. Il existait une liste de militaires désireux d'adopter leurs bébés. Après la naissance, les mères étaient exécutées et les enfants remis à leurs nouveaux parents.

Envahie d'angoisse, Julia ne voulait plus en parler. Elle savait que le doute est un poison mortel. Mama Fina l'avait mise en garde contre la tentation d'exprimer ses appréhensions en public car, disait-elle, l'énergie portée par les mots pouvait transformer nos craintes en réalité. Julia ne disait donc rien, mais c'était une éventualité qu'elle ne pouvait pas exclure. Si Theo avait accepté de revenir en Argentine et avait été capturé de nouveau, cela expliquait son silence. Son attitude face aux petites choses de la vie changea. Elle avait perdu l'appétit, et traînait un air taciturne que seul Ulysse réussissait à dissiper momentanément.

Alertés par Alice, les parents de Julia décidèrent de lui mentir. On lui fit croire que Theo était détenu à la prison numéro 9 de la Plata, ce qui en soi était une bonne nouvelle. Elle fut prévenue que Theo n'aurait pas le droit de lui écrire, mais qu'il pourrait néanmoins recevoir ses lettres.

La vie de Julia changea aussitôt. Elle se mit à faire des

projets d'avenir, et chercha à s'établir professionnellement pour être en mesure d'accueillir Theo à sa sortie.

— Il faut que nous arrêtions de nous voir, avait-elle demandé à Olivier.

— Mais je peux continuer à t'aider, tu sais...

— ... Il ne vaut mieux pas. Comprends-moi.

— Je ne veux pas qu'Ulysse sorte de ma vie comme cela, Julia, et puis, tu ne sais même pas si Theo voudra revenir vivre avec toi. La prison change les gens...

— Pas lui. Et c'est le père d'Ulysse, Olivier.

— Laisse-moi t'aider, insista-t-il.

— La meilleure façon de m'aider, c'est de t'éloigner de nous.

La séparation d'avec Olivier fut plus difficile qu'elle ne l'avait envisagé. Elle se retrouva très seule et, le temps passant, elle ne se sentait pas plus proche de Theo.

Anna était mortifiée par le mensonge familial le concernant. D'une certaine manière, elle jugeait que c'était un manque de respect vis-à-vis de Julia. Elle entreprit donc de faire ses propres recherches, en s'abstenant d'en parler à qui que ce soit.

Elle se rendit d'abord chez les d'Uccello. La maison était vide. Elle apprit cependant par une des voisines que l'oncle de Theo s'était occupé de la maison pendant un temps.

— Je crois que c'est le frère de Mme d'Uccello, lui dit la dame. C'est eux qui ont l'argent, vous savez.

— Ah... Et ce monsieur...?

— M. Mayol? Il est parti vivre à l'étranger. Il va travailler avec une grosse entreprise américaine. C'est un scientifique très compétent, à ce que j'ai cru comprendre.

Au collège National de Buenos Aires, là où Theo et Gabriel avaient fait leurs études secondaires, Anna ne trouva rien d'intéressant. L'accueil froid qu'on lui réserva la dissuada de poser plus de questions. Elle évita soigneusement les universités car elles étaient sous la surveillance des services d'intelligence, et finit par se rendre à la paroisse du père Mugica, plus dans l'espoir de reprendre du courage que dans l'attente de nouvelles informations.

— Vous devriez aller au Colegio Máximo de San Miguel parler avec les jésuites, lui dit le sacristain.

L'homme connaissait bien la famille d'Uccello. Les enfants y avaient été baptisés et il se souvenait aussi de Julia pour l'avoir vue fréquemment dans la paroisse avant l'assassinat du père Mugica.

— Si Gabriel ou Theo ont cherché refuge à un moment donné quelque part, c'est probablement là-bas qu'ils l'auront trouvé, assura-t-il à Anna.

La méfiance régnait au Colegio Máximo de San Miguel. Anna dut expliquer son cas à plusieurs personnes avant de parler avec le préfet de la congrégation. Toutes certifièrent qu'aucun des frères d'Uccello n'avait participé à ce qu'ils appelaient les « retraites spirituelles ».

— Laissez-moi le temps de me renseigner, lui avait dit l'intendant. Je vous tiendrai au courant si je trouve quelque chose.

Au final, la seule chose qu'Anna réussit à confirmer fut l'itinéraire du *Donizetti*. Le bateau avait quitté Buenos Aires le 26 juin 1976 et avait fait escale au Brésil et aux Caraïbes avant de retourner à Gênes où il avait été mis au rebut l'année suivante comme Mama Fina l'avait déjà appris. Le capitaine Enzo Torricelli était à la retraite et la liste des passagers n'était pas disponible.

Quelques semaines plus tard, cependant, elle reçut un appel de l'intendant du Colegio Máximo.

— Venez me voir, lui dit-il. J'ai quelque chose pour vous.

Anna comprit en pénétrant dans le bureau de l'intendant qu'elle n'allait pas entendre ce qu'elle espérait.

— Il y a une information qui je crois doit vous intéresser, dit-il en lui avançant un siège. Nous pensons avoir retrouvé la trace d'un des frères d'Uccello.

Anna serra le sac à main qu'elle venait de poser sur ses genoux.

— Gabriel d'Uccello. Nous croyons qu'il a été assassiné il y a quatre ans.

Ébranlée, Anna sortit de chez l'intendant sans savoir quelle direction prendre. Il lui était impossible de concevoir qu'une telle atrocité ait pu avoir lieu si près d'elle. Elle connaissait les rumeurs, certes, mais la description qu'elle venait d'entendre surpassait tout ce qu'elle était capable d'imaginer. Elle ignorait en plus si Julia était déjà au courant.

Depuis le départ de sa sœur, Anna avait pris conscience de la peur insidieuse qui s'était infiltrée partout dans le pays. La situation de Julia était devenue un thème tabou. Le fait que Julia ait disparu pendant si longtemps et qu'elle ait été arrêtée puis expulsée du pays n'était jamais mentionné dans les réunions sociales, même avec les amis intimes. Dans la famille, personne ne savait vraiment ce que Julia avait vécu pendant les mois de sa disparition, et aucun membre de la famille n'osait non plus lui en parler ouvertement.

Anna se souvint alors de Rosa. Elle décida de se rendre au Pavillon des malades mentaux de la prison de Devoto. C'était la seule chose qu'elle pouvait encore faire au nom de sa sœur.

La *celadora* qui la fit entrer eut l'air étonné :

— Personne ne lui rend jamais visite, et aujourd'hui vous êtes deux !

Anna se retourna et vit une jeune fille blonde portant une robe en vichy bleue, assise auprès de Rosa dans la cour du pavillon. Elle semblait lui parler avec beaucoup d'affection. Anna s'approcha discrètement de peur de les interrompre. Elle entendit la jeune fille dire :

— Rosa, c'est moi, Adriana. Dis-moi que tu me reconnais.

31

ANNA

Hiver boréal, 1985

Ulysse était déjà depuis longtemps à l'école primaire, lorsque Julia reçut de la main d'Alice une enveloppe allongée et épaisse. L'enveloppe était bordée d'un bandeau noir. Son amie se retira pour que Julia soit sans témoins au moment de lire le contenu de la missive.

Assise seule dans le café, Julia n'eut pas le courage de décacheter l'enveloppe. Depuis des années, elle s'interdisait de poser des questions car il lui était plus supportable de vivre avec le mensonge. Elle avait bien fini par comprendre que la raison du silence de Theo ne pouvait plus être une interdiction administrative alors qu'il avait été «légalisé» dans une prison officielle. Elle continuait d'écrire à Theo, car elle s'écrivait tout autant à elle-même, dans une exigence et une discipline qui l'aidaient à garder son cap, mais elle n'attendait plus de réponse.

Cette rigueur, lui semblait-il, était récompensée dans la merveilleuse version de Theo qu'était Ulysse. Il n'y avait qu'elle pour le savoir. Il avait, certes, les traits des d'Annunzio. Ulysse ressemblait beaucoup au père de Julia, et avait hérité des yeux transparents de Mama Fina. Mais il avait tout le caractère de Theo : fier, passionné, avide de vivre.

Non, elle n'avait pas le courage de lire la lettre alors qu'elle devait se rendre à son travail à l'institut Gustave-Roussy, et courir ensuite chercher Ulysse à la sortie de l'école.

— Maman, j'ai plein de devoirs à faire! fit Ulysse en sautant dans ses bras.

Perdue dans ses pensées, Julia l'embrassa.

— Tu vas m'aider? lui demanda Ulysse pendu à son cou.

— Mon ange, je n'ai pas la tête à ça, et puis je ne suis pas bonne en français.

— Mais ce sont des maths, et puis j'ai un dessin à faire. S'il te plaît...

— Non, tu n'as pas besoin de moi.

— Maman! fit Ulysse en lui chatouillant la ceinture.

— Arrête! Tout le monde nous regarde, fit Julia amusée. Bon, je fais le dessin mais tu fais le reste tout seul.

Ulysse balançait son cartable en sautillant. Il s'arrêta soudain.

— Maman, tu as des nouvelles de Theo?

— Je t'ai déjà dit de l'appeler papa, c'est ton papa.

— Mais je ne l'ai jamais vu!

— Tu as des photos, fit Julia.

— Maman!

— Non, je n'ai pas de nouvelles de Theo.

256

Sans lâcher son cartable, Ulysse passa ses bras autour de la taille de Julia.

— Alors, pourquoi tu fais cette tête-là, ma petite maman chérie?

— J'ai reçu une lettre.

— De Theo?

— Non.

— Tu veux qu'on la lise ensemble?

— Non, amour. Je préfère la lire seule, je crois.

L'enfant se mit à jouer à la guerre spatiale avec un de ses crayons, tout en marchant. Il stoppa net devant la vitrine du boulanger qui s'appliquait à exposer ses galettes des rois, tout juste sorties du four laquées et dorées. Julia regarda Ulysse, fit mine d'être fâchée, et entra dans la boulangerie.

— Et aussi un pain au chocolat! cria Ulysse.

Le soir, quand le monde autour d'elle devint silencieux, Julia alla s'asseoir par terre, à l'encoignure de deux murs, à côté du lit où elle dormait encore avec Ulysse.

C'était son père qui s'adressait à elle. Elle entendait sa voix en lisant les mots tracés avec application. Elle s'attendait au pire. Mais pas à cela.

D'une certaine façon, la notification de la mort de Theo, si déchirante fût-elle, était l'événement auquel elle se préparait depuis des années. Elle savait que la confrontation avec la vérité était inévitable. Mais dans sa fuite en avant, elle avait décidé de vivre en faisant encore semblant de croire que Theo pouvait être détenu à la prison numéro 9 de la Plata. Mama Fina avait pourtant tout fait pour l'en dissuader. Elle déclarait ouvertement que ce n'était que des balivernes. Mais lorsque Julia essayait de la faire parler, elle était incapable de lui donner des raisons pour croire que Theo était mort. Pourtant, les choses avaient changé. L'élection d'Alfonsín[1], un an et demi auparavant, avait mis un terme à la dictature et nécessairement au mensonge. Julia savait que sa famille serait contrainte de lui avouer la vérité, au cas où elle l'apprendrait. Dans son for intérieur, Julia croyait qu'elle y trouverait une forme de soulagement.

Mais les mots se mirent à danser devant ses yeux, comme si soudain elle avait oublié le sens des signes. Elle dut relire la lettre de son père à haute voix pour en saisir le sens. Julia était en état de choc. Elle ne s'était absolument pas préparée à la mort de Mama Fina.

Incapable de normaliser son débit cardiaque, elle se demanda pourquoi elle n'arrivait pas à pleurer. Alors que son cerveau redémarrait, son cœur bloquait. Mama Fina était trop présente dans sa vie. Elle ne pouvait pas être partie sans la prévenir. Depuis l'arrivée de Julia en France, les visites de Mama Fina rythmaient sa vie. C'était son socle. Comment faire désormais ? Elle eut la sensation de tomber dans le vide.

— Maman ? Maman !

La voix d'Ulysse la réveilla. Le jour s'était déjà levé et elle était toujours assise au pied du lit, les yeux gonflés, encore secouée par des spasmes.

— Maman, qu'est-ce qui se passe ?

1. 30 octobre 1983 : élections qui portent Raúl Alfonsín à la présidence de l'Argentine.

Julia secoua la lettre qu'elle tenait toujours dans la main.

— C'est Mama Fina, dit-elle en étouffant des sanglots. Elle est morte la semaine dernière.

L'enfant la regarda apeuré.

— Et Theo? demanda Ulysse.

Julia plissa les yeux, les bras ballants.

— Theo?

— Oui, Theo! insista Ulysse. Il est mort aussi?

— Mais cela n'a rien à voir, mon ange, répondit Julia en se levant péniblement.

Ulysse la toisa, les yeux pleins de larmes.

— Si, cela a tout à voir! Tu dis toujours que Mama Fina va le retrouver.

Julia s'assit sur le lit, ferma les yeux et serra Ulysse dans ses bras.

— Oh, mon petit cœur! Je suis désolée de t'avoir fait de la peine.

Julia lui caressa les cheveux.

— On va le retrouver, toi et moi.

Envoyée en mission par la famille, Anna vint les voir à la fin de l'été. Il faisait très chaud à Paris. Un après-midi, Julia laissa Ulysse chez des amis et emmena sa sœur se promener dans le vieux Paris. Du Marais, elles aboutirent sur les quais, à la recherche d'un peu plus de fraîcheur. Elles s'assirent à l'ombre d'un châtaignier au bord de la Seine. Elles admiraient la vue sur la succession des ponts. Julia enleva ses chaussures et balança ses pieds au-dessus de l'eau. À ses côtés, Anna semblait heureuse.

Sans trop y réfléchir, elle lâcha :

259

— Il est peut-être temps que tu trouves un amoureux.

Julia éclata de rire.

— J'ai l'air d'une vieille fille ?

— Non, justement.

Julia regarda Anna d'un air mystérieux.

— J'ai des copains…

— Bon, je veux bien. Mais je parle d'un homme dans ta vie.

— Hum ! J'ai du mal encore…

Anna glissa ses mains sous ses cuisses, le corps tendu.

— Julia, tu sais que Theo ne reviendra pas.

— Je ne le sais pas, figure-toi. Vous m'avez menti pendant dix ans…

— Arrête, l'interrompit Anna. Papa et maman croyaient bien faire. Et tu n'as pas été dupe longtemps.

— Je n'en sais rien. Peut-être que je l'attends toujours.

— Écoute, Julia. Mama Fina et moi, nous avons cherché partout. Il n'y a pas une seule éventualité que nous n'ayons pas vérifiée.

— S'il était mort, Mama Fina l'aurait senti, elle me l'aurait dit.

Anna soupira profondément, prit la main de sa sœur, et la regarda dans les yeux.

— Julia…

Elle s'interrompit, serra les lèvres, puis ajouta :

— Mais je ne sais pas si je dois. J'avais décidé de ne jamais t'en parler.

Julia la poussa.

— Maintenant c'est trop tard, Anna. Tu as commencé, tu finis.

— … Ça peut faire mal, Julia.

Julia ramena ses genoux sur sa poitrine et fit face à Anna.

— Bien. Dis-moi ce que tu as à me dire, Anna. J'ai mal de toutes les façons et depuis trop longtemps.

Elle se colla contre Anna, et ajouta, sérieuse :

— Tu n'as pas le droit de me cacher quoi que ce soit.

Anna souffla pour dégager une mèche de son front et rejeta la tête en arrière.

— Il y a de cela plusieurs années, commença-t-elle. Rosa était encore au Pavillon des malades mentaux de Devoto. Personne n'allait lui rendre visite sauf maman et moi.

Elle fit une pause, puis reprit :

— Or, quand je suis arrivée la première fois, il y avait quelqu'un d'autre...

Suspendue aux lèvres d'Anna, Julia restait immobile.

— C'était une fille assez jeune. Je me suis dit que ce devait être une petite cousine, quelqu'un de sa famille. Mais lorsque je me suis approchée, j'ai entendu qu'elle lui demandait si elle la reconnaissait. Elle lui disait qu'elle avait été à Castelar elle aussi.

Julia frissonna.

— J'ai tout de suite réagi. J'ai pensé qu'elle pouvait me raconter des choses. Alors, je me suis présentée. J'ai dit que j'étais ta sœur... Mais dès que j'ai prononcé ton nom, elle s'est levée pour partir. Elle était comme toi maintenant, elle tremblait, elle était livide.

Julia attrapa sa sœur par le bras.

— Est-ce que c'était Adriana ?

— Attends, laisse-moi te raconter.

Julia fit un effort pour se contrôler.

— Je lui ai dit que si elle partait, j'allais la suivre. La gardienne est venue pour voir ce qui se passait. On s'est rassises toutes les deux à côté de Rosa, comme si de rien n'était. C'est alors qu'elle m'a fait lui promettre de ne dire à personne que je l'avais vue, pas même à toi.

— Mais… pourquoi? Je ne comprends pas. Ce n'était pas Adriana, alors?

— Si, c'était Adriana. Mais elle était morte de peur. Elle m'a dit que si les militaires la retrouvaient, ils la tueraient. Je lui ai demandé ce qu'elle faisait à Devoto, car c'était se fourrer dans la gueule du loup. Elle m'a fait comprendre qu'elle avait changé d'identité, et que Rosa faisait partie de ses alibis.

Julia se leva, tordant la ceinture de sa robe entre ses mains.

— Mais, bon Dieu, tu ne lui as pas demandé où était Theo?….

— Bien sûr que si. Je ne pensais qu'à cela!

— Et alors?

— Elle m'a dit qu'il fallait que nous considérions Theo comme mort. Elle n'a pas voulu me donner plus de détails et m'a suppliée de te convaincre de ne plus penser à lui. Elle m'a dit qu'il fallait que tu l'oublies. Elle pleurait en me parlant, Julia.

Anna s'était mise debout elle aussi. Elle essayait de s'approcher de sa sœur qui l'esquivait.

— Je ne sais pas ce qui est arrivé à Theo, Julia. Mais je sais ce qui est arrivé à Gabriel. Je l'ai appris par les jésuites… Mama Fina m'a dit que tu savais… Je ne veux pas imaginer…

Anna essaya de prendre Julia dans ses bras.

— Ne me touche pas, Anna... Tu ne comprends pas. Il faut que je sache ce qui lui est arrivé. Je ne veux plus imaginer! Cela fait dix ans que j'imagine!

— Mais... il lui est arrivé ce qui est arrivé à des milliers d'autres jeunes Argentins. Il a péri dans un des centres clandestins pendant la dictature. C'est la seule chose à savoir. Le reste, les détails...

— Justement, Anna! Ce que je veux, ce sont les détails. Je veux savoir qui l'a tué, comment, où. Theo n'est pas une statistique, c'est le père de mon enfant, l'homme que j'aime. Je veux tout savoir! Tout!

Anna se tenait debout, anéantie.

— Et Adriana? Pourquoi ne m'as-tu jamais donné son adresse, sa nouvelle identité...?

Anna ne pouvait plus parler, luttant pour ne pas pleurer. Elle réussit tout de même à dire :

— Ma Julia, je suis désolée... J'ai perdu sa trace.

32

BUENOS AIRES

Hiver boréal, 2000

Assis à la table de la salle à manger, Ulysse discutait avec Olivier. Il commençait à faire frais, Julia se leva pour fermer la porte qui donnait sur le jardin et ajusta son chandail. Elle termina de ramasser les assiettes, mit de l'ordre dans la cuisine, et revint s'asseoir avec eux.

— Ils sont très bons, tes résultats, lui disait Olivier. Je pense que tu n'auras aucune difficulté à avoir ce que tu veux.

— Mais je ne sais pas ce que je veux, répliqua Ulysse, c'est bien là mon problème.

— C'est normal, tu viens de finir un cycle d'études assez long…

— Et je ne suis pas sûr de vouloir continuer.

— Je t'avais prévenu, le plus dur, ce n'est pas d'entrer en médecine mais d'y rester…

— Tu plaisantes, Olivier ! Tout est très dur.

Ils échangèrent un sourire.

— Mais cela ne change rien, continua Ulysse. J'aime

ce que je fais... Je n'aurais peut-être pas fait médecine si tu n'avais pas été là, mais...

— Je crois que tu as cela dans le sang, l'interrompit Olivier. Je t'observe, tu es très bon, et ce n'est pas à cause de moi... Même si je t'ai donné le biberon, ajouta-t-il avec fierté.

— Tu m'as donné le biberon et tu as disparu dans la nature pendant un sacré bout de temps, rétorqua Ulysse.

Olivier allongea le bras et fit mine de le réprimander d'une tape sur la tête.

— Tu as mangé du lion aujourd'hui, ma parole, dit-il en riant.

— Il a raison, intervint Julia en enroulant ses bras autour du cou d'Olivier, c'est bien la vérité, non?

Olivier et Ulysse éclatèrent de rire à l'unisson.

— Bon. On fait semblant de ne pas avoir entendu! déclara Ulysse en se levant pour partir.

— Attends, nous n'avons pas fini, reprit Julia en essayant de l'attraper par le bras.

— Il faut que j'y aille, j'ai promis aux copains de les retrouver dans une demi-heure.

— Aux copains ou à la copine? lança Julia en se levant à son tour.

— Aux copains. J'irai voir ma copine après.

Olivier se dirigea vers la porte lui aussi :

— Tu as tes clés?

Ulysse fit danser un trousseau devant son nez.

— Moque-toi. N'empêche que ce n'est pas ta mère qui se lève à minuit pour t'ouvrir.

Julia embrassa Olivier sur la joue.

— Ah! j'oubliais : je prends la voiture, d'accord?

— Elle n'a presque plus d'essence, le prévint Olivier.

— Et tu fais attention, mon ange, ajouta Julia en fermant la porte.

Olivier et Julia se regardèrent en hochant la tête.

— Un peu d'air ne lui fera pas de mal. Il travaille trop.

— C'est vrai, mais il faut qu'il s'accroche s'il veut faire son internat.

— Six ans c'est déjà assez long. Il a peut-être besoin d'une pause.

— Oui, j'y pense. Je pourrais le prendre avec moi pendant les vacances. Il pourrait m'aider à la clinique.

— Ça ne serait pas vraiment une pause, dit Julia en lui prenant la main. Moi aussi j'avais pensé lui trouver un stage à l'institut. Mais je me suis dit que...

— Hum! Je vois que tu as ta petite idée...

— Non, pas vraiment. En tout cas je ne suis pas sûre qu'elle soit bonne.

— Vas-y, dis toujours.

— Je crois que, d'une certaine façon, Ulysse est très gâté. Peut-être trop. Nous vivons dans cette belle maison, il a tout ce qu'il veut...

— Et alors?

— Je me disais qu'il faudrait qu'il sache comment vivent les gens ailleurs...

— L'Afrique?

— Non... Je pensais plutôt à l'Argentine.

Olivier se laissa tomber dans le fauteuil du salon. Julia le regarda en silence et partit préparer du café. Elle revint avec deux tasses et une tablette de chocolat noir qu'elle posa sur la table d'appoint, puis alluma la lampe. Olivier était sérieux, le visage entre les mains.

— Dis-moi, ce ne serait pas tes fantômes qui reviennent?

Julia remua sa cuillère dans la tasse de café.

— Non. Pas vraiment. En fait je viens de recevoir une lettre du consulat. Ma demande de visa a enfin été acceptée. Je peux me rendre en Argentine à nouveau.

— Et tu veux emmener Ulysse avec toi?

— Je crois que je voudrais qu'il y aille d'abord. Sans moi.

— Et pourquoi cela?

— Peut-être parce qu'il pourrait découvrir une Argentine allégée du poids du passé. Il a tous ses cousins qui ne rêvent que de le rencontrer. J'ai parlé avec Anna, elle serait ravie de l'accueillir.

— Si je comprends bien, tout est déjà décidé…

— Absolument pas. D'abord je veux avoir ton feu vert. Ensuite, il faut qu'Ulysse en ait envie.

Olivier et Julia conduisirent Ulysse à l'aéroport. Il partit en n'emportant que son sac à dos, malgré les supplications de Julia qui tenait à le charger de porter des cadeaux de Noël. Il avait organisé avec ses cousins un voyage en Patagonie et fêterait Noël à Buenos Aires dans la maison de Mama Fina avec Anna et Pablo qui y habitaient depuis des années, et les jumeaux et leurs familles qui viendraient les rejoindre. Et puis, c'était la fin d'un millénaire, et aussi ses vingt-quatre ans : il entendait vivre cela à sa façon.

Julia revint triste à la maison.

— C'était ton idée, ma chérie, tu ne peux t'en prendre qu'à toi.

— Je ne te dis pas le contraire, simplement j'ai du mal à le voir partir.

— Tu exagères, deux semaines, ce n'est rien. Et puis cela nous donnera l'occasion de fêter l'an deux mille en amoureux.

Elle esquissa un sourire, et s'accroupit en face de la cheminée pour démarrer un feu. Elle se retourna au bruit d'une légère détonation. Olivier versait du champagne d'une main experte.

— On peut commencer à fêter dès maintenant, fit-il en se rapprochant, deux verres à la main.

— D'accord, fêtons cette nouvelle vie ensemble.

— J'en ai mis du temps à te convaincre ! Si Ulysse ne m'avait pas aidé, j'y serais encore.

— Je ne pouvais pas avant. Il fallait que j'épuise toutes les pistes.

— C'est la lettre d'Amnesty International ?

— Peut-être que cela a aidé, fit Julia songeuse en s'asseyant près d'Olivier sur le bras du fauteuil.

Il est vrai que l'organisation avait mis en place un réseau de volontaires, pour parrainer le cas de Theo, qui s'était avéré très actif. Ils se trouvaient dispersés sur toute la France, et se mobilisaient partout, non seulement pour demander des informations aux autorités argentines, mais aussi pour exiger des réponses des organismes internationaux. Ils avaient réussi à sensibiliser un certain nombre de journalistes et, grâce à eux, les fonctionnaires s'étaient intéressés au dossier de Theo qui sinon serait tombé dans l'oubli.

De son côté, Julia avait écrit des centaines de lettres, et reçu autant de réponses décourageantes. Elle avait voyagé en Europe et aux États-Unis pour demander de l'aide. Invitée à participer à nombre de conférences internationales pour dénoncer le sort des *desaparecidos*, elle avait rencontré des personnalités importantes comme Thorvald Stoltenberg, lorsqu'il était haut-commissaire des Nations unies pour les Réfugiés, ou Adolfo Pérez Esquivel, qui tous avaient essayé de l'aider. En vain.

Quant à Adriana, sa volatilisation était des plus frustrantes. Anna n'avait cessé de la chercher. Mais ne connaissant pas son nom d'emprunt, elle se heurtait à un mur. À l'heure de solliciter des informations, elle se retrouvait à la queue de listes interminables, car il y avait trente mille autres dossiers comme le sien, plus de quinze mille cas de fusillés, un million et demi d'exilés, et la personne qu'elle cherchait n'avait aucun lien de parenté avec elle.

La dernière lettre des parrains d'Amnesty International lui arriva quelque temps après. Julia la rangea sans même l'ouvrir dans le tiroir de son bureau, ferma à double tour, et partit marcher.

Le téléphone sonna. Julia traversa le salon d'un pas pressé pour répondre. Elle n'attendait pas d'Ulysse qu'il l'appelle si vite, mais elle ne perdait pas l'espoir.

— Maman, heureusement que tu as décroché ! J'ai quelque chose d'urgent à te demander.

Julia sourit.

— Oui !

— Maman ? Tu es là ?

— Mais oui, je suis là, mon ange. Raconte-moi d'abord

comment tu vas, comment cela se passe-t-il avec tes cousins ? As-tu déjà rencontré les enfants des jumeaux ?

— Oui. Je suis très heureux, j'adore le pays. Mais je t'appelle à propos de Theo.

Julia s'assit :

— Maman ?

— Je t'écoute, mon Ulysse.

— Rien de grave, ne t'inquiète pas. J'ai reçu la visite d'une jeune femme, elle s'appelle Celeste Fierro, elle travaille dans un institut d'anthropologie…

— Un institut d'anthropologie ?

— Oui, maman, d'anthropologie légale. C'est une équipe de jeunes chercheurs. Il y a un peu de tout, des archéologues, des anthropologues, des médecins, des biologistes, des informaticiens, bref, ils ont lancé un programme de récolte d'ADN.

— Comment ça ? Qu'est-ce que cela veut dire ?

— Ils travaillent sur les cadavres qu'ils trouvent dans les fosses communes. Ils utilisent l'ADN des restes humains exhumés pour les identifier et pour établir les liens de parenté. Je ne sais pas comment ils ont appris que j'étais à Buenos Aires, mais la jeune fille est venue me voir pour me demander de leur donner un échantillon de sang… ils ont déjà exhumé plus de mille cadavres des fosses communes. Mais il y en a plus de la moitié qui restent toujours à identifier.

— … Oui. Bien sûr, il faut le faire.

— Je vais y aller, évidemment, mais Celeste, la jeune femme, demande si tu vas venir en Argentine. Ils veulent aussi te voir.

— Mais mon ADN ne peut pas leur servir.

— Ils n'ont pas besoin de ton ADN, maman. Ils ont besoin d'informations concrètes.

— Quel genre d'informations?

— Ils travaillent sur des os, rien d'autre. Donc ils recherchent des indications sur la taille de la personne, sur son histoire clinique, si cette personne avait eu un accident auparavant, quel type de maladie, ou une opération, voilà.

— ...

— Et puis, ils ont besoin de renseignements... sur les tortures, sur Castelar...

— C'est le gouvernement qui a inventé cela?

— Non, maman, c'est une organisation privée.

33

SERVICE D'ANTHROPOLOGIE

Été austral, 2001

Un an presque jour pour jour après la visite d'Ulysse, Julia se retrouvait elle-même à chercher les bureaux du service d'anthropologie. Le rendez-vous avait été fixé pour onze heures du matin. Il faisait chaud et Julia avait enfilé sa robe en coton imprimé vert émeraude et le chapeau de paille arrondi qui lui donnait un air rétro. Quand le taxi la déposa à l'adresse indiquée, Julia se trouva face à un vieil immeuble décoré de graffitis, dans une rue commerçante et bruyante. Rien de la tour moderne qu'elle avait imaginée, s'attendant peut-être à trouver l'équivalent de son institut.

Elle était bien en avance. Elle eut la tentation d'aller boire un café, et de regarder autour. Tout un essaim de petites échoppes offrant des services de photocopie, de petits commerces proposant d'imprimer, de relier, des boutiques vendant des produits électroniques, et une publicité envahissante donnaient au quartier un air de bazar. Piétons et voitures circulaient au milieu du bruit et de la pollution. Julia poussa la lourde porte en bois, et entra. La température y était fraîche et le bruit assourdi. Les panneaux en verre taillé laissaient filtrer de la lumière dans le hall. En face, un vieil ascenseur en métal, fermé par un grillage extensible, ne lui sembla pas tout à fait rassurant. Elle fut prise de l'envie de repartir sans demander son reste.

Le bureau était situé au premier étage. On pouvait y accéder également par un escalier étroit et raide, aussi négligé que la façade de l'immeuble elle-même. L'étage était divisé en une série de bureaux, plutôt étroits, à l'exception de deux grands salons dans lesquels gisaient des squelettes en exhibition sur des tables. Plus loin, dans une salle d'archives, des boîtes numérotées et classées par couleurs s'empilaient avec les restes humains en cours d'identification. Les murs ternis par l'usure contrastaient avec les portes récemment peintes en vernis mauve. Sur les quelques bureaux dont les portes étaient restées ouvertes, des ordinateurs grisâtres témoignaient d'une allocation des ressources prudente. Il lui fallut à peine un coup d'œil pour identifier la porte du bureau de Celeste Fierro.

Il était onze heures exactement à sa montre. Elle décida de patienter quelques instants supplémentaires. Puis elle toqua, faisant un effort pour se maîtriser, ce qui l'alerta sur l'état de nervosité dans lequel elle se trouvait et dont elle n'avait pas pris conscience jusqu'alors. Julia fut invitée à entrer sans attendre, accueillie par une jeune femme au sourire agréable qui portait un uniforme de laboratoire, composé d'un pantalon gris et d'une blouse de travail bleu ciel.

Elle comprit très vite qu'elle avait en face d'elle une

professionnelle compétente. La jeunesse de son inter-locutrice contrastait avec la connaissance approfondie qu'elle avait du dossier. Celeste Fierro était chargée des disparus de Castelar. Elle connaissait sur le bout des doigts l'identité de tous les prisonniers qui étaient passés par le commissariat, les cellules qu'ils avaient occupées et les dates de leurs détentions respectives. Elle pouvait décrire le plan des lieux comme si elle y avait été, et récitait de mémoire les noms des détenus avec celui des gardiens qui s'y trouvaient au même moment.

Lorsque Julia s'installa en face d'elle, c'était tout son passé qui la regardait dans les yeux. D'une voix posée, Celeste lui parla de chacun de ses compagnons de détention. Elle avait sorti un registre volumineux sur lequel apparaissaient, parmi des milliers de noms et de photos, les visages qu'elle connaissait. Sur son ordinateur, une matrice de noms, lieux et dates perfectionnait sa base de données.

En recoupant les témoignages qu'elle collectait, Celeste Fierro avait construit un système de vérification de l'information. Elle pouvait établir avec précision les noms des morts, des survivants et, par élimination, ceux des disparus. Cette liste servait de point de départ aux recherches des anthropologues sur les chantiers, c'est-à-dire dans les fosses communes et les cimetières.

Les entretiens avec les survivants étaient donc, tout autant que le travail scientifique, d'une importance capitale. Ils permettaient de croiser les informations et d'étendre le champ de déductions. C'était à travers le témoignage de sa sœur Anna, lui avait expliqué Celeste, que l'identité de Theo avait été reconnue comme étant celle du prisonnier de la cellule numéro 4 qu'aucun des survivants de Castelar ne se souvenait d'avoir vu. Julia fut ainsi informée de la mort de Paola et du suicide de Rosa. Elle apprit également la mort d'Oswaldo, le jeune avec lequel elle avait parlé de cellule à cellule lorsque Sosa était de garde.

— Te souviens-tu d'une jeune Mery incarcérée au même moment que toi à Castelar?

Julia eut du mal à se concentrer sur ce que la jeune femme lui demandait.

— Une Mery? Non, il n'y avait aucune Mery, j'en suis sûre, répondit Julia. Par contre il y avait un jeune homme, Augusto, que j'ai recroisé à Villa Devoto avant mon expulsion...

— Oui, j'ai rendez-vous avec lui la semaine prochaine, fit Celeste concentrée sur son dossier.

— Quelle bonne nouvelle! Je suis contente qu'il s'en soit sorti finalement, je voudrais le voir...

— Oui, j'arrangerai cela. Ce sera très important. Mais cette jeune Mery, insista Celeste, elle devait être avec vous, c'est sûr. Elle était très jeune à l'époque, elle devait avoir à peine quatorze ans.

Julia sentit le froid l'envahir. Elle hésita, craignant instinctivement de jouer son sort à pile ou face.

— Il y avait une jeune fille, effectivement, elle avait quatorze ans, commença Julia soudain très pâle, la bouche sèche.

Celeste s'était effacée, repoussant sa chaise dans la pénombre.

— Je me suis liée d'une profonde amitié avec elle. Elle

275

s'appelait Adriana. Je voudrais savoir… Je crois que ma sœur l'a revue. L'avez-vous retrouvée… ?

La jeune femme observa Julia, jaugeant sa capacité à assimiler.

— Non, dit-elle très lentement. Nous n'avons retrouvé les restes d'aucune Adriana. En revanche, il y a quelques années, Mery est venue témoigner. Elle semblait ne se souvenir de personne. Cela arrive parfois après des épreuves traumatisantes comme la vôtre. Elle a pourtant mentionné les dates de son arrestation, ce qui nous a permis de localiser le groupe avec lequel elle a été incarcérée. Malheureusement nous n'avons pas réussi à recouper son témoignage car nous n'avions pas de Mery dans notre dossier. Il faudra que je demande à Augusto s'il se souvient de Mery. Il semblerait que vous êtes les seules femmes survivantes. Il serait important que vous la contactiez aussi. J'ai ses coordonnées. Elle travaille auprès d'une organisation de défense des droits de l'homme…

Julia examina longuement le numéro de téléphone que Celeste avait noté sur une feuille de papier.

34

LES CHOIX

Hivers australs (1976, 1987, 1997)

Dès qu'il entendit le nom de Josefina d'Annunzio, le capitaine Torricelli fit monter Adriana sans poser plus de questions. Une fois à bord, il l'emmena sur la passerelle de commandement du transatlantique.

Ils étaient seuls, un vent froid faisait claquer les drapeaux au-dessus de leurs têtes. Adriana observait en contrebas le maître d'équipage crier des ordres alors que sur le port les passagers embarquaient lentement, suivant les consignes précises d'officiers en uniforme blanc. Chacun faisait la queue en fonction de sa classe. Le port grouillait de monde et le spectacle, avec la ville en toile de fond, inquiétait Adriana.

— Vous êtes sûr qu'elle n'est pas encore venue? Elle n'a pas essayé de vous contacter?

— Certain. Mon équipage me tient informé du moindre détail.

— Mais alors?

— Nous partons dans trois heures. C'est à vous de

277

prendre la décision. Une fois que votre ami aura embarqué il n'y aura pas de retour possible.

La longue lamentation d'une sirène de bateau déchira le silence.

L'homme allongea la main. Adriana sursauta, comme si elle était prise en faute.

— Oui, excusez-moi, dit-elle nerveuse, en sortant de sa poche l'enveloppe que le père Miguel lui avait remise.

Le capitaine rangea l'enveloppe dans la poche intérieure de sa veste. Il observa Adriana un moment, puis la prit par le bras pour lui indiquer le chemin.

— Je vais demander au matelot de vous accompagner pour aller chercher votre ami. C'est un de mes hommes de confiance, vous n'avez rien à craindre.

Il ajouta :

— Si votre ami est aussi mal en point que vous le dites, il faudra qu'on le fasse passer pour un membre de l'équipage ayant un peu trop bu.

Son foulard ajusté, Adriana avançait la tête enfoncée dans les épaules. Le capitaine mit sa main sur le cadre supérieur de la porte étanche pour faire passer la jeune fille et lui indiqua l'escalier métallique qui se trouvait au bout de la passerelle. Elle s'en approcha. L'escalier était raide. Un matelot en uniforme se tenait au pied de la rambarde, prêt à lui tendre la main. Le capitaine lui fit signe et lui glissa quelques mots à l'oreille. Puis, se tournant vers la jeune fille :

— Suivez-le, ordonna-t-il. Ne perdez pas de temps. Dans les trois heures il faut que vous soyez tous de retour.

Le matelot entreprit d'aider Adriana à descendre. Elle se dégagea nerveusement. L'homme parut surpris.

— Excusez-moi, marmonna-t-elle mal à l'aise.

Elle descendit les trois ponts du bateau à la hâte, faillit tomber sur un cabestan et préféra s'accrocher au bastingage que d'accepter le bras musclé qui lui était offert.

Une fois sur le port, Adriana eut du mal à ne pas partir en courant. L'angoisse la rendait maladroite. Elle se sentait observée et se trahissait. Deux hommes en veste de cuir noir les frôlèrent. Le matelot prit Adriana par le bras et la gronda en public.

— Comme ça au moins, les gens penseront que tu es fâchée contre moi, lui dit-il le regard froid. Tu es beaucoup trop agitée.

Adriana se libéra furieuse, et continua à marcher rapidement. Quand ils arrivèrent devant l'église San Ignacio, elle se retourna vers le matelot.

— Merci, lui dit-elle toujours sur le qui-vive.

L'homme lui sourit.

— Je vais chercher mon ami.

— Je viens avec vous.

— Non. Je préfère y aller toute seule. Il faut que je lui parle avant...

— Donnez-lui cet uniforme. Il en aura besoin, dit l'homme en lui tendant un petit ballot qu'il gardait sous le bras.

Il la regarda partir et alluma une cigarette, debout contre une des colonnes de l'église.

Adriana trouva Theo assis là où le sacristain l'avait laissé, sur le balcon derrière l'orgue. Il avait reçu à manger, et s'était rafraîchi le visage. Il faudra ajouter qu'il s'est bagarré, pensa Adriana en l'observant. Theo l'accueillit avec une grimace, toujours sous l'emprise de ses douleurs.

— Julia a disparu, chuchota Adriana en se rapprochant. Le capitaine nous donne trois heures pour être sur le bateau. Il a fait venir un matelot pour t'aider à embarquer.

— Allons-y, répondit Theo sans hésitation.

— Theo, tu n'as pas compris, insista-t-elle. Julia n'est pas arrivée au rendez-vous.

— J'ai bien entendu. Mais nous n'avons pas le choix. Elle a encore trois heures pour se présenter, et nous ne pouvons pas aller la chercher.

— Écoute, Theo, j'ai réfléchi.

Adriana s'approcha encore un peu plus de lui.

— Nous ne pouvons pas partir sans elle.

— Si nous restons, ils nous tueront. Et le sacrifice de Julia n'aura servi à rien.

— Alors il faut qu'elle meure pour que toi et moi nous puissions nous enfuir ?

— Nous ne pouvons pas la sauver. Elle sait que nous avons très peu de chances de réussir. À notre place, elle partirait.

Dans une posture de douleur, Adriana s'accroupit tout près de lui.

— Theo, Julia t'a sauvé la vie. Elle est allée te chercher dans ton cachot. Sans elle, nous n'aurions eu aucune chance de nous en sortir. Le père Miguel, l'argent, le bateau, tout cela, c'est grâce à elle.

Épuisée, elle se laissa glisser par terre et cacha sa tête entre ses mains. Elle leva les yeux à nouveau pour ajouter :

— Si elle n'est pas sur le bateau, il faut que nous restions.

— Allons au bateau. Je suis sûr qu'elle y est déjà. Ne perdons pas plus de temps, trancha Theo.

Adriana lui tendit l'uniforme de marin.

— Tiens, il faut que tu mettes ça. Je vais chercher le matelot.

Ils arrivèrent à temps à bord du *Donizetti*. Le stratagème du capitaine Torricelli s'était avéré efficace. Theo avait fait le trajet pendu au cou du matelot qui s'arrêtait à tous les coins de rue, pour vérifier que personne ne les suivait et pour lui permettre de souffler.

Un portelone encore ouvert leur servit d'accès au bateau. Un groupe de marins vêtus du même uniforme que Theo s'affairait pour embarquer les dernières provisions. Le matelot les conduisit au travers d'un labyrinthe d'escaliers et de couloirs jusqu'au fond d'une section près de la salle des machines. Il ouvrit une lourde porte étanche donnant accès à une petite cabine aveugle avec trois litières superposées.

— Je vais fermer à clé jusqu'au moment du départ. C'est la consigne du capitaine. On ne veut pas avoir de mauvaises surprises.

— Mais j'ai besoin de savoir si Julia a embarqué, fit Adriana d'une voix angoissée.

Le matelot la regarda droit dans les yeux.

— Je regrette. Si votre amie avait embarqué, elle serait déjà ici.

— Donnez-moi dix minutes, s'il vous plaît, supplia Adriana. Si elle n'arrive pas, nous devrons rester.

Theo s'assit sur la litière.

— Cela n'a aucun sens. Même si Julia n'est pas là, il faut que nous partions.

— Je ne peux pas partir sans elle.

Le matelot annonça qu'il allait prévenir le capitaine.

— Je reviens dans vingt minutes. Je ne sais pas s'il vous donnera la permission de débarquer.

Il ferma à double tour et s'éloigna.

Adriana secoua la tête lentement.

— Comment peux-tu même penser à partir sans Julia ? Elle aurait donné sa vie pour toi.

— Moi aussi j'aurais donné ma vie pour elle, murmura Theo. Si elle a été capturée, rien ne la sauvera. Ils la tueront, ils me tueront aussi, et ils auront gagné.

— Tu ne peux pas t'avouer vaincu. Pas maintenant !

— Mais regarde-moi ! Je suis une loque, un déchet humain. Je ne peux même pas marcher. Tu voudrais que j'aille jouer les héros dans cet état ?

Un lourd silence s'abattit entre eux. Mais Adriana osa reprendre :

— Tu n'es pas le seul à avoir souffert. On s'en remet tous. Nous pourrions la rechercher ensemble, l'aider…

— Je ne veux pas rester. Il faut que je sois vivant pour venger ceux qui sont morts.

— Theo… Julia porte ton enfant.

Theo secoua la tête.

— Elle ne porte plus mon enfant, tu le sais autant que moi. Ils ont tué tout ce que j'aimais, tout ce que j'avais, tout ce que j'étais.

— Tu n'es pas ce qu'ils ont voulu faire de toi. Tu dois continuer à te battre.

— Tu voudrais que j'aille me mettre entre leurs mains pour leur rendre la tâche plus facile ?

Theo comprima son ventre, en proie à une violente douleur. Il suffoqua sous les spasmes.

— Je vais te dire ce que je vais faire, susurra-t-il le souffle coupé.

Ses yeux noirs brillaient au fond de leurs orbites.

— Je vais retrouver l'assassin de mon frère. Je ne veux plus rien d'autre.

Adriana ferma les yeux et jeta sa tête en arrière.

— La vengeance, la haine... Ils t'ont eu.

La porte s'ouvrit :

— Nous levons l'ancre dans dix minutes. Si vous voulez quitter le bateau, c'est tout de suite.

Adriana fixa Theo. Il détourna le visage.

Elle se leva, accommoda son foulard sur sa tête et enjamba le cadre de la porte étanche.

Mery se regarda dans la glace. Cela faisait plus de dix ans qu'elle avait choisi de rester en Argentine. Maintenant elle pouvait refaire surface. Elle se plaisait dans sa nouvelle identité. Elle avait une coupe au carré avec une frange qui lui cachait les yeux, des cheveux noirs et lisses qui contrastaient avec sa peau laiteuse, et l'air plus âgé. Ces changements s'étaient accompagnés d'une modification dans son attitude. C'était une femme avenante.

Elle boutonna sa robe fleurie à col rond, prit un chandail blanc qu'elle jeta sur ses épaules et vérifia qu'elle avait ce qu'il lui fallait dans son porte-monnaie pour payer le bus qui l'emmènerait au centre-ville. Elle travaillait maintenant comme assistante comptable dans un bureau qui grouillait de monde. Elle avait accepté son nouvel emploi comme un défi contre elle-même, après avoir passé presque sept ans cloîtrée à tenir les livres de la paroisse de San Ignacio, par peur d'être reconnue par un indic de la police. Maintenant elle n'avait plus rien à craindre, les militaires n'étaient plus au pouvoir, elle n'avait plus à se cacher.

Elle allait sortir, mais se ravisa. Elle tira de son sac le rouge à lèvres qu'elle venait d'acheter et s'approcha de la glace. Le résultat la déconcerta. Il lui faudrait s'y habituer, pensa-t-elle en fermant la porte de l'appartement.

Il faisait doux dehors. C'était un des premiers jours de printemps et les femmes habillées de façon plus légère semblaient avoir embelli. Un petit attroupement s'était déjà formé en attente du bus. Mery alla jusqu'au coin acheter le journal, et revint faire la queue. Le bus approchait déjà.

— Adriana! cria une voix derrière elle.

Perplexe, elle se retourna. Deux écolières couraient dans sa direction, hélant une troisième pour monter dans le bus qui venait de s'arrêter. Les fillettes arrivèrent essoufflées et passèrent devant le reste des passagers en se bousculant. Mery s'en voulut de s'être retournée. Depuis le temps, elle aurait dû mieux se maîtriser.

Le bus était plein. Elle trouva une place libre à l'arrière. Elle s'assit contre la fenêtre, et ramassa son sac pour permettre à une grosse dame avec un cabas à provisions de s'asseoir à ses côtés. Mery regardait les rues défiler, mais elle ne voyait rien.

Si papa était vivant, je reprendrais mon nom. Mais

j'aime mieux Mery. Son visage se reflétait sur la vitre du bus. Elle avait encore une heure de trajet à faire. Mery est forte. Elle peut prendre la parole, elle est à l'aise avec les garçons. Mery, Mery Cruz. La dame s'assoupit la bouche ouverte à côté d'elle, le panier de provisions coincé entre les jambes. Il n'aurait pas pu faire mieux. Mery Cruz. Un nom qui n'attire pas l'attention. Un nom court. Facile pour faire de faux papiers. Elle esquissa un sourire. Mais mon jésuite n'a pas fait preuve de grande imagination : Mery Cruz, quand même ! Le bus prit une grande artère et accéléra. Peut-être pas très original, mais sans lui je n'y serais pas arrivée.

Pour ne pas gêner sa voisine, Mery se décida finalement à lire le journal plié en huit. Il y avait à l'intérieur une note annonçant un concert de Sting pour le 11 décembre 1987 au stade du River Plate. Le journaliste se référait à la visite du chanteur aux mères de la Plaza de Mayo, chez elles. Adriana les admirait, elles avaient été plus courageuses qu'elle qui n'avait pas voulu mettre son nez dehors. Elle feuilleta les pages. Heureusement que Julia avait quitté l'Argentine. Je n'aurais pas réussi à vivre s'il lui était arrivé quelque chose. Elle posa le journal sur ses genoux. Elle, au moins, était restée par solidarité, elle n'aurait jamais pu vivre avec le remords. Les grands arbres d'un parc défilaient sous ses yeux, la rafraîchissant de leur ombre. Adriana aurait aimé aller au concert. Mais elle ne se sentait pas encore prête pour y aller seule. Le soleil reprit le dessus.

La dame se leva pour descendre. Mery respira. Elle se sentit heureuse. Elle était libre, elle avait du travail, une nouvelle vie. Elle avait des envies nouvelles : mettre du parfum, aller au cinéma, manger des glaces. Une jeune fille prit la place de la grosse dame. Je me demande comment est sa vie. Son fils doit maintenant avoir onze ans. Le soleil était devenu envahissant. Il commença à faire chaud à l'intérieur du bus. Elle utilisa le journal en guise d'éventail et sa voisine eut l'air satisfaite. Le bus passa en face de l'église ronde de l'Immaculée Conception. Mery était à deux minutes de son arrêt, elle s'apprêtait à se lever pour actionner la sonnette. Mais au lieu de cela, elle resta figée, stoppée dans son élan.

Il avait les cheveux un peu plus longs, et de l'embonpoint, mais elle l'aurait reconnu de toutes les façons. Elle avait senti son regard la brûler avant de l'apercevoir. En face d'elle, derrière d'autres passagers, cet homme en complet veston gris et cravate, c'était El Cabo Pavor.

Afin de maîtriser son émotion, elle s'obligea à regarder ailleurs, mais elle ne réussit pas à contenir le flot d'adrénaline, ni à contrôler le rictus qui se forma au coin de ses lèvres. Des gouttes de sueur coulaient tout le long de sa nuque. Il ne peut pas m'avoir reconnue. Je suis Mery. Il ne peut rien. Le bus fit halte à l'arrêt. Elle le guettait du coin de l'œil. Une seconde avant que la porte ne se referme, elle se leva, sourit à sa voisine qui s'empressa de lui ouvrir le passage, et sauta du bus. Elle se mit à marcher droit devant, d'un pas rapide. Le bus s'éloigna et Mery vit le visage du Cabo Pavor collé à la vitre. Il la fixait.

Mery attendit de voir disparaître le bus, tourna dans la première rue à droite et se mit à courir jusqu'à perdre haleine. Il ne me retrouvera jamais. Elle entra dans une cafétéria et appela son bureau de la cabine téléphonique.

Elle annonça qu'elle ne viendrait pas de la journée car elle était malade. Elle passa un deuxième appel.

— Père Fabian? C'est moi. Il faut que je vous voie immédiatement.

Elle ne voulait pas les faire attendre. Elle recoiffa ses cheveux bouclés avec ses doigts, remit les dossiers en ordre sur son bureau, enfila ses baskets et descendit les escaliers en courant. Les filles de son équipe l'attendaient en bas de l'immeuble. Elles avaient fini de préparer la nanifestation du lendemain et d'imprimer les bannières éclamant Justice et Vérité au nom des trente mille disparus. Dans la rue, des hommes accrochaient les décorations de Noël sur les poteaux électriques. Les badauds levaient le nez, satisfaits. Elle prit les jeunes filles par les épaules et les emmena boire un verre avant de partir se reposer en vue de la manifestation du lendemain, 8 décembre 1997.

— C'est du bon travail. Nous ne passerons pas inaperçues, leur dit Mery. Il risque d'y avoir beaucoup de monde.

— Combien de personnes, tu crois? lui demanda la plus jeune.

— On ne sait jamais. Parfois on peut être une centaine, et parfois un millier. Il est très difficile de savoir exactement. On regarde la foule et on calcule à l'œil.

— Tu en as fait beaucoup, des manifestations comme celle-ci?

— Quelques-unes.

Le serveur apporta les boissons et laissa le ticket sur la table.

— Qu'est-ce que tu faisais avant de t'occuper de la Fondation?

— J'ai fait un peu de tout. J'ai travaillé dans une paroisse, j'ai été assistante comptable dans une grosse boîte, j'ai donné des cours particuliers. J'ai même travaillé dans une usine. Mais mon rêve, c'était de faire ce que je fais maintenant.

Les filles se regardèrent un peu intimidées. Une osa demander :

— Tu as connu des gens qui ont été pris par les militaires?

Mery chercha le serveur des yeux.

— Non, pas vraiment, répondit-elle en se levant. Je suis très fatiguée, excusez-moi, je vais rentrer. On se voit demain.

Elle prit la note, glissa un billet dans la main du serveur et sortit. La station de bus n'était pas très loin, elle aurait dix minutes à marcher tout au plus. Mais à cette heure-ci, les bus étaient moins fréquents. Il faudrait qu'elle attende un peu. Elle remua la main au fond du sac et ne trouva aucune pièce. Elle ouvrit son porte-monnaie et resta pensive devant son document d'identité. Le père Fabian lui avait obtenu ces papiers alors qu'elle portait une frange et des cheveux noirs. La nouvelle version d'Adriana, rousse et bouclée, continuait de l'étonner.

Le bus s'arrêta à ses pieds. Trois autres passagers feraient le trajet avec elle. Elle ne les regarda pas, et alla s'asseoir au fond. La lumière au néon dans le véhicule lui donnait l'impression désagréable de se retrouver dans une vitrine ambulante. Quelques minutes plus tard, l'homme du milieu se leva, l'inspecta du regard et lui sourit. Mery rougit, et dut supporter d'être observée dans cet état par l'inconnu. Après qu'il fut descendu, Mery sentait toujours ses joues en feu. Je réagis comme une gamine. Elle ébouriffa ses boucles auburn d'une main experte pour éloigner ses pensées — il faudra que je m'améliore — et descendit bien avant son arrêt pour s'obliger à marcher.

Le Buenos Aires qu'elle désirait était à portée de sa main : les rues animées, l'humour au coin des tables, les hommes galants. Pourtant elle s'interdisait encore tout contact avec ce monde bruyant et gai. Ce n'était plus à cause d'eux. Plus totalement. Bientôt elle oserait.

Une musique d'orgue attira son attention. Elle huma l'air pour en deviner la provenance. Elle remarqua pour la première fois une petite église baroque qui vivait coincée entre deux immeubles ébréchés des années cinquante. Elle poussa le lourd battant par curiosité, l'intérieur baignait encore dans un nuage d'encens. Mery tendit la main pour mouiller ses doigts dans le bénitier et se glissa à l'intérieur en quête de fraîcheur. Assise contre une colonne toute blanche, elle contempla les tableaux des madones somptueusement encadrés d'arabesques et de dorures et se laissa émouvoir au gré des notes lentes et profondes soufflées par l'orgue.

Il y avait du monde, surtout des femmes en prière. Une queue peu nombreuse s'égrenait au confessionnal, installé dans l'ombre du bas-côté. Ce rite l'intriguait toujours. Elle s'était inventé des péchés l'unique fois où elle s'était confessée, et n'avait plus jamais récidivé dans l'idée qu'elle aggravait son cas en ne sachant que dire.

Le tremblement du confessionnal annonça la sortie

d'un pénitent. L'homme cligna des yeux. Elle le reconnut avant qu'il ne la voie, et resta interdite. Il sortait de l'isoloir avec le même costume gris et la même coupe de cheveux qu'il avait dix ans auparavant. Elle le vit faire son signe de croix et pivoter sans qu'elle eût l'idée de se cacher derrière sa voisine. Le regard de l'homme rencontra le sien. Elle baissa les yeux pour ramasser son sac. Ses mains tremblaient. Il me regarde toujours. Il m'a reconnue. Elle se leva, s'excusa pour se dégager du banc, et se dépêcha de traverser la nef. El Cabo Pavor ne la quittait plus des yeux alors qu'il se dégageait de l'accolade d'un prêtre en soutane et col blanc qui l'avait abordé avec émotion. Il accéléra pour atteindre le porche avant elle.

Mery fonça droit devant, prise de panique. Elle poussa le battant, et les bruits de la rue firent irruption comme pour la sauver. Il l'attrapa par le bras et la tira en arrière, dans un coin sombre du narthex. Il colla son corps contre le sien pour l'empêcher de bouger et lui ferma la bouche avec sa main. L'homme la regarda avec le même regard de fou, les mêmes yeux globuleux qu'autrefois. Elle sentit son haleine lui embuer les yeux.

— Si tu parles, articula-t-il, je te tue.

Il resta collé à elle, poussant de tout son poids.

La porte s'ébranla. Deux vieilles dames sortaient. L'homme lâcha prise et s'éloigna juste assez pour libérer le corps de Mery. Les dames jetèrent un regard réprobateur sur la femme qui s'enfuyait.

Adriana courut effrayée par l'écho de ses pas sur l'asphalte, certaine qu'il la suivait. Elle passa la moitié de la nuit accroupie à l'entrée d'un immeuble, à observer la rue. L'aube pointait déjà lorsqu'elle arriva chez elle après avoir fait mille détours. Elle se laissa tomber sur le lit, tremblant de fièvre, et replongea en enfer, perdue dans la folie de Castelar. Des mains lui parcouraient le corps, elle transpirait dans ses efforts pour se délivrer, les draps exhalaient l'odeur âcre de la peur. Elle tomba du lit alors qu'elle se débattait de son cauchemar dans un effort qui la laissa pantelante. Elle resta ainsi, par terre, longtemps, les yeux fixes. Il ne me touchera plus jamais. Lorsqu'elle mit le nez dehors, il lui sembla s'être finalement délivrée de ce qui lui restait d'Adriana.

Dans la rue, les hommes la croisaient, pressés et aveugles. Mery prit son temps pour arriver à l'arrêt du bus, et le vit partir sans regrets. Elle héla le premier taxi, monta d'un geste assuré et indiqua l'adresse au conducteur. Il m'a fallu vingt-deux ans pour y arriver, mais maintenant je suis prête.

Fabian l'attendait au coin de la rue, en jeans et tee-shirt gris, un gros dossier sous le bras.

35

MERY

Été austral, 2001

Sans la moindre envie de revenir à la maison, Julia quitta l'immeuble. Elle gardait la feuille avec le téléphone de Mery au fond de la poche de sa robe en coton imprimé. Elle marcha sur l'avenue, tout droit devant elle. Plusieurs taxis la dépassèrent, qu'elle n'essaya même pas de poursuivre.

Lorsqu'elle arriva à la maison de Mama Fina, elle trouva les siens réunis en conseil de famille dans la salle à manger. Elle lança son chapeau de paille sur le guéridon de l'entrée, jeta au passage ses chaussures sous une chaise, et alla les rejoindre. La discussion était animée. Olivier, assis à côté de son père, répondait aux questions dont les jumeaux le bombardaient. Ulysse riait aux côtés de ses nombreux cousins, les trois fils d'Anna et de Pablo et ceux des jumeaux. Les rires augmentèrent avec l'arrivée de Julia.

Elle embrassa Ulysse et Olivier, envoya des baisers sonores aux autres et s'assit auprès de son père pour lui prendre la main.

— Ils sont sérieux, expliqua-t-elle. Celle qui m'a reçue, Celeste Fierro, connaît tous les noms, les dates d'arrestation, le centre clandestin où nous avons été envoyés. C'est simple et efficace.

— J'ai quand même mis un an pour te convaincre de venir, maman, intervint Ulysse.

Le silence de Julia marqua un manque d'humour passager.

— Est-ce qu'ils ont de bons résultats? s'enquit le père de Julia.

— Ils ont déjà pu identifier quatre cents corps à peu près. Cela paraît peu, mais c'est un résultat énorme.

— Ah bon? Tu penses qu'il peut y en avoir plus, ma chérie?

— On parle de trente mille disparus...

— Je ne peux pas le croire, commenta le père. Comment s'y prennent-ils pour les retrouver?

— Il faut d'abord trouver les fosses communes. Ensuite il faut qu'ils fassent un véritable travail d'archéologie, expliqua Ulysse, avec déblayage de terrain couche par couche, registres topographiques, et tout le reste. Avant, le gouvernement ouvrait les fosses communes avec une pelle mécanique. Forcément, il ne restait pas grand-chose.

— J'ai lu que dans le cimetière d'Avellaneda ils ont découvert une centaine de cadavres sans mains, dit l'un des jumeaux.

— Oncle, tu inventes! interrompit le plus jeune des fils d'Anna.

— Si, si, c'est vrai, je t'assure. Dans les salles de la morgue du cimetière, ils leur coupaient les mains pour faire disparaître les empreintes digitales.

— Celeste m'en a parlé aussi, affirma Julia.

— Mais comment peuvent-ils identifier qui que ce soit dans ces conditions ?

— Ils compilent l'information. L'ADN de la famille est très important, reprit Ulysse. Mais ils cherchent aussi à recouper des données de toutes sortes : maladies, caractéristiques dentaires, que sais-je. Ils reconstruisent l'histoire de chacun.

Ulysse parlait avec précaution en regardant sa mère.

— Celeste est une fille assez étonnante, intervint Anna, toute l'information est stockée dans sa tête comme dans un ordinateur.

— Oui, c'est vrai, reprit Julia. Elle a fait des commentaires sur certains de mes compagnons comme si elle les avait connus personnellement, des détails que j'avais déjà oubliés. Elle m'a demandé par exemple si je me souvenais de trois cadavres qui avaient été ramenés à Castelar pour les faire laver par les prisonniers. C'était Paola qui m'en avait parlé. Cela s'était passé quelques jours avant mon arrivée à Castelar. Je m'en souviens parce que Paola disait avoir honte à l'idée que quelqu'un puisse manipuler son corps pour le laver une fois qu'elle serait morte.

Elle ajouta avec difficulté :

— Celeste m'a confirmé que les restes de Paola avaient été identifiés.

— Peut-on être sûr que l'analyse d'ADN est fiable, Olivier ? demanda le père en maître de maison.

— Lorsque les corps ont été brûlés, ou lorsque les os ont passé du temps dans l'eau, comme dans le cas de personnes noyées, l'ADN est affecté, expliqua Olivier. Mais la technique s'améliore de jour en jour. Il est possible aujourd'hui de reconstituer l'ADN d'un individu en connaissant l'ADN de son enfant et celui de sa femme. On peut l'obtenir par soustraction, si tu veux.

— Ont-ils demandé à avoir ton ADN? demanda la mère de Julia.

Olivier se leva de table en emportant quelques verres qui traînaient.

— Oui, répondit Julia. J'ai promis de revenir au laboratoire avant mon départ.

Le lendemain matin, Julia reçut un appel téléphonique. Les mères de la Plaza de Mayo organisaient une manifestation. Il était convenu que les sympathisants se réuniraient en face de la Casa Rosada le mercredi suivant pour la marche annuelle de l'association.

— Cela fait des années qu'elles l'organisent. Cette année leur Marche de la Résistance a pour mot d'ordre le non-paiement de la dette extérieure.

— Ah bon? Qu'est-ce que cela a à voir? demanda Julia.

Celeste rit gentiment à l'autre bout de la ligne.

— Elles prennent position. Elles sont la voix de ceux qui n'ont pas de voix, en quelque sorte, dit-elle.

Il y eut un silence, puis elle reprit :

— En principe je me tiens en marge de ces actions, mais je t'en parle parce que c'est Mery qui m'en a informée. Je viens de l'avoir au bout du fil.

— Tu lui as parlé de moi? demanda Julia.

— Oui, j'ai pris la liberté de lui raconter que nous nous étions vues.

Celeste fit une pause, et ajouta :

— Mery sera à dix-huit heures près du monument à San Martín. Elle est très émue à l'idée de te rencontrer.

— Tu peux me répéter les indications?

— Mardi 11 décembre, Plaza de Mayo à dix-huit heures.

Celeste raccrocha. Julia eut pendant un instant la sensation de se trouver au bord d'un ravin. Le téléphone dans la main, elle resta un moment à le contempler. Mais elle avait le choix. Elle pouvait décider de ne pas y aller.

Le fait même de l'envisager la révolta. Elle avait passé vingt-quatre ans à espérer cette rencontre : pourquoi fuir maintenant?

— Ça va, ma chérie?

Julia sentit les bras d'Olivier qui l'enveloppaient. Elle cacha son visage contre lui, et resta immobile, respirant doucement. Il lui prit le visage entre les mains, et l'obligea à le regarder.

— Ne sois pas trop dure avec toi-même, lui dit-il.

Julia voulait s'expliquer mais il lui posa un doigt sur les lèvres.

Sa décision était prise. Elle n'irait pas. Que pouvait-elle apprendre de plus que ces milliers d'heures investies à la recherche de Theo n'aient pu lui révéler? Cette justification lui procura une grande sérénité durant les jours qui suivirent. Mais au dernier moment, et pour les mêmes raisons qui l'avaient convaincue du contraire, elle enfonça son chapeau de paille sur sa tête, et partit en oubliant son sac, comme si elle allait juste au coin de la rue.

Bien avant d'arriver à la Plaza de Mayo, elle fut happée par la foule. Plus elle s'approchait du monument de San Martín, plus il lui était nécessaire de jouer des coudes pour avancer, oppressée par la cohue. Elle était revenue dans son esprit à la manifestation devant laquelle Perón avait proféré ses invectives contre les Montoneros. Combien de ceux qui étaient ce jour-là Plaza de Mayo étaient encore vivants ? D'après les commentaires de Celeste, ils devaient se compter sur les doigts d'une main.

Elle leva les yeux et réalisa qu'elle s'était bien rapprochée du monument. Une grande bannière cachait des jeunes qui s'étaient hissés dessus et en faisaient monter d'autres. Elle chercha des yeux un visage familier. La foule dense encombrait la vue. Un couple de jeunes, main dans la main, s'ouvrait un passage en poussant tête baissée droit devant. Elle s'accrocha au bras de la jeune fille pour se faufiler à sa traîne et, derrière elle, quelques-uns l'imitèrent. Ils s'arrêtèrent juste en dessous des bannières, juste face à la Casa Rosada.

Parmi la multitude, à une trentaine de mètres, Julia reconnut aussitôt la femme aux cheveux roux et bouclés qui donnait des ordres. C'était le profil d'Adriana. La femme se mit à scander les premières consignes d'une voix entraînante. Julia n'eut plus de doutes. Le cri lui échappa avant même qu'elle n'eût pris la décision de l'aborder. Mery tourna la tête et leurs regards se rencontrèrent. Il n'y eut rien de réfléchi dans leur rage pour arriver l'une jusqu'à l'autre. L'étreinte se prolongea comme un choc, sans sourires et sans larmes.

Il était hors de question de rester au milieu de la foule. Elles cherchèrent leur voie de sortie en se tenant fermement par la main. Une fois dehors, elles se mirent à marcher, lentement, collées l'une à l'autre, apprivoisant les mots.

— Et Theo? murmura Julia, s'accrochant au bras d'Adriana.

— Je ne sais pas, ma chérie, répondit Adriana après un long silence. Je veux dire, je ne sais pas s'il est mort ou vivant. C'est une longue histoire, bien malheureuse puisque nous avons mis si longtemps à nous retrouver. Te rappelles-tu le soir où nous nous sommes vues pour la dernière fois?

— Je peux te décrire seconde par seconde tous les instants.

— Quand tu es partie, j'ai eu beaucoup de mal avec Theo. Nous avons marché pendant deux jours, et finalement nous sommes arrivés chez le père Miguel.

— Pourquoi est-ce que je ne l'ai jamais su?

— Le père Miguel a été arrêté très vite après notre passage, puis assassiné dans l'ESMA.

Julia n'était plus convaincue de vouloir écouter la suite.

— Miguel nous a beaucoup aidés. Il nous a remis l'enveloppe avec l'argent. Il nous a cachés dans la sacristie d'une église pas loin du port.

— Vous avez pris contact avec le *Donizetti*?

— Oui, j'ai parlé avec le capitaine Torricelli. Theo m'a attendue dans l'église. Il était très mal. Un matelot l'a pratiquement porté jusqu'au bateau.

— Et alors? Vous êtes partis?

— On a embarqué clandestinement une heure avant le départ. Nous espérions que tu étais déjà à bord.

— Mais je ne suis jamais arrivée...

Adriana et Julia marchèrent jusqu'à un square et s'assirent sur l'un des bancs publics. Julia se tenait recroquevillée sur elle-même. Il faisait encore lourd malgré la brise qui caressait la cime des arbres. Des enfants jouaient au football dans les allées. Un coup et le ballon vola pour atterrir entre les jambes des deux femmes. Elles rirent en essayant de le renvoyer. La lutte pour le ballon se déplaça autour de leur banc. Julia et Adriana remontèrent leurs pieds dessus et attendirent que la tornade d'enfants s'éloigne.

— Theo est resté sur le bateau.

— Theo est resté sur le bateau, répéta Julia la voix cassée. Et toi?

Adriana soupira, le visage appuyé sur les coudes.

— Et toi? insista-t-elle.

— Je ne pouvais pas.

— Tu ne pouvais pas quoi?

Julia ne voulait pas entendre sa réponse.

— Je ne pouvais pas partir sans toi.

Julia secoua la tête lentement, des larmes plein les yeux.

— Non, ne me dis pas...

— Si. Je suis descendue quelques minutes avant le départ.

Elle se passa les mains sur le visage.

— J'étais morte de peur, je ne savais pas où aller, et dès que je voyais un uniforme j'étais prise de panique.

Les yeux de Julia étaient perdus.

— ...

— Je ne sais pas. C'est la dernière fois que je l'ai vu.

— Tu es descendue et il est resté sur le bateau.

— Oui, c'est cela. Il était très mal, Julia.

— Oui...

— Mais pas seulement physiquement. Il était anéanti par la mort de son frère...

— Comment?... Il ne pouvait pas savoir que Gabriel était mort!

— Il savait tout. Qui avait torturé Gabriel, où, dans les moindres détails. Il savait comment son frère était mort. C'était devenu son obsession.

Les mains d'Adriana accrochées au rebord du banc trahissaient son émotion.

— Il pensait aussi que ton bébé était mort.

— Il n'avait pas moyen de savoir.

— Je lui avais raconté comment tu... Comment ils...

Les garçons passèrent à nouveau emportant le ballon. Ils le faisaient tourner à tour de rôle sur un doigt.

— Mais... même!

— Moi aussi je le croyais. Il était impossible que le bébé ait survécu, Julia.

La souffrance lui déforma le visage.

— Quand ta sœur Anna m'a dit que ton bébé était né...

Elles se cherchèrent les mains, s'interdisant de parler plus, et regardèrent les enfants partir.

— Quand as-tu changé de nom?

— Très vite après le départ de Theo. J'avais peur. Imagine. Et quand finalement je remets les pieds dehors, je me retrouve nez à nez avec El Cabo Pavor dans un bus!

— Oh! quelle horreur. Pendant la dictature?

— Non, heureusement. Mais je suis partie en courant, j'ai changé d'adresse, de travail, tout.

— Je crois que je mourrais si je devais les revoir, murmura Julia.

— Tu sais que nous avons réussi à le faire condamner ? Il est en prison, et il en a pour longtemps. Celeste m'a aidée. Ils ont identifié le corps de Paola et j'ai témoigné. Nous avons un bon pool d'avocats. Je cherche les autres, maintenant.

— C'est bien, finit par dire Julia les yeux dans le vague. Parfois je pense que la prison pour eux est une récompense.

Mery lui prit les deux mains et les embrassa.

— Oui, mais nous, nous ne sommes pas comme eux.

36

L'ONCLE MAYOL

Hiver boréal, 2001-2002

Il lui ouvrit la porte avant même qu'elle n'ait eu le temps de mettre la clé dans la serrure. Olivier l'avait attendue jusqu'au petit matin. Ils eurent l'impression de vivre les jours suivants en sursis, se frôlant, sans savoir que faire, ni quoi se dire. Il dut repartir inopinément en France, pour des raisons de travail. Julia resta avec Ulysse pour les fêtes, comme prévu.

Après le départ d'Olivier, Julia devint plus méthodique, presque froide.

— Je pense qu'il faut tout reprendre de zéro, dit-elle à Anna un soir, alors que les jeunes étaient partis danser dans un des *boliches* de Buenos Aires.

— Je ne suis pas d'accord. Nous savons maintenant qu'il n'est pas mort.

— Peut-être pas à ce moment-là. Mais il aurait pu revenir après la Coupe du Monde de football, non?

— J'ai suivi cette piste également. Une centaine de Montoneros sont revenus pour une contre-offensive entre 1979 et 1980. Beaucoup d'entre eux ont été découverts par les services d'intelligence. Dans les listes officielles, Theo n'apparaît pas. Dans les listes de disparus, non plus.

— Mais le fait est qu'il a complètement disparu.

— Nous devrions peut-être refaire un tour du côté de chez eux. J'y passe régulièrement. La maison est totalement abandonnée, c'est triste à voir. Mais on ne sait jamais.

Lorsque Celeste l'appela pour lui demander de passer la voir avec Ulysse à son bureau, Julia avait déjà décidé de prolonger son séjour à Buenos Aires. Croyant qu'il s'agissait des nouveaux résultats de l'ADN, elle promit de s'y rendre le lendemain matin avant l'avion d'Ulysse.

Ils trouvèrent Celeste perchée sur un escabeau à descendre une des boîtes numérotées de la salle d'archives. En voyant l'expression de Julia, elle se confondit en excuses.

— Je vous ai appelée pour tout autre chose, ajouta-t-elle en les entraînant à sa suite.

Depuis sa dernière visite, il sembla à Julia que les piles de documents s'étaient multipliées sur son bureau.

— C'est pour les résultats de l'ADN? s'enquit Ulysse. As-tu pu croiser les données?

— Je n'ai pas encore fini. Cela prendra du temps. Nous avons encore plus de cinq cents cadavres à identifier, et la plus grande partie ne réapparaîtra malheureusement jamais.

— Donc? demanda Julia.

— Donc, reprit Celeste en fouillant parmi ses piles de dossiers, un de nos chercheurs s'est rendu à San

Francisco pour participer à une conférence de scientifiques éminents, et...

Celeste tira une chemise d'un air victorieux.

— Et il a été présenté à un professeur qui travaille depuis quelques années avec la Nasa. Il se trouve que c'est un Argentin. Il travaille sur les micro-organismes, quelque chose dans ce genre.

— Et en quoi..., demanda Ulysse en vérifiant l'heure discrètement.

— Le fait est qu'il voulait tout savoir sur notre travail parce que lui aussi compte des disparus dans sa famille.

Celeste leur tendit une photocopie du programme de la conférence avec la photo du professeur en question.

— Je voulais vous en parler parce que son nom est Mayol. Ernesto Mayol.

— Attends, réagit Julia. Ernesto Mayol? Ce n'est pas un oncle de Theo? Anna a parlé avec lui, si ma mémoire ne me joue pas des tours.

— Je crois que c'est lui.

Après le départ d'Ulysse, Julia passa un après-midi entier à composer les numéros téléphoniques que Celeste lui avait donnés. Elle était accueillie chaque fois par un serveur automatique qui lui offrait une sélection d'options dont aucune n'aboutissait chez son correspondant. Elle se décida finalement à envoyer un e-mail à l'adresse électronique. La réponse du professeur Mayol lui-même ne tarda pas à lui parvenir. Il se déclarait disposé à la voir, si elle était en capacité de se déplacer jusqu'à San Francisco. Julia pouvait voyager à la fin du mois de janvier.

En sanglant sa ceinture de sécurité, Julia remarqua qu'elle s'était habillée comme lorsqu'elle avait pris son premier avion en 1977 au départ de Buenos Aires : elle portait encore une robe rouge. Elle se pencha pour regarder par le hublot. Olivier refusait de répondre à ses appels.

Elle arriva à San Francisco la veille de son rendez-vous. Elle sortit de l'hôtel, choisissant de se perdre dans le réseau quadrillé de petites rues pour s'abriter du vent. Le froid la pénétrait jusqu'aux os. Elle tourna à sa gauche sur Leavenworth Street. Ce voyage était de la pure folie. Si Theo était vivant, il aurait sa vie, son foyer. Elle leva le nez et se trouva devant une rue impossible, qui zigzaguait en pente raide. Elle entreprit de l'escalader. J'irai au rendez-vous quand même. Elle grimpa entre les maisons et les jardinets en jachère dans lesquels gelaient des pieds d'hortensias. Arrivée à la cime, elle ouvrit les bras pour se remplir d'espace.

Le lendemain, Julia se rendit en avance au rendez-vous. Dans le living de l'hôtel un homme sans âge, habillé avec une élégance confortable, se leva du fauteuil en velours bordeaux à côté de la cheminée. Il rangea ses lunettes en écaille dans la poche intérieure de sa veste, et regarda Julia sans émotion.

— *Buenos dias*, dit-il froidement, je suis Ernesto Mayol, j'imagine que vous êtes Julia.

Julia l'examina et ne s'empressa pas de lui serrer la main. L'homme lui proposa de marcher malgré la brume et le froid. Ils s'engagèrent dans l'avenue en direction de l'embarcadère, marchant les mains dans les poches, les cols relevés et la tête enfoncée dans les épaules, sans échanger un mot. Ils finirent par pousser la porte d'un *diner* aux vitres embuées et s'assirent face à face en remuant un café qu'une serveuse en mini-jupe ne se hâta pas de leur servir.

— J'attendais depuis longtemps cette visite.

Les mains sur la table trahirent le raidissement de Julia.

— Pourquoi n'avez-vous pas essayé de me joindre ?

— Ce n'était pas à moi de le faire.

La conversation s'embourba. Julia ne voulait pas poser de questions et l'homme ne voulait pas apporter de réponses. Ils s'affrontaient dans une discussion stupide sur la pluie et le beau temps, en prenant soin d'éviter le sujet qui les avait réunis.

La serveuse se planta devant eux, un crayon derrière l'oreille.

— Ça sera tout ? J'ai des clients qui attendent la table.

— Deux autres cafés, et de l'eau, répondit Mayol sans quitter Julia des yeux.

Pinçant les lèvres, la serveuse s'éloigna de mauvaise humeur. Julia s'enhardit :

— Vous êtes en contact avec lui ?

— Je ne peux pas vous répondre.

Julia se leva, laissa un billet sur la table, et murmura :

— Vous m'avez déjà répondu.

Elle sortit.

Le téléphone de sa chambre sonna lorsqu'elle était déjà dans le couloir avec sa valise à la main. *Ulysse va encore me demander de lui rapporter quelque chose.* Elle eut une minute d'hésitation et revint sur ses pas.

Ulysse pouvait la joindre sur son portable. Elle ouvrit la porte, jeta son manteau sur le lit et s'assit chancelante sur le rebord du lit pour prendre le combiné. Elle savait déjà.

— Theo.

37

EL DIABLO

Été boréal, 2006

— Theo... ?

Les yeux mi-clos, Mia s'approcha, encore mal réveillée. Dans le couloir, Theo regardait debout la photo qu'il venait de prendre avec son portable. Il vérifia la qualité de l'image et ferma rapidement l'écran. Il rangea l'appareil dans sa poche, et resta le regard fixe, transpirant malgré la fraîcheur du matin. Mia le rejoignit et rechercha ses bras pour se couvrir. Theo se déroba. Elle le prit par la main et lâcha prise presque aussitôt, étonnée par la moiteur de sa peau.

— Viens, ne restons pas là.

Il se dégagea, mal à l'aise.

— Je vais partir, Mia.

Theo respirait avec difficulté. Des poches sombres s'étaient formées sous ses yeux, la lueur en contrejour accentuait ses traits fatigués. Mia tenta de l'attirer contre elle et chercha sa bouche. Elle fut surprise par la dureté de son expression.

— Nous avons encore le temps, murmura-t-elle.

Il évita son regard et joua un instant avec son téléphone.

— Je dois partir.

Par la grande baie vitrée, Mia remarqua les réverbères qui venaient de s'éteindre. Le jardin dormait encore sous des reflets d'argent.

— Nous en avions parlé, pourtant, se risqua-t-elle à dire.

Elle semblait vêtue d'un duvet de lune, toute nue, avec ses cheveux qui serpentaient le long du corps. Theo recula.

— Non, nous n'en avons jamais parlé.

Une lumière de pluie le poursuivit tout le long du parcours. La moto dérapait à chaque tournant pour le rappeler à l'ordre. En vain. Son cœur battait dans ses tempes. L'adrénaline lui parcourait les veines comme du poison. Il avait vu son visage reprendre forme malgré l'artifice du temps. L'image de son bourreau habillé pour le mariage le poursuivait. Le voilà, si près de moi après tant d'années. À portée de ma main, pour lui prendre ce qu'il m'a pris.

Le moteur rugissait entre ses jambes. Il poussa à fond sur la ligne droite. El Diablo surgissait devant lui, avec son expression figée dans un étonnement fixe, le sourcil droit légèrement remonté par la balafre. Je l'aurais reconnu avec ou sans cicatrice. Les ailes du nez de Theo palpitaient en doublant les voitures sur le Merritt Parkway. Pourquoi Mia ? Pourquoi justement elle entre toutes ?

Au-devant, la bouche du tunnel s'ouvrait, chaque seconde plus près de le happer. Il accéléra, penché en avant, dans la rage d'exploser.

Il hurle en traversant le seuil. L'homme est là, les jambes écartées dans son uniforme impeccable vert olive. Theo l'observe du fond de son râle. Il sent l'urine couler le long de sa jambe comme de l'acide. Il va inventer de nouveaux supplices pour le rendre fou. Theo a perdu la notion du temps, son unique soleil est le projecteur que l'homme fait allumer en même temps que la voix du Führer pour couvrir ses cris. Il n'a plus de nez, l'oxygène ouvre ses plaies pour passer comme au travers de branchies. Il n'a plus de corps, sauf les trous qui sont l'obsession du Diablo, les siens et ceux qu'il a ouverts.

— Tu comprends, rat?

La voix ne lui arrive presque plus. Son cerveau est congestionné de douleur, engorgé de fluides. Un seau d'eaux noires lui est lancé en plein visage. Tout le brûle. Mais il se lèche les lèvres, mort de soif.

— Tu n'as plus rien à me dire, rat?

Le projecteur va démarrer. Le cauchemar aussi. Theo claque des dents. Y aurait-il encore quelque chose d'oublié? Une miette pour apaiser le monstre? Pendu, son corps est agité de convulsions. Theo sait qu'il va mourir. Il veut mourir vite.

L'homme rit. Theo voit sa bouche aux lèvres rouges et charnues, et ses dents parfaites. Il rit avec d'autres.

— Alors, elle est où, ta sœur? Tu ne m'as rien dit de ta sœur.

Un son sort de la gorge de Theo, déformé, incompréhensible.

— Mais si, mais si. Tu as une sœur. Avec une jolie petite frimousse de pédé.

Le projecteur s'allume.

— Oui, ils se ressemblent, c'est frappant, regarde.

Theo reçoit un coup dans le ventre.

— Même comme cela, transformé en excrément, dit une voix nouvelle.

— On se l'est bien faite, ta frangine. Tu veux jeter un coup d'œil ? On a les photos. On garde tout en archive, des fois qu'il faudrait se rappeler.

El Diablo approche une photo Polaroid des yeux de Theo.

— Regarde, rat, comme je me suis amusé avec ta frangine.

Tout d'abord, Theo ne voit rien. Il aperçoit ensuite des reflets noirs, rouges. Puis il comprend. Une vingtaine de clichés défilent devant ses yeux. Ce sont les images de son frère Gabriel sous la torture. Elles sont prises de près, au sommet de la souffrance. Theo voit tous les détails. Il pisse encore, il ne veut plus voir, mais il ne peut pas fermer les yeux et beugle et pleure et s'étouffe. Les scènes restent incrustées dans son cerveau, avec l'odeur, les voix, la souffrance. Images indélébiles, insoutenables. Elles distillent leur venin sans cesse renouvelé.

— Pareil, les deux trotskos. Les mêmes chromosomes. Je savais depuis le début que tu allais balancer tout le monde. Comme ton frère. Mais lui, je l'ai récompensé. Il est devenu ma mascotte. Regarde, rat.

Pendu comme un jambon, Theo voit. Il n'aurait pas dû. Il devient fou. Il hurle en se tortillant au bout de sa corde, d'une rage qui le fait vomir.

Les rires, toujours les rires autour de lui, partout.

— Mais lui, je l'ai libéré. Je l'ai relâché. Si, si. Je ne dis pas cela pour te faire plaisir.

311

Des bruits de pas, le projecteur se met en marche.

— Je vais te lâcher toi aussi, mais pas encore. Après tous mes efforts, j'ai droit à ma petite fête.

La bobine tourne, mais cette fois-ci ce n'est pas la voix du Führer, ni les images en noir et blanc des camps. Projeté en face de lui, il voit, immenses, les yeux de son frère Gabriel. Son visage au premier plan, défiguré. Il est à genoux, il supplie. Il pleure. Puis une bouche grande ouverte, un hurlement sans son. Gabriel hurle poussé dans le vide du haut de l'avion. Et la chute, et les rires, et toujours la chute, et la bobine tournant à vide.

Theo sort du tunnel en hurlant, aveuglé par un soleil d'acier. Il se faufile entre deux voitures et se perd dans la bretelle de sortie.

Il n'avait plus cherché à la voir. Theo revenait tous les soirs dans une maison vide. Il déambulait de la cuisine au salon, comme un fauve dans une cage. Elle n'existe pas. Elle est de lui. Elle ne m'est rien. Il ne voulait plus recevoir les appels de Julia non plus. Son insouciance lui était insupportable. Il avait besoin de silence. Je ne pense à elle que parce que je pense à lui, et à lui, je pense tout le temps. Il sera à genoux devant moi. Je veux qu'il ne voie que moi avant de mourir. Dans un mois, tout sera sous contrôle. J'ai le temps de tout préparer. Quand Julia reviendra, tout sera fini.

Theo redoubla l'intensité de son entraînement physique. Par chance, Mia n'allait plus au gymnase. Il ne voulait plus jamais la voir. Sa voiture avait disparu du parking. Elle aussi l'évitait, sûrement.

Il passa à côté du bureau de Mia, et s'approcha, juste pour vérifier.

— Elle a pris ses congés, lui dit une collègue avec un petit regard qui l'irrita.

— Je lui avais prêté un dossier. C'est embêtant...

— Les dossiers sur lesquels elle travaille sont sur son bureau. Voulez-vous que je jette un coup d'œil ?

— Bien volontiers. Je vais vous donner un coup de main.

Il avait fait une bonne pêche. Photos, adresses. Mais Theo n'était pas satisfait.

— Et elle est partie voir des amis ?

— Oui, quelle chance ! Moi aussi je voudrais aller en Argentine. Mais c'est cher. Quand on a un mari, ça aide, c'est sûr.

Impossible qu'elle ait compris. Theo se frotta la nuque et s'approcha de la fontaine d'eau installée à l'étage, la gorge sèche. Je n'ai commis aucune erreur. Personne d'autre que moi n'a jamais su, pas même Julia. Elle me dénoncera. Peut-être. Mais il sera déjà mort.

Les draps étaient mouillés, acides de sueur. Theo se réveilla d'une nuit agitée, prisonnier de lui-même. Il descendit dans la cuisine. Un rayon de lune traversait le salon. Il aurait voulu que Julia soit là. Pour oublier Mia. Mia, fille du monstre. Mia, entre El Diablo et moi. Theo étouffait dans le froid. Il s'assit sur l'escalier, une bouteille d'eau entre les mains, incapable d'étancher sa soif. Theo but le reste de la bouteille d'un trait. Je veux qu'il sache qu'il a perdu.

Les lueurs de l'aube firent reculer les ombres. Il se

releva, s'habilla et partit en direction de la plage. L'aurore immense l'attendait, comme une promesse d'oubli. Mais cela ne m'est plus permis. Même mort, je ne pourrai rien effacer. Theo ramassa des galets et les fit ricocher sur la surface de l'eau.

Mia était revenue, plus pâle qu'avant, lui avait-on dit. Il redoubla de précautions. Il changea sa voiture de place dans le parking plusieurs fois par jour. Il évita le gymnase et préféra des courses à l'aube sur la plage. Mais un soir en rentrant du bureau, il la vit, qui l'attendait en face de chez lui, assise dans sa voiture. Intrigué et méfiant, il gara la sienne et s'approcha.

— Cela ne te dérange pas que je sois venue chez toi ?

Elle avait beaucoup maigri. Ses yeux en étaient presque plus troublants. Il fit le tour du véhicule de Mia pour s'asseoir à côté d'elle.

— Theo... Tu ne m'as jamais expliqué.

— Il n'y a rien à expliquer.

Elle se mordit les lèvres.

— ... Je suis allée en Argentine.

— Je sais.

— Tu ne me demandes pas pourquoi ?

— Je ne veux pas savoir.

— Je vais tout de même te le dire... J'y suis allée pour toi.

Il balbutia quelque chose d'incompréhensible et ouvrit la portière de la voiture pour partir.

— Theo. Écoute-moi. Tu me dois au moins cela. Allons faire un tour.

Elle ajouta en guise d'explication :

314

— Avec le bruit du moteur je me sentirai plus à l'aise pour te raconter.

Theo ferma la portière de mauvais gré. Elle démarra et chercha sa main.

— Je ne serais pas allée en Argentine si tu n'étais pas important pour moi.

— Ça ne change rien.

— Pour toi peut-être pas, mais pour moi, tout a changé.

— Mia, tu ne comprends pas.

— Oui, c'est vrai, il y a beaucoup trop de choses que je ne comprends pas. Tu es parti sans explications...

— Je n'ai pas d'explications à donner. Je ne te dois rien.

À la sortie du bourg, Mia s'engagea dans une route étroite bordant un petit bois de conifères. Il commençait à faire sombre. Quelques maisons éparses s'éclairaient, les fenêtres comme des yeux grands ouverts.

— Si, justement. Tu me dois des explications. Mais il y a autre chose... J'ai besoin de ton aide. Ce que je porte dans mon cœur est trop lourd pour moi. Et il n'y a que toi qui puisses me...

— Mia, nous ne devons plus nous voir.

— Je ne te parle pas de cela. Même si je le voulais. Non. Je viens vers toi parce que je crois que tu sais des choses que j'ignore et qui me concernent.

La voiture se gara à l'orée du bois. Mia éteignit les lumières.

— Qu'est-ce que tu crois que je sais, Mia ? Je ne sais rien...

— Si. Tu sais... tu as beaucoup d'informations. C'est

ton travail. Je crois que tu sais des choses sur la mort de ma mère… Je crois que tu peux m'aider à trouver qui l'a tuée.

— Mais de quoi parles-tu?! Ta mère s'est suicidée, ce n'est pas ce que tu m'as dit?

— Oui. C'est ce que je croyais. Mais la réalité est différente. J'ai vérifié dans les archives, en parlant avec les gens… Ma mère a été assassinée. La police a retrouvé son cadavre mutilé. Ils ont aussi découvert des photos prises par l'assassin.

La voix de Mia trembla.

— Elle était chez elle lorsqu'elle a été assassinée.

— Comment sais-tu que tu es bien sa fille? Il y a eu tant de crimes pendant cette guerre…

Remontant ses genoux, Mia poussa le siège vers l'arrière, et se recroquevilla sur elle-même.

— J'ai contacté les Mapuches…

— Les Mapuches?

— Oui, la famille de ma mère.

— Mais… Comment as-tu fait?

— Les Mapuches ont plusieurs sites Internet. J'ai pris contact avec eux. Le reste s'est passé très vite. C'est le frère de ma mère qui m'a répondu. Il m'a demandé d'aller voir la famille en Argentine. Ils voulaient vérifier que c'était bien moi. En fait… Ils me croyaient morte.

— Vérifier quoi? Ils ne pouvaient pas te reconnaître…

— Non, bien sûr. Mais nous sommes allés dans un centre qui recherche les disparus. C'est là qu'ils font les tests d'ADN…

— C'est fou! Comment as-tu pu faire tout cela en si peu de temps?

Theo réfléchissait, la tête entre les mains.

— Ils t'ont demandé où était ton père?

— Le mari de ma mère? Non… c'était un capitaine de l'armée argentine, il s'appelait Ignacio Castro…

— Et alors?

— Alors? Mon père biologique… n'est pas mon père. Pas mon père officiel, en tous les cas.

— Tu as fait des tests d'ADN avec lui aussi? As-tu vu des photos de ton père biologique?

— Oui, quelques-unes. Du jour de leur mariage. Le mari de ma mère était un homme avec un faciès différent, blond, grand, élancé. Assez bel homme, d'ailleurs. Ce n'est évidemment pas la même personne. Je reconnaîtrais mon père n'importe où. Je dois avouer qu'il n'est pas très beau, je dirais même qu'il est plutôt laid.

Son rire enfantin emplit la voiture.

Il n'y avait rien du Diablo en elle. Ses yeux orientaux, ses pommettes saillantes, sa peau de lune. Theo s'écarta de Mia pour mieux la regarder. Et pourtant. El Diablo avait joué de main de maître. Sa fille était introuvable, avec ses traits asiatiques, son nom coréen et son parfait anglais. Il était impossible de faire le lien entre Mia et l'Argentine, sauf si Mia révélait le secret de son origine mapuche, ce contre quoi son père l'avait mise en garde. Le sentiment de honte qu'il avait instillé chez Mia, dû au suicide de sa mère, était un garde-fou supplémentaire. El Diablo avait de plus caché son trésor chez Swirbul and Collier : quoi de mieux qu'une compagnie de sous-traitance de la CIA pour tenir les ennemis à l'écart? Tous les employés étaient d'une façon ou d'une autre des protégés de la CIA, tenus par un secret lié à leur histoire personnelle, qui dépassait le cadre du secret professionnel. C'est la raison pour laquelle lui-même travaillait chez Swirbul and Collier. Theo avait transmis des informations aux services d'intelligence américains et, en échange, vivait à l'abri, protégé par une structure qui le rendait invisible. Cette même structure avait neutralisé tous les efforts de Julia pour le retrouver. Elle lui avait aussi permis de récupérer la trace de son bourreau. Grâce aux archives de la compagnie, Theo savait qu'El Diablo était rentré aux États-Unis avant la fin de la dictature. Il n'avait pas imaginé, cependant, que son bourreau bénéficiait de la même protection que lui. Ceci expliquait, il le comprenait maintenant, la disparition de son dossier et ses recherches sans issue.

Son front bombé, ses cheveux de soie noire. Elle n'a rien de lui. Et pourtant. Les lèvres rouges, les dents parfaites, ce sourire distant.

— Il est gros, continua Mia, petit, avec un gros nez, les cheveux noirs, bref. Et puis… il ne s'appelle pas Ignacio Castro !

— Alors, qui est celui que tu appelles ton père ?

Le ton agressif surprit la jeune fille. Son front se plissa dans l'effort.

— Je ne sais pas. Ils disent qu'à l'époque il y avait beaucoup d'enfants donnés en adoption. Le frère de ma mère estime que cela pourrait être mon cas… j'ai cherché, mais il semble qu'il n'y ait aucun registre d'adoption. Je n'ai même pas d'acte de naissance en Argentine…

— Mais ton vrai père ne peut pas s'être évanoui dans la nature, il ne t'a pas laissée à l'entrée d'une église !

318

— Mon père biologique s'est suicidé après la mort de ma mère. Il a lancé sa voiture dans un précipice. La voiture a explosé...

Theo l'interrompit :

— Et on n'a rien retrouvé de lui.

Il posa ses mains sur ses genoux et ajouta amer :

— Reconduis-moi chez moi, Mia. Je ne peux pas t'aider.

La nuit était devenue d'encre. Une faible lueur au loin rehaussait en contrejour le profil de Mia. Il la vit cacher son visage entre les mains. Theo refusa de s'émouvoir. Elle tourna la clé, le moteur ronronna, docile. Des biches prises dans le faisceau lumineux, un instant figées, les yeux rouges, disparurent entre les arbres d'un bond.

Rien ne doit me détourner. Pas même Mia. Accroupi, un griffoir à la main, Theo admirait les hortensias de la maison. Le retour de Julia lui donnerait un répit. Il crut saisir dans le regard de sa voisine une pointe d'envie à la vue de ses plates-bandes soignées. Theo salua la vieille dame d'un geste en souriant. Il est impossible qu'elle ne fasse pas le rapprochement. C'est écrit noir sur blanc. Ou bien alors, elle est complice de son père. Theo sécha de grosses gouttes qui roulaient tout le long de son visage. Un bourdon s'attarda un peu trop au coin de son œil. Il le chassa d'un geste agacé. Après cela, je pourrai revivre à nouveau. Je partirai avec Julia. Loin. Il enfonça la pelle dans le sol et remua la terre. À moins que je me fasse arrêter. Le bourdon revint, bête et têtu. Il se mit à tourner autour de la tête de Theo en cercles

319

concentriques. Découragé, Theo jeta la pelle et le griffoir par terre, et se dirigea vers la maison. *Je n'arriverai pas à vivre sans elle.*

Le parking était plein. Le lundi, Swirbul and Collier bouillonnait d'animation. Il trouva finalement une place au fond, à côté d'un quatre-quatre blanc, flambant neuf, aux pneus démesurément larges. Poussé par une curiosité involontaire, il en fit le tour pour le détailler. Quand il revint tard le soir, le parking immense était vide, mais le Crossover était toujours là. Theo s'attarda de nouveau un instant, pour l'inspecter, avant de monter dans sa voiture.

Au moment où il allait démarrer, un véhicule traversa le parking de bout en bout en faisant crisser les pneus et vint se garer nez à nez devant lui. Mia, dans un tailleur vert émeraude, en descendit furieuse. Elle ouvrit la portière de Theo et, les larmes aux yeux, cria :

— Je te hais. Tu m'entends ! Je te hais.

Un homme sortit du complexe au même moment et s'avança vers eux d'un pas assuré, jouant d'une main avec son porte-clés, et portant de l'autre un attaché-case en croco noir. Theo reconnut un des chefs de la corporation.

— Monte, ordonna-t-il.

Mia s'exécuta. La voiture fit marche arrière, se dégagea et sortit du parking. Theo accéléra sur l'avenue, fila en trombe, tourna à droite et freina en face d'une bâtisse imposante entourée d'un grand parc. Il se tourna vers Mia, l'attrapa avec force et l'embrassa.

— Je te hais, répéta-t-elle en le frappant avec ses poings.

320

Theo lui sécha les larmes du revers de la main.

— Moi aussi je te hais... Je ne sais plus faire la distinction entre mon amour pour toi et ma haine, Mia.

— Mais pourquoi? Pourquoi moi?

Elle se ravisa :

— C'est à cause de ma photo de mariage, n'est-ce pas?

Il lui caressa le visage.

— Non. Mais je crois savoir qui a tué ta mère.

La respiration de Mia s'accéléra.

— Oui, je le sentais. C'est pour cela que je suis partie en Argentine. Pour comprendre, Theo.

— Tu ne comprends vraiment pas?

Theo lui tint le visage pour la forcer à le regarder dans les yeux.

— Mais je te dis que je ne comprends pas! Tu me fais mal, Theo. Tu me fais surtout peur. Qu'est-ce qui s'est passé avec ma mère?

Theo resta silencieux un moment. Il lui passa un doigt sur les lèvres, puis se pencha en arrière, le dos contre la portière.

— Tu as grandi avec l'assassin de ta mère, Mia. Ton père ne s'appelle pas Samuel Matamoros, et il n'est pas espagnol.

— Mais qu'est-ce que tu inventes!

— Il est argentin et il est aussi ton père biologique.

— C'est de la folie!... Il n'est pas... Ça ne peut pas être vrai...

— Il s'appelle Ignacio Castro Matamoros, capitaine de l'armée de l'air argentine, connu aussi sous le nom d'El Diablo.

Mia le regardait horrifiée.

— Il avait à sa charge un des centres de torture pendant la guerre sale : la Mansión Seré. Mia, ton père est un assassin.

Les larmes laissaient une traînée brillante sur ses joues. Le manque d'air lui coupa la voix.

— Ce n'est pas vrai, tu te trompes, tu le confonds avec quelqu'un d'autre. Ignacio Castro s'est suicidé…

— Ton père t'a menti. Depuis toujours et sur tout. Sauf sur une chose : l'identité de ta mère.

La voix de Theo changea.

— Et je ne sais pas pourquoi.

— Ce n'est pas possible… Comment peux-tu savoir tout cela ?

— Cela fait trente ans que je cherche ton père, Mia. Je l'ai reconnu sur ta photo…

— Tu t'es sûrement trompé. Ils se ressemblent peut-être. Tu ne connais pas mon père. Mon père est le meilleur des hommes, il ne…

— Arrête, Mia. Tu voulais savoir. Maintenant tu sais. Je n'avais aucune intention de te révéler tout ceci. Et je ne sais pas pourquoi je le fais maintenant. Je crois pourtant que tu as le droit de savoir qui est cet homme.

Les lumières du rez-de-chaussée de la bâtisse s'allumèrent. Quelqu'un regarda par la fenêtre.

— J'avais complètement perdu la trace de ton père depuis des années…

— Tu voudrais me faire croire que tu l'as retrouvé par hasard ?

— J'y pense tout le temps, oui. C'est très bizarre. Soit c'est le destin, soit…

— Le destin ? Ça n'existe pas, Theo.

Une voiture de police aux vitres teintées passa lentement. Theo démarra, avança jusqu'au carrefour et passa sous le pont de la voie ferrée. Il se décida à prendre la vieille route qui serpentait bourg après bourg. Ils n'étaient plus pressés.

— Tu devais savoir que c'était moi, Theo! Tu as accès à toute l'information de la corporation.

L'émotion de Mia se transforma en nausée. Elle ouvrit la vitre pour prendre de l'air, un rictus à la commissure des lèvres.

— Alors, tu m'as utilisée, Theo? C'est ça, tu savais…

La voiture cahota en traversant un pont étroit qui surplombait une marina. Des réverbères alignés sur le ponton parsemaient d'étoiles les plis de l'eau. Theo arrêta la voiture sur le bas-côté, tira sur le frein à main et éteignit le moteur.

— Non, Mia. Tu sens bien que ce que tu dis est stupide.

Et il ajouta, pour chasser de lui-même un doute :

— Tu ne savais pas non plus.

Un silence pénible s'ensuivit, chacun jaugeant l'autre, mal à l'aise.

— C'est pour la corporation que tu le cherches? Tu dois le…

Theo lui coupa la parole.

— Non, ça n'a rien à voir.

— Qu'est-ce que je dois comprendre, Theo? Tu le cherches comme ça, pour rien?

Le sang s'était retiré du visage de Mia. Ses lèvres avaient pris un ton mauve qui augmentait les reflets nacrés de sa peau. Sa bouche trembla, hésitante.

— D'où le connais-tu?

Une violence sourde luttait pour faire surface comme une remontée de lave. La vibration dans la voix, les plaques rouges sur la peau, la tension de Theo, tout témoignait de son effort pour la contrôler.

— El Diablo... a torturé mon frère, articula-t-il avec difficulté. Il l'a ensuite assassiné.

Mia avait du mal à reconnaître l'homme qu'elle avait en face d'elle, les veines bleutées courant comme des serpents sur ses tempes, les lèvres sèches bordées d'une écume blanche, les ailes du nez dilatées, les yeux injectés de sang.

— Il a pris des photos, il a filmé... il m'a tout montré.

La jeune femme se recroquevilla dans son siège, écrasée.

— Il a aussi torturé ma femme... qui attendait notre enfant.

Elle sentit immédiatement les spasmes qui remontaient le long de son corps avec violence, par saccades, jusqu'à la gorge. Elle ouvrit la portière et vomit.

Theo continuait, sourd au monde :

— Et il m'a torturé, moi... Je ne vis que pour le voir devant moi, implorant ma pitié.

38

D'AMOUR ET DE HAINE

Été boréal, 2006

L'aube ne tarderait pas. Ils descendirent les escaliers pieds nus, sortirent de la maison et marchèrent sur le gazon humide jusqu'à la plage. Ils avancèrent collés l'un à l'autre, le sable frais s'enfonçant sous leur poids, les corps se cherchant encore, inassouvis. Autour d'eux, l'espace sombre sans horizon était rempli par la lueur rougeâtre des tisons d'un feu de camp qui essayait de mourir. Le clapotis discret des vagues leur rappelait la présence de la mer. Mais ils s'assirent en lui tournant le dos, fascinés par les braises qu'ils se mirent à ranimer.

— Cela fait des jours que j'ai des cauchemars.

— Moi, des années.

Theo tourna les bûches. Des flammes timides commencèrent à les lécher.

— Je crois que je ne pourrai plus jamais me libérer de tout ça.

— Savoir a un prix, amour. Heureux ceux qui ignorent, lui dit Theo en l'embrassant sur le cou.

— Mais je l'aime, Theo. Avant toi, je croyais que je ne

pourrais jamais aimer un homme plus que mon père. Il m'a donné tout ce qu'il y avait de bon en lui.

— Ne me parle pas de lui, je t'en prie.

— Il faut pourtant que je t'en parle, il n'y a que toi pour comprendre.

Le crépitement du feu détourna leur attention pendant un moment.

— J'ai rêvé que ma mère me parlait. Je n'ai jamais connu ma mère, cela me fait une sensation bizarre d'avoir entendu sa voix...

— C'est peut-être un enregistrement de ta mémoire à la naissance. La grand-mère de Julia aurait dit que ta mère prenait contact avec toi... Elle avait une réputation de médium qui exaspérait mes parents, mais en fait elle était très lucide... J'aimais bien cette femme.

— C'est curieux. J'ai appris par mon oncle que ma mère était une Machi. J'avais toujours cru que c'était une princesse. Mais c'est en réalité son nom, Mailen, qui signifie princesse. Tu vois ce que c'est, une Machi?

— Oui, communication avec les esprits, rêves prémonitoires... C'est une sorte de chamanisme, non?

Theo alla chercher des branches sèches sur un tas qui avait été mis en réserve non loin du foyer.

— Il disait que c'est pour cette raison qu'elle a été assassinée.

— Comment cela?

— Son mari ne voulait pas...

— Ton père?

— Oui... Il lui aurait interdit de pratiquer, et je crois qu'elle continuait à le faire à son insu.

— Tu as repris contact avec ton oncle?

— Non. Je ne sais pas si je le ferai. Je ne saurais pas quoi lui dire.

La chaleur devenait presque insupportable. Mia se protégea les joues avec les mains.

— J'appréhende surtout de reparler avec mon père.

Le feu prit soudainement une ampleur inattendue. Ils s'en éloignèrent, roulant sous une pluie d'étincelles le tronc blanchi sur lequel ils s'étaient assis.

— Que vas-tu lui dire?

— Je ne sais pas... Vois-tu, continua Mia, je crois que j'aurais pu lui pardonner d'avoir tué ma mère...

Sa voix se cassa.

— Mais je ne pourrai jamais lui pardonner ce qu'il t'a fait.

L'aube pointa. Ils se levèrent soudés l'un à l'autre et éteignirent le feu avec le sable. Un chien errant trotta vers eux la queue entre les pattes. Il flaira les braises éteintes et repartit encore plus vite. La marée descendait lentement, laissant une mousse d'algues vertes derrière elle. Ils virent au loin la silhouette d'un coureur qui s'approchait. Il foulait le sable avec une aisance féline. Mia le regarda passer avec envie. Leurs pas à eux ne laissaient aucune trace.

Theo déposa Mia chez elle, et alla chercher Julia à l'aéroport. Il gara la voiture près de la porte des arrivées, et sortit du véhicule. L'été touchait à sa fin. Une brise délicieuse allégeait la chaleur qui montait de l'asphalte. Il la vit sortir en roulant sa valise, portant la robe blanche qu'ils avaient achetée ensemble au printemps. Elle monta dans la voiture, pleine de soleil, irradiant un bonheur qui le crispa aussitôt. Il fonça vers le Bronx pour prendre le Connecticut Turnpike. Julia crut voir dans son impatience un signe d'affection et, grisée par la vitesse, en oublia la fatigue du voyage.

— Allons manger quelque chose, Theo. Nous avons plein de bonnes nouvelles à fêter.

— Au bar de sushis de Westport, lui répondit-il en enfonçant un CD dans le lecteur.

Une guitare stridente explosa dans les enceintes. Julia s'approcha de lui, baissa le volume, et lui passa les bras autour du cou.

— La première grande nouvelle...

Elle prit du recul pour voir l'effet de son annonce. Theo lui sourit, apparemment concentré sur sa conduite. En vérité ses pensées allaient ailleurs. Peut-être Mia était-elle justement au bar de sushis avec Kwan. Ils allaient devoir se dire bonjour, se présenter. Ou peut-être Julia et lui s'assiéraient-ils à la table d'à côté comme s'ils ne se connaissaient pas.

— Tu m'écoutes, amour?

— Oui. Je n'ai pas envie de rater la sortie. C'est ici que je me trompe toujours.

Au péage, une mer de voitures stagnait. Theo éteignit le moteur et ouvrit les fenêtres.

— Bon, vas-y, dis-moi. C'est quoi la bonne nouvelle?

— Theo... Tu vas être grand-père!

Pour marquer sa surprise, Theo ouvrit grand les yeux. Il redémarra. Les voitures devant lui avaient accéléré. Peut-être serait-il jaloux de la voir avec Kwan. Quand il n'était pas avec elle... C'était absurde.

— ... le nom d'un petit garçon. Moi je serais très heureuse avec une petite Josefina. Tu imagines ? Et toi ?

— Moi ?

— Oui, qu'est-ce que tu aimerais ?

— N'importe, les deux.

— Arrête de faire l'idiot. Si c'était un garçon, quel prénom aimerais-tu ? Tu ne peux pas appeler un enfant les deux : Ignace-Josefina !

— Ignacio ? Pourquoi Ignacio ?

— Ignace, pas Ignacio ! Tu n'as rien écouté de ce que je viens de te dire. C'est le nom de son père !

— Le nom du père de qui ?

— De la femme d'Ulysse, voyons ! Ils sont convenus que si c'est un garçon, c'est elle qui choisit le nom et si c'est une fille, c'est Ulysse.

— Ah, oui. Bon. Je ne savais pas.

Ils appelleront leur enfant comme ils voudront, pensait Theo. Ce n'était plus son problème.

Theo augmenta le volume, une batterie enragée rendait toute conversation difficile. De toutes les façons, ses solutions étaient toutes mauvaises. La pire étant de ne rien faire. Jamais. L'assassin paierait d'une façon ou d'une autre, même si la mort était trop douce pour lui. Theo aurait presque préféré le voir vivre, comme lui-même avait vécu toutes ces années, dans les ténèbres et dans la honte.

— ... maison au bord de l'eau, sur les rochers. Tu vas adorer. Il faudrait que l'on fasse nos réservations tout de suite. Je crois que c'est difficile de trouver des places pour Noël. Tu es d'accord ?

— D'accord pour quoi ?

— Pour aller les voir en décembre.

— On verra, on a encore le temps.

Theo prit la bretelle de sortie et s'arrêta au feu. Il se trouvait stupide d'être ainsi amoureux comme un gamin. Il venait de quitter Mia et ne pensait qu'à la revoir. Il continua sur l'avenue au ralenti, à la recherche d'une place pour se garer, le soleil en plein sur le visage. Il passa lentement en face du restaurant, la main en visière. Il la vit tout de suite. Mia était installée à une petite table sur le trottoir. Elle l'aperçut et sourit.

Ils avaient pris l'habitude de se réfugier dans cet hôtel de Fairfield, à mi-chemin entre le bureau et la résidence de chacun. L'après-midi avait été lourd. De gros nuages noirs annonçaient un orage qui n'avait toujours pas éclaté. Ils se scrutaient dans la pénombre. Le corps de Mia lui semblait fait d'éther, comme le fruit d'une vision. Le ronronnement de la climatisation couvrait à peine a rumeur de l'autoroute. Le monde grondait au loin. Il la serra plus fort contre lui.

— Tu ne m'as finalement pas raconté le rêve de ta mère.

— C'était plutôt un cauchemar.

— Je t'écoute.

— J'étais dans une forêt, il y avait beaucoup d'arbres autour de moi. Soudain, je perdais la conscience de qui j'étais, et je me fondais dans l'univers. J'étais le ciel, les herbes, les arbres. Je respirais à travers eux. Je recommençais à me séparer des choses, et à reconnaître que j'avais un corps, lorsque j'entendais une voix qui me parlait venant du dehors. J'essayais alors de me rappeler qui j'étais.

— ...

— Cette voix était la voix de ma mère. Elle m'imprégnait comme la sève des arbres. Ces mots circulaient en moi et je ne comprenais pas, je respirais. J'expirais son amour, sa souffrance, sa vie.

— Quel rêve étrange...

— J'y pense tout le temps. Cette voix me poursuit, Theo.

— Que disait-elle ?

— Elle me racontait une histoire, celle d'une fille qui avait perdu sa mère et un jour l'avait retrouvée. Je ne savais pas si j'étais la fille, la mère, ou bien l'enfant de la fille. Je savais simplement que j'étais une de ces trois femmes. Lorsque j'avais la sensation d'être la fille, je la voyais cherchant sa mère derrière chaque arbre, dans une forêt obscure et moite. À la fin, la voix annonçait le retour de la mère, et je me sentais envahie d'une grande lumière mais la sensation de délivrance n'arrivait pas. Je discernais toujours la peur et la souffrance de la mère, comme un poison dans mes veines.

— Un vrai cauchemar.

— Sa voix me dit des choses dont je ne comprends pas nécessairement le sens. De sortir, de partir, je crois. Mais il y a cette souffrance qui me colle à la peau. Je me réveille fatiguée, comme si je portais un deuil plus grand que moi-même.

Mia appuya sa main sur son front, et suivit le sillon d'une première ride, comme un trait tiré d'une tempe à l'autre.

— Je ne peux pas vivre en sachant ce qu'il a fait. Je ne veux pas porter les gènes d'un monstre. J'ai peur d'être qui je suis.

Une goutte de sueur perla au-dessus de sa bouche.

— Mais je ne peux pas accepter que tu le tues.

— Ne me dis pas cela, Mia.

— Remets-le aux mains de la justice. Il paiera ce qu'il doit dans une prison.

— Pour lui, ce serait une récompense.

— Je ne veux pas que tu deviennes un monstre à cause de lui.

— C'est bien ce à quoi je suis condamné, tant que ton père vivra.

Mia se tourna dans le lit, vaincue par la chaleur.

— Tu n'es pas un assassin, Theo, pas toi.

— Mia, tu sais que je suis le seul en mesure de faire justice.

— Mais tu ne comprends pas? La mort sera pour lui une délivrance!

— Tu dis cela parce que tu l'aimes.

— Oui, je le dis parce que je l'aime, bien sûr.

Le regard fiévreux, elle se retourna vers Theo.

— Mais je le dis aussi parce que je le hais. Je le hais pour toi et les tiens. Je le hais pour ma mère. Je le hais pour moi, de m'avoir gardée pour lui, de m'avoir appelée Mia. «Mienne.» Sa chose. Une récompense à sa dépravation.

Elle recula, pour mieux regarder Theo.

— Mais aussi, oui, parce que je l'aime.

— Il faut que tu choisisses, Mia.

— Je sais ce que je ne veux pas être.

Un portable vibra par terre avec obstination. Theo ne songea même pas à l'éteindre.

— Je ne veux pas être comme lui, Theo, je ne veux pas vivre assoiffée de sang. Je préfère ma mort à la sienne. Venge ton frère sur moi. Il n'y a rien au monde auquel il tienne plus que ma vie.

— Tu es folle.

— C'est toi qui es fou. Quelle vie peut-il y avoir pour nous après le meurtre de mon père ? Pourras-tu vivre en sachant que je ne pourrai que te haïr ?

— Je préfère ta haine à ta mort.

— Theo, les deux viennent ensemble. Il n'y a que l'amour pour donner la vie.

D'un geste délicat, il retira des mèches de cheveux qui collaient au visage de Mia. Il la contempla longtemps en silence.

— Je préfère mourir que de vivre sans toi, Mia.

Les bateaux de plaisance se balançaient doucement sur le miroir d'eau, la forêt de mâts pointés vers le ciel. Mia et Theo s'étaient installés à une des tables rondes sur la marina. À l'intérieur de la demeure, les serveurs en livrée, gantés de blanc, s'affairaient autour des clients, les plateaux suspendus en l'air, sans se regarder.

Sa robe en mousseline écrue frémissait sous la brise comme une deuxième peau. Mia ramassa ses cheveux et les retint en boule à l'aide d'un crayon. Elle enleva d'un geste frondeur ses sandales à talons et libéra ses pieds en pianotant de ses orteils sur les traverses de bois. Le maître d'hôtel s'approcha, fit en sorte de ne rien voir, et servit de l'eau cristalline qui tinta avec les glaçons. L'homme recula d'un pas de côté et attendit que Mia daigne le regarder. Elle se tourna vers Theo, sûre de son effet.

— Amour, qu'allons-nous prendre?

Pour être libéré de l'homme, Theo répondit avec empressement, mais celui-ci revint tout de suite après. Il servit le champagne avec des gestes amples. Theo le regarda faire en souriant. Il n'aurait rien voulu changer. Une fois seuls, il embrassa la main de Mia. Elle lui jeta un œil amusé.

— Alors?

— Alors? Julia va me quitter.

— Julia te quitte! C'est-à-dire?

— Elle a découvert ton existence.

Mia fit des dessins sur la nappe avec ses doigts.

— Comment a-t-elle pu deviner?

— Je crois qu'elle a croisé Ben et sa femme.

— Mais qu'est-ce qu'ils pouvaient bien lui dire?

— Ils l'ont invitée à dîner et ils ont mentionné qu'ils t'inviteraient aussi.

— Et alors?

— J'imagine que le ton y était. Rappelle-toi, Ben était avec moi au gymnase lorsque tu m'as décommandé la première fois.

— Oui, la grosse Betty m'a aussi fait une remarque au bureau lorsque je suis revenue d'Argentine.

— Cela n'a plus aucune importance, amour.

— Cela peut en avoir... Mon père m'a appelée.

Theo resta de marbre.

— Tu ne veux pas savoir ce qu'il m'a dit?

— Non, je ne veux pas savoir. Vraiment pas.

— Bon. Nous verrons bien.

Elle prit le verre de champagne et le leva en se rapprochant de Theo.

— À notre amour...

— À notre éternité ensemble, répondit-il.

Ils entrelacèrent leurs doigts, chacun auscultant chez
l'autre ses propres certitudes. Theo se sentit pour la première fois délivré. Il trouva la mer précieuse comme un
bijou et le ciel digne d'être contemplé. Mia lui appartenait.

Les serveurs abordèrent la table avec cérémonie,
annoncèrent les plats et les découvrirent à l'unisson.
Le soleil se répandait partout, sauf sur eux, faisant de
l'ombre qui les protégeait un bien convoité. Theo et
Mia n'avaient plus conscience du monde environnant,
ils riaient et buvaient sous le regard envieux d'un couple
installé à la table d'à côté qui n'avait pas échangé un mot.

Une fois le repas fini, la jeune femme poussa sa chaise
en arrière, et se tourna vers la mer pour regarder au loin.
Elle suivit heureuse le vol des mouettes qui revenaient du
large. Le ciel était bleu et lisse, séparé de la mer par une
longue ligne mauve. Une petite brise se leva, froissant le
miroir d'eau. Mia se couvrit les épaules d'un châle. Ses
yeux semblaient s'être allongés un peu plus.

— Je voudrais graver cette seconde d'éternité dans ma
mémoire.

— Je ne me souviens pas d'avoir été aussi heureux de
ma vie.

Ayant prononcé ces mots, il sortit l'écrin en velours
bleu de sa poche, l'installa délicatement sur la nappe
blanche, et l'ouvrit. Il retira le solitaire du boîtier, chercha
la main de Mia et fit glisser la bague le long de son doigt.

— Pour que rien ne nous sépare.

La jeune femme s'assit sur le rebord du lit, la tête lourde. Les cauchemars ne lui avaient pas donné de répit. Theo la rattrapa par la taille avant qu'elle ne se lève pour l'embrasser mais elle se dégagea. Elle entra dans la salle de bains et prit une longue douche. Lorsqu'elle en sortit, un nuage de vapeur s'engouffra dans la chambre, comme à sa poursuite. Elle claqua la porte. Theo debout devant la fenêtre s'apprêtait à tirer les rideaux. Elle l'en empêcha. Cela faisait des jours qu'elle évitait le soleil.

Il la regarda enfiler sa robe noire et s'agenouilla à ses pieds pour l'aider à chausser ses escarpins. Il ne supportait plus de la voir repartir chez elle. Depuis que Julia avait annoncé son départ, Theo était devenu exigeant, presque possessif.

Mia le laissa et se dirigea vers la salle de bains. Elle vida son sac à main dans le lavabo et s'installa devant le miroir, poussant avec les pieds les serviettes encore humides qui traînaient par terre. D'une main experte, elle tira ses cheveux en arrière et en fit un chignon luisant comme une pierre d'onyx. Elle se pencha ensuite tout près du miroir, et piocha dans ses affaires pour se maquiller. Elle refit les gestes qu'elle exécutait au quotidien, mais leur imprima une attention toute particulière.

Ayant fini, elle se contempla satisfaite. Je ressemble à ma mère. Pour la première fois, l'idée de ressembler à sa mère ne fut pas circonscrite au domaine de l'abstrait. Elle se sentit presque plus vraie. Mia se retourna soudain. Theo l'observait avec une intensité étrange. Elle jeta un coup d'œil tout autour, mal à l'aise, comme s'il pouvait y avoir quelqu'un d'autre dans la pièce. Elle finit par hausser les épaules en riant.

— J'ai toujours l'impression qu'il va nous sauter dessus.

Elle esquissa une caresse en allongeant le bras vers Theo qui l'attrapa avec fougue. Elle se dégagea nerveuse, prit son sac et sortit en lançant un je-ne-serai-pas-longue avant de claquer la porte.

Lorsque l'ascenseur s'ouvrit sur la réception de l'hôtel, Mia fut accueillie par un essaim d'hommes en uniforme bleu et casquette hexagonale, circulant dans les couloirs et postés à toutes les sorties. Des cars de police étaient garés devant l'entrée, gyrophares allumés.

Elle recula instinctivement, se sentant coupable sans en connaître la raison. Pourquoi la police? Que fait-elle ici?... Et si la police cherchait Theo? L'idée lui tomba dessus comme une masse. Elle blêmit, prise de panique. Et si Theo était venu se cacher à l'hôtel, après avoir tué mon père? Sans rien m'avouer. Depuis l'angle opposé du hall, un officier la suivait du regard. Il faut que je me calme. Son regard chercha la sortie. Non, c'est impossible. Cela fait des jours que l'on ne se quitte plus. Je sais qu'il y pense, c'est son obsession. L'officier se pencha à l'oreille d'un collègue, l'autre acquiesça sans se retourner. Theo hésite. À cause de moi. À cause de nous. Ce n'est pas un assassin. Pas encore... Le policier traversa le hall d'entrée et s'approcha d'un pas décidé. Mia sentit que ses genoux cédaient. C'est peut-être mon père qui a tué Theo. La police est là parce qu'ils ont retrouvé son cadavre dans la chambre. Ils viennent m'interroger. Faites que cela ne soit pas vrai. Je ne supporterai pas. Je ne pourrai pas vivre sans lui. Elle croisa le regard du policier. J'étais avec Theo il y a deux minutes. C'est stupide. Mon père ne sait rien sur lui. Je deviens folle. Mais il pourrait avoir été prévenu par quelqu'un du bureau. Il voulait savoir d'où venait le poème de Bernárdez que Theo m'avait envoyé. L'officier aborda Mia avec circonspection. Il faut que je sois sous contrôle. Il se présenta poliment, une main sur la gaine de son revolver.

— Bonjour, mademoiselle, nous procédons à une évacuation, et nous aurons besoin de toute votre collaboration.

De grosses gouttes faisaient surface sur ses tempes. Elle n'écouta qu'à moitié les questions que l'officier lui posait, le cœur en arrêt. Conscient de son trouble, l'homme finit par lui demander d'une voix autoritaire :

— Mademoiselle, est-ce que ça va ?

— Oui, oui, ça ira, arriva-t-elle à balbutier.

— Je répète : y avait-il quelqu'un d'autre avec vous dans la chambre ?

— … Non, non, j'étais seule.

— Vous me dites que vous étiez chambre 410. Or d'après le registre de l'hôtel la chambre a été réservée au nom de M. Theo d'Uccello ?

— C'est peut-être, je ne sais pas… une erreur de la réception, répondit Mia, encore sous l'emprise de ses élucubrations.

— Bien, mademoiselle, ne vous inquiétez pas, lui dit l'homme d'un ton protecteur. Nous avons encore assez de temps pour évacuer tout le monde. Allez voir ma collègue à l'entrée, elle vous guidera sur la procédure à suivre. Il est important de retirer les voitures du parking au plus vite. Nous pensons que l'avion réussira à atterrir dans un des aéroports avoisinants mais nous sommes obligés de prendre toutes les mesures de précaution.

— Oui, oui, bien sûr, répondit Mia les yeux hagards.

Une femme en uniforme tenait la porte principale grande ouverte pour faire sortir une dizaine de clients qui ne demandaient qu'à partir en courant. Mia s'y dirigeait mais elle tourna son regard vers la gauche, et vit l'officier chargé de l'accès aux escaliers s'éloigner vers l'issue de secours au bout du couloir. Elle le suivit, poussa la porte latérale et disparut.

Elle arriva au quatrième étage hors d'haleine, les chaussures à la main, le visage transformé par l'angoisse. Elle courut dans le couloir vide et entra dans la chambre. Theo l'attendait allongé sur le lit, la radio allumée. Le bruit strident des sirènes emplit l'espace.

— Je savais que tu reviendrais.

Un bruit sourd fit vibrer les cloisons.

— Installe-toi près de moi.

Mia regarda sa bague scintiller. Les reflets de lumière blanche lui rappelèrent son rêve et la voix de sa mère.

— Pour que rien ne nous sépare, lui dit-elle.

Elle se déshabilla et s'allongea près de lui.

39

L'AVION

Hiver boréal, 2006

Julia se précipite dehors. Elle voudrait appeler au secours, partir en courant. Elle revient sur ses pas, affolée, monte les marches quatre à quatre, cherche dans son sac les clés de la voiture, et redescend en dévalant les escaliers.

Le camion du déménagement bloque la voie d'accès. Elle fonce sur le conducteur. Les hommes du fond, chargés de meubles et de boîtes en carton, protestent, mais le chauffeur s'exécute.

Julia est au volant, elle appelle Theo de son portable pendant que le camion dégage l'accès. Une fois, deux fois, vingt fois. Il a éteint son téléphone. Elle lui envoie un texto, trois mots :

Danger. Mort. Sors.

Si la route est libre, en conduisant à fond, elle sera à l'hôtel dans vingt minutes. Elle accélère en direction du Connecticut Turnpike. Ce sera trop tard. Il faudra faire le trajet en quinze minutes en grillant tous les feux. Tant pis.

Elle appelle Diane depuis les commandes sur le volant de la voiture. La ligne est occupée.

— C'est à devenir fou! hurle Julia en tapant sur le volant.

Elle s'engage sur la bretelle et pousse à fond l'accélérateur. Les voitures roulent à vitesse moyenne. Le couloir à gauche est vide, elle se lance dans la voie rapide sans hésitation. Julia n'a jamais conduit aussi vite de sa vie. Son téléphone se met à sonner. Elle a reconnu sur son écran le numéro de Diane. Elle décroche en actionnant les commandes du volant.

— Diane, Theo est en danger. Je n'arrive pas à le joindre. Il a éteint son portable. Il est dans un des Inns de Fairfield. Je ne me rappelle pas le nom!

— Tu ne me fais pas une petite crise de jalousie par hasard, ma chérie? rétorque Diane en riant.

— Je te parle de l'avion, Diane! Il faut le sortir de là!

— Je ne comprends pas un mot de ce que tu me dis. Calme-toi, Julia. De quoi parles-tu?

— De l'avion, Diane! L'avion va se crasher... Il faut trouver le téléphone de l'hôtel.

— Ah oui! Je sais, l'avion qui fait un atterrissage forcé. Je suis en train de suivre cela à la radio... Bon, ma chérie, il va atterrir sur une piste à Stratford. Tu n'as pas à t'inquiéter.

— Diane! hurle Julia, je t'en prie, écoute-moi! Je t'ai bien sauvé la vie, tu peux quand même me croire! Il faut prévenir l'hôtel, l'avion va se crasher dessus, tu me comprends?

— Ok, ok, ne t'affole pas, j'ai compris. J'appelle. Ne panique pas, ma chérie.

— Mais bien sûr que je panique ! Remue-toi, je t'en prie.

Elle vient de passer la cheminée industrielle rayée rouge et blanc de Bridgeport. Julia raccroche. Je suis à quinze minutes. Non, à dix ! Elle accélère encore plus. Une signalisation d'urgence au-dessus de l'autoroute annonce la déviation obligatoire. Julia est forcée de ralentir. L'autoroute est fermée à hauteur de la sortie 23. Un agent de police supervise l'opération.

— On a un avion en détresse au-dessus de la région, explique-t-il aux conducteurs qui baissent leurs vitres en passant devant lui. Circulez, circulez !

Toutes les rues environnantes sont bloquées. Un cordon de sécurité interdit tous les accès. Il faut que je réussisse à leur faire comprendre. Julia parle avec un agent qu'elle ne parvient qu'à agacer.

— Dégagez ou je vous boucle ! aboie-t-il.

Il faut absolument que je passe. Je dois me calmer. Elle reprend la voiture, longe le barrage, lentement, sans trouver d'accès. Sa radio transmet la voix d'un jeune reporter qui annonce la perte d'altitude soudaine de l'appareil.

Julia ouvre les vitres pour sortir la tête. Elle ne voit pas l'avion, ni n'entend de moteurs. Il doit être plus loin que prévu, elle a peut-être encore une chance. Elle gare la voiture dans le quartier résidentiel et s'avance les mains dans les poches vers une des maisons à la limite du cordon de police. Les agents sont occupés à informer les habitants. Ils ont tous le dos tourné. Julia se faufile entre deux maisons, traverse un jardin, puis passe dans celui du voisin en longeant les garages.

342

Ça y est. Elle est à l'intérieur de la zone sécurisée. Julia se met à courir de toutes ses forces, droit devant. Elle saute des haies, traverse des rues, se faufile entre les buissons. Le quartier est vide. Au loin, elle reconnaît un centre commercial et l'enseigne d'un Stop and Shop. La voie ferrée ne doit plus être loin. Julia continue de courir.

Un vélo posé devant une jolie maison à balustrades semble l'attendre. Julia saute dessus et file, guidée d'instinct dans le dédale de rues. Pourvu que j'arrive à temps, pourvu que je ne me fasse pas arrêter par la police.

Avant de couper une grande avenue, Julia freine d'un coup sec, le vélo en travers du trottoir. Elle sort son portable et vérifie les messages. Theo n'a pas répondu. Elle copie le message pour le faire parvenir aux différentes adresses électroniques qu'utilise Theo et le renvoie.

Elle reprend sa course, le dos courbé, pédalant encore plus vite. Le bruit des turbines envahit l'espace d'un coup. Elle lève le nez. L'avion est là, devant elle, volant de plus en plus bas en rase-mottes. Il a l'air tranquille, inébranlable. Julia reconnaît la tour de l'hôtel à gauche. Mais il perd de l'altitude trop vite. Il n'arrivera pas à l'esquiver. Julia reste pétrifiée. Son téléphone se met à sonner, une fois, deux fois, trois fois, puis se tait.

— Theo! hurle Julia au moment de l'impact.

Le souffle de l'explosion la projette à terre. Une fumée noire épaisse s'envole en tornades vers le ciel. Julia se dégage de sa bicyclette, abasourdie. Elle le voit comme il était le jour de l'anniversaire d'Anna. Elle marche lentement au milieu de ses souvenirs. Il était brisé, debout sur le perron lorsqu'ils se sont revus à New York. Il m'a suffi de le voir juste un instant. Je me suis juré de ne jamais lui poser de questions. J'ai choisi de ne rien voir.

La scène est dantesque, les flammes, la fumée noire en spirales, la police, les pompiers. Il y a aussi des ambulances. Julia continue d'avancer. La carcasse de l'avion fume, le nez écrasé contre le ciment et les barres d'acier. Elle arrive devant le parking de l'hôtel sans que personne ne fasse attention à elle.

La voiture de Theo est là, intacte.

Julia sent son portable vibrer dans sa poche. Elle le sort machinalement. Un message de Theo est en attente. Elle examine autour d'elle, folle d'espoir et l'ouvre :

Merci, amour.

Julia considère anxieuse la photo qu'il lui a envoyée. C'est la photo d'un mariage. Elle ne reconnaît personne. Elle agrandit l'image, impatiente, et regarde mieux. Un homme gros, presque obèse, lui rappelle vaguement quelqu'un. Elle explore intensément sa mémoire. L'image lui revient avec netteté. Elle lève les yeux, stupéfaite. La coupure de journal de Mama Fina ! Julia s'effondre par terre, en larmes. À côté de l'homme, en robe de mariée, elle vient de reconnaître Mia Moon.

Il fait si beau. Les arbres centenaires de l'avenue frémissent, joueurs, et rattrapent le vent. Julia regarde par la fenêtre. Un ciel bleu et lisse. La ligne mauve entre le ciel et l'eau. Encore une belle journée. Encore une journée sans lui. Julia va s'asseoir sur le lit. Un avion survole la maison. Curieusement elle ne fait pas la liaison avec l'accident. Elle est ramenée à sa dernière nuit d'amour où, bercée par le bruit de ce même moteur, elle avait prié pour rester collée à lui, pour toujours. Je n'ai pas voulu savoir que ce serait la dernière…

Elle s'approche du miroir sur le palier, fixe son chapeau à voilette noire, et descend lentement les escaliers. Ulysse l'attend debout près de la porte d'entrée. Il lui tend la main sur les dernières marches. Une fois près d'elle, il lui caresse le visage.

— Ma petite mère.

— Allons, mon ange. J'ai hâte d'y être.

Ulysse suit chacun de ses gestes en silence. Il s'empresse de lui ouvrir la porte. Elle descend les marches du perron et s'attarde quelques minutes pour ébouriffer les copeaux bleus touffus des hortensias.

— C'est aussi simple que cela, regarde.

Elle reprend son geste, comme si elle câlinait une tête d'enfant.

— Il n'y a pas d'autre secret. L'amour, Ulysse, rien que l'amour.

Ulysse continue de l'observer en silence. Depuis qu'il est arrivé, il ne cesse d'être ému par sa mère.

— Tu ne veux pas que je conduise, maman ?

— Non. Je connais le chemin. Et je voudrais arrêter de penser. Conduire m'obligera à me concentrer sur la route.

— Maman… ça va, tu es sûre ?

En se hissant sur la pointe des pieds, elle lui embrasse la joue.

— Ça ira beaucoup mieux après.

Julia fouille dans son sac, vérifie qu'elle a bien rangé son portable et ses gants noirs, sort ses lunettes de soleil et monte dans la voiture, le rouge à lèvres à la main.

Pendant que Julia se retouche dans le rétroviseur, Ulysse voit la voisine tirer ses rideaux pour les regarder. La porte s'ouvre et la vieille dame s'avance, pressée, un bouquet de fleurs mauves à la main. Julia baisse la vitre et glisse sa tête au-dehors :

— C'est trop gentil. Merci. Cela me touche beaucoup.

La vieille dame dont les yeux bleus sont baignés de larmes remet le bouquet à Ulysse.

— Je ne peux pas croire que ce soit elle qui me présente ses condoléances, dit-elle en faisant marche arrière pour sortir de l'allée privée.

Julia sort de l'enchevêtrement de rues qui entourent la maison, traverse la grande avenue qui dessert le bourg et s'engouffre dans la bretelle d'accès à l'autoroute.

— C'est loin ? demande Ulysse.

— À une trentaine de minutes. C'est un joli petit cimetière dans Westport. Pas trop loin de leur bureau, avec de vieux arbres et beaucoup d'oiseaux. Je suis allé le visiter avec Kwan.

— Kwan ?

— Oui, Kwan. Le mari de Mia.

Elle allume la radio. Le CD de Theo s'enclenche automatiquement. Julia se penche sur le volant, et s'empresse de l'éteindre.

— C'est idiot, dit-elle en essuyant son visage.

Elle vérifie sur son miroir latéral que la route est dégagée et ajoute, apaisée :

— Au moins, comme cela, j'aurai vraiment l'air d'une veuve.

Ulysse lui prend la main.

— Ma petite maman.

Ils laissent derrière eux la cheminée industrielle de Bridgeport avec son filet de fumée blanche et, peu après, longent la petite ville de Fairfield. Vu depuis l'autoroute, l'hôtel à moitié calciné se relève déjà de ses décombres. Une équipe d'hommes en gilet de travail fluorescent a pris le chantier d'assaut aux commandes de lourds engins. Ulysse s'avance sur son siège pour scruter l'endroit le plus longtemps possible.

— Je suis si heureuse que tu sois avec moi. Je n'aurais pas voulu être seule devant... devant tout ce monde. Les collègues de bureau...

— Olivier m'a appelé...

Ulysse observe son profil, sa tête droite, son expression adoucie.

— Tu fais tellement jeune, maman !

— Tu dis cela pour me faire plaisir.

— Non, je dis cela parce que je trouve Theo très con.

— Ne dis jamais cela, Ulysse. Personne ne connaît la soif avec laquelle un autre boit.

— Il était incapable d'aimer.

— La haine est si proche de l'amour...

La route se rapproche de la mer, puis s'en éloigne à nouveau pour s'engouffrer dans une forêt d'arbres majestueux. Tout semble immense : l'asphalte qui se déroule à perte de vue ; le ciel infini, habité de nuages immobiles, suspendus dans l'azur.

— Mama Fina disait que les morts regardent à travers nos yeux.

— Maman... Tu n'y crois pas !

Ses yeux s'allument comme de la braise :

— Oh si, mon chéri, j'y crois plus que jamais !

347

Gêné, Ulysse esquive son regard alors que la voiture bifurque à droite. Ils s'engagent sur une petite route à l'orée d'un bois de hêtres parsemé de maisons blanches visibles à travers le rideau de troncs. Plus près de la route, ils dépassent une femme à genoux qui pose des fleurs sur une pierre tombale, au milieu d'un jardin d'érables et de saules.

— C'est là?

— Non. Ça c'est le cimetière colonial. Le nôtre est un peu plus loin. Regarde comme la lumière est belle, filtrée par les arbres.

Ulysse fait de son mieux pour s'intéresser au paysage. Mais quelque chose qu'il n'arrive pas à cerner le met mal à l'aise.

— Qui sera là, maman?

— Très peu de monde, j'imagine. Quelques collègues de bureau, la famille de Mia et nous deux.

Mais lorsque Julia remonte l'allée qui mène vers l'entrée du cimetière, Ulysse comprend que ce ne sera pas une cérémonie intime. Une dizaine de limousines noires encombrent un parking déjà plein. Julia se gare sur l'accotement de l'accès principal et laisse les clés sur la voiture. Elle jette un coup d'œil rapide tout autour. Quelques personnes habillées en noir commencent à remonter l'allée d'un pas lent. Derrière, à côté de l'entrée, un groupe d'hommes à lunettes noires fument adossés aux grands conifères.

— Il faut que je leur parle une seconde. Attends-moi ici, s'il te plaît.

Sans laisser à Ulysse le temps de répondre, Julia se dirige vers eux d'un pas rapide. Ulysse les voit jeter leurs cigarettes à son approche. Ils la reçoivent la main tendue, protocolaires. Julia leur parle un moment, se retourne plusieurs fois pour regarder Ulysse, sort son portable de son sac, et le leur tend en montrant son écran. Elle revient vers Ulysse, et le prend par le bras.

— C'est l'heure, allons-y.

Julia sort de son sac ses gants noirs, rabat la voilette sur son visage et remonte l'allée jusqu'à l'attroupement. L'assemblée s'ouvre à leur approche, leur laissant le passage libre pour rejoindre le prêtre qui se tient debout entre les deux fosses. Julia salue et remercie. Elle découvre sa sœur Anna parmi les présents et l'embrasse, émue.

— Quand es-tu arrivée ? Tu ne m'as rien dit.

— J'ai atterri ce matin à New York avec Pablo. Nous n'étions pas sûrs d'arriver à temps.

Prenant sa sœur par le bras, Julia l'emmène avec elle, mais Anna la retient un instant pour lui présenter un homme aux cheveux blancs que Julia ne connaît pas.

— *Soy Augusto,* lui dit-il.

Julia reconnaît sa voix. Il la saisit et l'étouffe dans une étreinte qui lui fait du bien. Elle peut se permettre ce soulagement dans les bras de l'inconnu. Elle voudrait lui parler, mais ne s'y résout pas, pressée par les regards.

Diane aussi est là évidemment, ainsi que Ben et sa femme. Julia lui prend la main au passage et la lui embrasse. Parmi les nombreuses têtes, elle reconnaît le visage de Conchita qui se fraye un passage pour venir la serrer dans ses bras, les yeux rouges. Julia ravale ses larmes de son mieux. Et Alice, impeccable avec son chignon d'hôtesse. Seul Olivier est absent. En première ligne, Julia reconnaît les patrons de Swirbul and Collier avec leurs épouses. Kwan et sa famille se tiennent rigides aux côtés du prêtre. Julia l'embrasse et va se placer de l'autre côté avec Ulysse et Anna. Ernesto Mayol, l'oncle de Theo, les y attend déjà.

En face d'elle, de l'autre côté des cercueils, une femme lui sourit tristement et lui fait un petit signe de tête. Elle la connaît, Julia en est sûre. Il lui faut pourtant quelques minutes pour comprendre qu'il s'agit de Nicole, la belle-mère de Mia. Julia s'accroche au bras d'Ulysse, sans oser lever le regard à nouveau. Je vais défaillir. Elle fait un pas en arrière, Anna la rattrape et l'aide à se tenir droite. Elle voit les chaussures de l'homme debout près de Nicole, immenses. Tout le corps de Julia se met à trembler. Les cercueils descendent de façon synchronisée à l'aide d'un système de poulies. Kwan éclate en sanglots pendant un bref instant et reprend contenance. Les fleurs, la terre, les mots, puis le silence et le vent.

L'assistance se presse autour de Julia, les mains se tendent, on l'embrasse. Julia est ailleurs. Elle est seule. Tandis que les gens se dispersent, une myriade d'oiseaux traverse le ciel en sifflant. Julia ose lever les yeux pour les suivre, et son regard s'arrête sur l'homme.

Julia n'a plus peur. Elle entreprend une froide dissection de l'être qu'elle a en face, incapable d'éprouver le moindre sentiment à son égard. Une cicatrice au-dessus de l'œil le tient suspendu à une émotion figée, les mèches de cheveux trop noires cachent mal une calvitie sévère, les lèvres épaisses ont la texture des fruits ramollis. Ce visage défait est le sommet d'un corps énorme et flasque. Seuls les poings serrés aux phalanges protubérantes trahissent une violence muette.

Kwan et sa famille repartent déjà vers les voitures. Julia se redresse, met ses gants, et se laisse embrasser par les siens. Elle respire profondément, se dégage du bras d'Ulysse, et s'avance sereine. Ulysse et Anna se tiennent à l'écart. Les hommes à lunettes noires remontent rapidement l'allée principale et encerclent le vieux couple. L'homme qu'elle dévisage reste immobile, incapable de bouger. Sa femme le tire doucement par la manche, sans obtenir de réponse.

Julia se place devant lui.

— Capitaine Ignacio Castro.

L'homme relève la tête et la dévisage, les yeux vides.

— Je suis la femme de Theo, lui dit Julia. Nous nous sommes connus à la Mansión Seré.

ÉPILOGUE

Un matin d'hiver à l'aube, Julia descend ses valises et les pose sur le perron de l'entrée. Il a neigé la veille. Cette alliance de sable et de neige est pour Julia fascinante. Le gel lui pique les joues et l'anime. Elle cède à son attrait, émue à l'idée de toucher et de voir, comme si en le faisant elle pouvait mettre fin à ses propres contradictions.

Là-devant, un soleil rouge, comme une boule de feu, sort de l'eau et s'élève puissant sur le ciel jaune et froid. Julia s'approche, les mains en avant pour le saisir. Ses pas crissent sur la surface immaculée. Tout d'un coup, surgissant de nulle part, deux biches bondissent au-dessus du soleil rouge, au-dessus de Julia. Elles sautent sur l'avenue, hésitent puis se perdent dans les jardins privés. Il n'y a plus que les traces de leurs sabots dans l'épaisseur de la neige sur la plage.

Mais Julia ne doute plus. Elle sait.

Julia tend son passeport. La jeune femme en uniforme balaye les pages avec un faisceau lumineux. Elle l'observe, revient sur la photo du document et le lui rend.

La queue semble interminable. Julia attend son tour sagement, les chaussures dans une main et son sac dans l'autre. Elle pose toutes ses affaires dans les bacs pour passer les contrôles, et s'avance les bras ballants. Son portable se met à vibrer juste au moment où elle doit passer sous le portique. Un officier la somme d'éteindre l'appareil. Elle le récupère du bac pour le désactiver et jette au préalable un coup d'œil sur l'écran. C'est un appel d'Ulysse. L'officier la foudroie du regard. Je vais y passer des heures maintenant. Ses affaires sont en effet déviées vers la fouille manuelle. Ulysse devra encore attendre.

L'équipe s'est passé la consigne. Tout le maquillage est passé au crible. Julia doit encore attendre. Lorsqu'elle arrive au salon privé, l'hôtesse lui fait remarquer qu'elle n'aura que quelques minutes avant d'être appelée pour l'embarquement. Elle se sert un verre de vin avant de composer le numéro d'Ulysse. Elle tombe sur sa boîte vocale et, déçue, renonce à laisser un message. L'appareil se remet à vibrer. Une série de messages lui arrivent en rafale. Elle ouvre d'abord celui d'Adriana : *Bonjour, Julia. Voici de bonnes nouvelles. Le procès du Diablo commence au début de l'année prochaine. De nouveaux témoins nous ont rejoints. J'ai aussi retrouvé Sosa. Augusto confirme qu'il va témoigner. Bravo et bon Noël.*

Bon Noël ? Probablement pas. Julia le passera dans l'avion, et arrivera en Nouvelle-Zélande lorsque la célébration sera finie. Tant pis, je n'ai pas réussi à faire mieux.

Trop de décisions à prendre, trop de paperasses. Elle repense à Olivier. Il les rejoindra en Nouvelle-Zélande à la fin de son séjour. Ulysse y tient. Julia ne peut s'empêcher de sourire. Ils ont toujours comploté ensemble à son insu.

Une hôtesse s'approche, discrète :

— Madame, il faut passer en salle d'embarquement.

— Bien. Merci.

Elle ne veut pas décoller sans avoir eu son fils au bout du fil. Elle soupire et se lève. Consciencieuse, elle s'engage dans le corridor interminable qui doit la mener à la porte d'embarquement. Son portable se remet à nouveau à vibrer. Elle vérifie tout en marchant. Des dizaines de messages ne cessent d'arriver.

Lorsque Julia est enfin prête à appeler Ulysse, ceinture bouclée, manteau et sac rangés, son portable sonne à nouveau. L'hôtesse se penche vers elle :

— Faites vite, madame, nous allons bientôt décoller.

— Mon ange, j'ai vu que tu m'as appelée, je passais les contrôles de sécurité, et j'ai eu tous les problèmes du monde avec les officiers car ils ont tout fouillé et ton...

Ulysse l'interrompt d'une voix douce :

— Maman, maman, s'il te plaît, écoute-moi.

— Mais oui, mon chéri, je ne fais que ça !

— Maman, je viens de t'envoyer plein de photos...

— Très bien, je vais les regarder.

— Maman... il faut que je te dise, tu m'écoutes ?

— Mais bien sûr, enfin !

— Tu es bien assise ?

— Je suis dans l'avion, prête pour le décollage. Dis-moi vite, il faut que je raccroche.

— Maman… Je suis papa depuis une heure !

— Oh, mon Dieu ! Ulysse. Je ne peux pas le croire.

— Moi non plus !

— Le bébé est arrivé en avance. Quel bonheur ! je voudrais être déjà là-bas, je vais mourir d'impatience… c'est une petite fille ou un garçon ?

— Maman, tu es la grand-mère de deux petites filles…

Julia tient un verre de champagne entre ses doigts, tout en étudiant l'image qu'elle a devant les yeux. Mama Fina est assise dans le siège à côté du sien et regarde amusée l'expression de Julia.

— Je t'attendais, lui dit Julia sans lever les yeux.

Mama Fina sourit.

— Dis-moi, de ces deux enfants, laquelle a hérité le don ?

Julia sourit à son tour. Elle se penche vers le hublot. La mer et le ciel ne font qu'un.